魔法が消えていく……

サラ・プリニース 作

橋本 恵 訳

すべてぴったりの箇所《かしょ》で笑ってくれた
モードへ

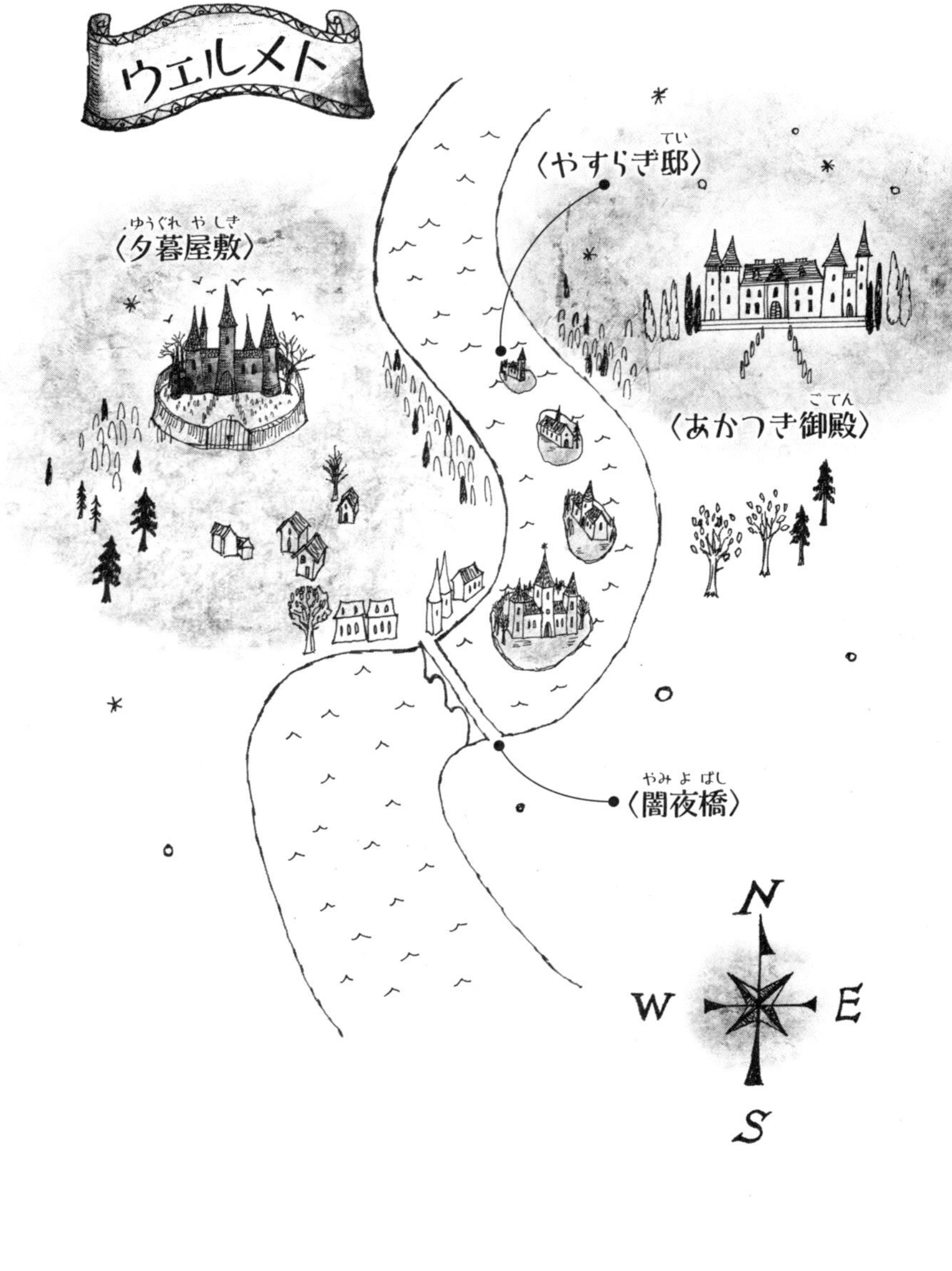
ウェルメト
〈やすらぎ邸《てい》〉
〈夕暮屋敷《ゆうぐれやしき》〉
〈あかつき御殿《ごてん》〉
〈闇夜橋《やみよばし》〉
N
W
E
S

1

泥棒《どろぼう》は魔術師《まじゅつし》とよく似《に》ている。おれはスリだから手をすばやく動かせるし、目の前のものを消してみせることだってできる。けれど魔術師の魔導石《まどうせき》を盗《ぬす》んだときは、あやうくおれ自身まで永《えい》遠《えん》に消しちまうところだった。

夜おそく、〈たそがれ街《がい》〉でのことだった。泥棒の袋《ふくろ》のなかのようなまっ暗な夜。通りにはだれもいない。川からくすんだ灰色《はいいろ》の霧《きり》が流れこみ、路地《ろじ》という路地はまっ暗闇《くらやみ》。がらんとした町は物音がやけに響《ひび》き、見捨てられたようにわびしかった。

石畳《いしだたみ》の道をはだしで踏むと、夕方に降《ふ》った雨のせいですべりやすかった。手先が器用《きよう》なスリのおれも、その日はついてなかった。夕飯《ゆうめし》に食べるものも、食べものを買うためのわずかな銅貨《どうか》も手に入らなくて、腹《はら》ぺこだ。町の別の場所に移動《いどう》してもよかったけれど、〈日暮《ひぐれ》の君《きみ》〉に追われる身だし、やつの手下に見つかったらこてんぱんにやられちまう。周囲に目を光らせながら、坂の途中《とちゅう》の脇道《わきみち》に一歩入って隠れていた。

夜もだいぶふけてきて、また雨が降りだした。ざあざあ降《ぶ》りではないが、冷たい雨が体の芯《しん》までしみこんで、体ががたがたと震《ふる》えだす。弱ってる人間を見つけて襲《おそ》いかかるという〈闇喰《やみくい》へビ〉が大喜びしそうな夜だ。おれは脇道《わきみち》に隠れて背中《せなか》を丸め、あたたかい夕飯《ゆうめし》を想像《そうぞう》していた。

そのとき、足音が聞こえた。カツン、カツン、コツン。カツン、カツン、コツン。奥《おく》の暗がりへじりじりと下がってようすをうかがうと、脇道《わきみち》の入口を男が通りすぎていった。年寄りらしい。腰《こし》が曲がり、杖《つえ》をたよりに歩いている。ローブを着た、あごひげのあるじいさんだ。何やらぶつぶつとつぶやきながら、急な坂道をのぼっていく。よし、おれの夕飯代はこのじいさんにはらってもらおう。そんなこと、じいさんは夢《ゆめ》にも思っていないだろうけど。

おれは暗闇《くらやみ》にまぎれて脇道から出ると、じいさんの背後《はいご》にすばやくしのびよった。手を羽根のようにすっとローブのポケットにつっこみ、中身をつかんでさっと体を離す。よし、うまくいった！

そのときは、そう思っていた。じいさんは何も気づかず、そのまま進んでいく。おれはさっきの脇道にすべりこみ、待望の戦利品をながめた。

闇のなかだというのに、そいつは闇よりも黒かった。赤んぼうのこぶしくらいの小さな石なのに、ものすごく重い。絞首台《こうしゅだい》に向かう男の心臓《しんぞう》だって、きっとこんなに重くない。あっ、わかった！　こいつは魔術《まじゅつ》に使う品。魔術師の魔導石《まどうせき》だ！

じっと見ているうちに、魔導石は輝《かがや》きはじめた。最初は暖炉《だんろ》の炭火のような、あたたかみのあるほのかな赤い光だった。それが突然、稲妻《いなずま》のように激《はげ》しい光となってほとばしった。光がちかちかと点滅《てんめつ》して脇道にあふれ、影《かげ》がおびえた黒猫《くろねこ》の群《む》れのようにいっせいに消えうせる。

するとさっきのじいさんがもどってくる足音がした。カツン、カツン、コツン。カツン、カツン、コツン。あわてて魔導石をにぎりしめ、ポケットの奥《おく》につっこむと、光はすっと消えた。目がちかちかする。まばたきをしながらふり返ったら、脇道に入ってきていたじいさんに、いきなりでかい手で肩《かた》をつかまれた。

「おい、小僧《こぞう》」しわがれているが、力強い声だ。

まずいぞ！　おれはじっとしていた。

じいさんが鋭い目つきでおれを見おろした。恐《おそ》ろしい沈黙《ちんもく》が続いた。ポケットのなかの魔導石がずんと重くなり、あたたかくなる。と、じいさんがいった。「腹《はら》がへっているのではないか？」

まあ、へってはいるけど。おれは用心しながらうなずいた。

「食事をごちそうしてやろう。豚《ぶた》のあぶり肉はどうだ？　揚《あ》げジャガイモとパイもつけるか？」

おれはごくりとつばをのみこんだ。頭のなかで、やめておけ、という声がする。このじいさんはまちがいなく本物の魔術師だ。魔術師なんかと食事をするばかが、どこにいる？

でも、きのうから空っぽのおれの腹は、豚のあぶり肉を食わせろ、こしょうのかかった揚げジャガイモとパイを食わせろ、とでかい声でわめいている。さっさとうなずけ、ほら早く、という腹の声に逆《さか》らえず、おれはうなずいた。

「よかろう。そこの角にある食堂が、まだあいている」じいさんがおれの肩から手を放し、杖《つえ》をつきながら急な坂を下りはじめる。おれもついていった。「わしはネバリー。おまえの名は？」

魔術師《まじゅつし》に名前を教えたら、ろくな目にあわない、とよく聞く。だまったまま、並《なら》んで歩いた。

魔術師のじいさんは角の食堂のほうに顔を向けていたが、帽子《ぼうし》のつばの下から鋭い目つきで、ちらちらとこっちを見ているのがわかる。

上が宿屋になっている食堂には、暖炉《だんろ》に火があかあかと燃《も》え、主人しかいなかった。

「夕食をたのむ」魔術師のネバリーが指を二本立ててみせると、食堂の主人はうなずいて厨房《ちゅうぼう》に引っこんだ。ネバリーはすみのテーブルに向かい、おれを壁《かべ》を背《せ》にしてすわらせた。ここからだと、逃《に》げようとしても向かいにすわったネバリーにすぐつかまっちまう。

「さて、小僧《こぞう》」ネバリーは帽子を脱ぎながらいった。明るい場所で見ると、目は黒、髪《かみ》とあごひげとまゆは白髪《しらが》まじりだ。ネバリーは濃《こ》い灰色《はいいろ》のローブも脱いだ。その下には黒のズボンと、ビロードの襟《えり》のついた黒いフロックコートと、刺繍《ししゅう》つきの黒のベストを着ていた。どれもちょっとくたびれている。昔はもう少し金持ちだったのだろう。ネバリーは金色の柄《え》のついた杖《つえ》をテーブルに立てかけてから、続けた。「おまえのような家なしの身に、こんな寒い雨の夜はさぞつらかろう？」

寒い雨の夜はだれにとってもつらいと思ったが、うなずいておいた。

ネバリーがおれを見た。おれも見つめ返す。

「にもかかわらず、ぴんぴんしておるな」ネバリーは、ひとりごとのようにつぶやいた。「とくに悪い力を受けているようにも見えん」

悪い力？　なんのことだ？

「まだ名前を聞いておらんな」

そういわれても教えるつもりはないので、肩《かた》をすくめてごまかした。

ネバリーが何かいおうと口をひらいたそのとき、店の主人が料理を山のように盛《も》った皿を運んできて、テーブルに並べた。

豚《ぶた》のあぶり肉は香《こう》ばしいにおいがし、皮はかりかりに焼けていた。ジャガイモにはバターがたっぷりかかっていて、てかてかした茶色い皮の上に黒こしょうがふってある。主人はすぐにもどってきて、キイチゴがはみだした砂糖《さとう》がけのパイの皿も置いていった。

ネバリーが何かいったけど、腹《はら》ぺこのおれはそれどころじゃない。フォークをとってせっせとジャガイモを切り、バターにひたして思いきりかぶりついた。

ネバリーはおれを見つめている。「よいか、小僧。おまえはまもなく、わしの魔導石《まどうせき》に命をうばわれることになる。いまなお命があるだけでも驚きだ」

えっ？　おれは口のなかのものをごくりとのみこんだ。ジャガイモが鉛《なまり》のかたまりのようにのどをすべっていき、空っぽの腹《はら》の底に落ちる音が聞こえた気がした。

命をうばわれる？　魔導石がおれを殺すってこと？　片手《かたて》をポケットのなかにすべりこませ、知らず知らず、あの魔導石をとりだしていた。手のひらにのせた魔導石は、闇《やみ》のかけらのようにくろぐろとしている。

まばたきをしたら魔導石《まどうせき》がふくらんで、両手で持つと、そこに黒い闇《やみ》が広がった。その闇がぐんと重くなり、暖炉《だんろ》の火がゆらめいて消えた。

遠くで主人のさけび声がし、ネバリーが杖《つえ》をつかんですばやく立ちあがる。

あたたかかった魔導石が、おれの手のなかで氷のように冷たくなった。石はさらに大きくなり、放そうとしても離れない。どんどん重く、どんどんふくらんでいく。ついに石の冷たさが体を包みこんで、おれは渦巻《うずま》く暗黒の穴《あな》へと引きずりこまれた。風が氷の針《はり》のようにつきささり、風の音がゴウゴウと骨《ほね》に響《ひび》く。

風が吹《ふ》きあれる闇のなかから必死に外をのぞくと、ネバリーの顔がぬっとあらわれた。「名を名乗れ！」

それでも、おれは首を横にふった。風がかん高い音を立て、氷のように冷たい指でおれの髪《かみ》や服を引きむしろうとする。

ネバリーがまたさけんだ。声が風にかき消され、かすかにしか聞こえない。「ばか者！　名を聞かねば助けられん！」

風が激《はげ》しく打ちつけ、石からさらに冷たい風が流れだし、氷のような指でぐいぐいとおれを闇の奥《おく》へ引きずりこもうとする。

おれは冷気をおしのけ、自分の名前をさけんだ。「コンウェア！」

遠くでネバリーが力強いしわがれ声で「コンウェア！」とくり返し、何かつけくわえた。魔法《まほう》の呪文《じゅもん》だ！

ネバリーのがっしりとしたあたたかい手がおれの手をつかみ、魔導石をとりあげた。と――風がやんだ。あたりが急にあたたかくなり、静かになった。

しばらくして気がついたら、食堂の木の床《ゆか》に横たわっていた。暖炉では炎《ほのお》がゆれ、ネバリーはテーブルでパイを食べ終えるところだった。ナプキンで口もとをぬぐったネバリーは、イスの背《せ》にもたれかかっておれを見おろした。

魔導石はどこにもない。

ネバリーは目をきらめかせていった。「さて、小僧《こぞう》。おまえはわが魔導石に手をふれた瞬間《しゅんかん》、命を落とすはずだった。だが、いまなお生きておるとは……。実に興味深《きょうみぶか》い」

おれは目をぱちぱちさせ、ふらつきながら立ちあがった。テーブルには、おれの豚《ぶた》のあぶり肉とジャガイモの皿がまだ置いてあった。砂糖《さとう》がけのキイチゴのパイもある。逃《に》げるなら、いまだ。いまなら、つかまらずに逃げられる。ドアへ突進《とっしん》すれば、夜のウェルメトの町の雨にぬれた坂道へもどれる。

でも、逃げなかった。おれもネバリーに興味が出てきたからだ。

すばやく動く手を持つおれは、腕《うで》のいい泥棒《どろぼう》だ。きっと腕のいい魔術師《まじゅつし》の弟子にもなれるだろう。

このいまいましいウェルメトの町にもどってきたのは日が暮《く》れてからだったのに、あやうく衛《えい》兵隊《へいたい》につかまりそうになった。つかまったら監獄《かんごく》行きだ。幻影《げんえい》の術《じゅつ》で追手《おって》をまき、やむなく川の西の〈たそがれ街《がい》〉に逃《に》げこんだ。

〈たそがれ街〉は危険《きけん》なのだが……。

ウェルメトから追放され、長年みじめな思いをしながら、町から町へとわたり歩いてきた。わが魔術書《まじゅつしょ》は手もとになく、魔術の力もおとろえた。ブランビーからの手紙がなければ、もどりはしなかっただろう。

『親愛なるネバリー

きみがウェルメトを離れた時点で、二度ともどらぬと決めていたのは知っている。しかしいま、ウェルメトでは不吉《ふきつ》なことが起きている。われわれはウェルメトの町の魔力《まりょく》の測定《そくてい》を重ね、ゆゆしき事態《じたい》を発見した。魔力が減少しているのだ。もう何年も前からへりつつあったが、最近になってさらに激減《げきげん》し、われわれ魔術師《まじゅつし》は途方《とほう》にくれている。当然ながら女公爵《おんなこうしゃく》は、なんの力にもなってくれない。危機《きき》にひんしたウェルメトを救うために、ぜひもどってきてもらいたい。ただし、きみに手紙を書いたことは、どうか内密《ないみつ》に。

ネバリー、ほんとうにどうしたらいいかわからないのだ。たのむ、きみだけがたよりだ。

敬具《けいぐ》

ウェルメト魔術大学校校長　魔術師ブランビー』

手紙には、わしがウェルメトから追放されて二十年もたつことなど、ひとことも書かれていなかった。いかにもブランビーらしい。不安のあまり、わしを町に呼《よ》びもどしたあとのことまで気がまわらないのだ。

わしがなすべきことは――

1　〈たそがれ街《がい》〉で落ちつき先を見つける。
2　ブランビーと会う。
3　〈日暮《ひぐれ》の君《きみ》〉クロウと会う。
4　用心棒《ようじんぼう》をやとう。ベネットはどうだろう？

〈たそがれ街〉に到着《とうちゃく》したあと、食事をとりに出かけたのだが、予期せぬできごとに出くわした。魔導石《まどうせき》に異変《いへん》が生じていないか、確認《かくにん》する必要がある。今夜のできごとに影響《えいきょう》されていないか、確かめねば。

召使《めしつか》いなど、やとうつもりはなかった。さほど役には立ちそうにない小僧《こぞう》ゆえ、長く置くことにはなるまい。目下《もっか》、その泥棒《どろぼう》小僧は暖炉《だんろ》の前で毛布《もうふ》にくるまり、ぐっすりと眠《ねむ》っている。ここから見ると、ぼろきれの山の両端《りょうはし》から、もじゃもじゃの黒髪《くろかみ》とよごれた素足《すあし》が飛びだしているようにしか見えない。

今日は、もうこのくらいにしよう。長旅でつかれているし、今後のことも考えねばならんし。

〈ネバリー、あんたの日記の錠《じょう》をあけさせてもらったよ。コンより〉

2

翌朝《よくあさ》は、ネバリーにけとばされて目が覚めた。

ネバリーは魔術師《まじゅつし》の着る灰色《はいいろ》のローブをまとっていた。背筋《せすじ》をぴんとのばして立ったまま、もう一度おれを軽くけとばすと、「小僧《こぞう》、起きろ」といって、テーブルの上のたらいを杖《つえ》でさす。

「この水で体を洗《あら》え。それがすんだら、下に朝食を食べにくるがよい」

朝飯《あさめし》だって！　やった！

ネバリーが部屋を出たとたん、おれは目をこすり、毛布《もうふ》をめくって起きあがった。

体を洗え、だって。テーブルのたらいに近づき、指を一本つっこんでみた。うわっ、冷たい！　石畳《いしだたみ》みたいに冷えてる！

朝飯を食べに下りていったら、ネバリーはきのうの晩《ばん》と同じテーブルにすわっていた。金色の柄《え》の杖をイスの横の壁《かべ》に立てかけ、お茶を飲んでいる。ローブの片方《かたほう》の袖口《そでぐち》には、左右に翼《つばさ》のある砂時計《すなどけい》を青い糸で刺繍《ししゅう》した布《ぬの》が縫《ぬ》いつけてあった。

「体は洗ったのか？」

おれはネバリーではなくテーブルをながめながら、まあね、と肩《かた》をすくめた。あつあつのマフィンとベーコン、オートミールとお茶が出ている。すわろうとしたら、ネバリーに腕《うで》をつかまれ、止められた。

「洗《あら》ったのか？」

もちろん洗ってないので、首を横にふった。

するとネバリーが階段《かいだん》を指さした。「洗ってこい。食事はそのあとだ」

早くしないと、ベーコンがなくなっちまう！　階段を駆《か》けあがって部屋にもどり、シャツを脱いで体に水をかけ、手と顔をこすって洗い、ぶるぶる震《ふる》えながら下にもどった。

ネバリーがうなずいたので、イスにすわってマフィンに手をのばした。

おれが朝飯《あさめし》を食べるのを、ネバリーは見ているようだった。が、視線《しせん》はこっちに向いているが、頭ではほかのことを考えているらしい。

ま、べつにいいけど。オートミールにバターを入れて食べた。店の主人がおかわりを運んでくる。最後に、きのうのパイの残りを平らげた。

「腹《はら》はいっぱいになったか？」と、ネバリー。

おれはうなずいた。

「まあ、それだけ食えば、そうであろうよ」ネバリーは、立ちあがって杖《つえ》をとりながらつぶやいた。「小僧《こぞう》、来い」

ネバリーはてっぺんが平らなつば広の帽子《ぼうし》をかぶって出口へ向かい、主人に代金をはらうと、すたすたと外に出た。

行き先もいわないわけ？

「どこへ行くんだよ？」おれは追いかけてたずねた。

ネバリーはきのうと同じ鋭い目つきでおれをちらっと見ただけで、何もいわずにずんずん進んでいく。ちぇっ、しかたない。おれはおくれないように、軽く走ってついていった。

ネバリーは〈首つり通り〉から〈さすらい通り〉へと進んだ。何か捜《さが》してるのか、くずれかけた家や薄暗《うすぐら》い店をちらちらと見ている。やがて、一軒《けん》のあやしげな酒場の前で足を止めた。入口が道から二段《だん》ほど下がっている。

「小僧、ここで待っておれ」ネバリーはそういうと、さっさと階段《かいだん》を下りて酒場に入っていった。

おれは、外でレンガの壁《かべ》に寄りかかって待った。吹《ふ》きぬける風が排水溝《はいすいこう》のごみをかきまわし、おれのシャツの首筋から冷たい指のように入りこんでくる。はだしで踏《ふ》む石畳《いしだたみ》は氷のよう。町は冷えきり、がらんとしている。少しでもあたたまりたくて、両腕《りょううで》でぎゅっと体を抱《だ》きしめた。

しばらくして、ネバリーが酒場から男をひとり連れて出てきた。背《せ》が高く、首が太い男だ。髪《かみ》はつんつんに立っていて、顔は、はでになぐりあいでもしたみたいにゆがんでいる。こいつは用《よう》心棒《じんぼう》？　子分？　それとも、ただのごろつき？　地味な茶色の上下のなかに赤い毛糸のベストを着ていて、幅広《はばびろ》のベルトには真鍮《しんちゅう》のとめ金がついている。たぶん上着のポケットには、穴あき銅貨《どうか》を通す財布《さいふ》代わりのひもとナイフしか入っていないんだろう。ネバリーはこの男をやとったらしい。こいつから盗《ぬす》むのはやめておこう。

男はのっそりと階段《かいだん》を上がってきて、太い腕《うで》を組み、おれをにらみつけていった。「こいつですか？」低いだみ声だ。

ああ、おれが弟子だよ、とせっかく答えようとしたのに、ネバリーが先に「そうだ」といってしまい、財布《さいふ》ひもをしまうために立ちどまった。

「おれはコン」

と名乗ったら、新顔の用心棒《ようじんぼう》はおれのほうにかがみこみ、ネバリーには聞こえないように「おとなしくしてろ」とささやいて、にぎったこぶしをこれみよがしにふった。

はいはい、わかりましたよ。おれはじりじりとあとずさった。

ネバリーが「ついてこい」と杖《つえ》をふりながら歩きだし、用心棒があとに続いた。

二人の会話に耳をすましながらついていったが、どちらも小声でしゃべっていてよく聞こえない。

行きついた先は〈夕暮屋敷《ゆうぐれやしき》〉だった。ウェルメトでもっとも悪名高い住人のひとり、〈日暮《ひぐれ》の君《きみ》〉クロウの屋敷だ。ほんとうにここでいいの、とネバリーに訊《き》きたくなったが、だまっていた。

見た目は、なかなか立派《りっぱ》なお屋敷だ。正面には巨大《きょだい》な鉄の門。高い塀《へい》の上には、先のとがった杭《くい》がずらりと並《なら》ぶ。その奥《おく》には、背《せ》の高い石造《いしづく》りの邸宅《ていたく》。しのびこむのも抜《ぬ》けだすのも難しい屋敷だ。おれにとってはもどりたくない場所だが、今回はネバリーといっしょだから、まあ、つかまることはないだろう。

ネバリーが二人の門番と少し話すと、三人そろって門を通された。ネバリーは続いて正面玄関《げんかん》に立っていたクロウの四人の手下と話をし、三人とも屋敷《やしき》のなかへ通された。

「〈日暮《ひぐれ》の君《きみ》〉のもとへ案内する」と、手下のひとりがネバリーにいった。「だが、用心棒はここに残してもらいたい」

「承知《しょうち》した」ネバリーは落ちつきはらっていたけれど、見れば杖をきつくにぎりしめていた。

「ベネット、ここで待っておれ」ネバリーが手下といっしょに歩きだす。おれもついていこうとしたが、ネバリーが立ちどまっておれを見おろした。「小僧《こぞう》、おまえも残れ」

そういわれたら、ネバリーが立ちどまっておれを見おろした。「小僧《こぞう》、おまえも残れ」

そういわれたら、だまって見送るしかない。ネバリーは、黒光りする廊下《ろうか》に杖の音を響《ひび》かせて去っていった。ネバリーと手下は廊下のつきあたりで背《せ》の高い黒いドアをあけて入り、ドアが音を立ててしまった。

おれはあたりを見まわした。四人の手下のひとりはネバリーについていき、二人はすでに正面玄関脇《げんかんわき》の詰所《つめしょ》にもどり、ひとりが残ってベネットとおれを見張《みは》っていた。ベネットは足をふんばり、腕《うで》を組んで、手下とにらみあっている。

おれは壁《かべ》に背中《せなか》をつけ、さりげなく冷《つめ》たい床《ゆか》にすわった。

すると手下がじろりとこっちを見て、疑わしげに目を細めた。「おい、おまえ。見おぼえがあるぞ」

おれは何もいわず、じっとすわっていた。

手下がうなずいた。「そうか、おまえ、あの錠前破《じょうまえやぶ》りだな。クロウ様が捜《さが》しておられた」

しまった！

手下が近づいてきておれの肩《かた》をつかみ、無理やり引っぱって立たせた。用心棒《ようじんぼう》のベネットをちらっと見たが、腕《うで》を組んで立ったままで動こうとはしない。

「クロウ様から話がある！」手下が大声をあげた。

〈日暮《ひぐれ》の君《きみ》〉と会って、話だけですむもんか！

おれは手下のすねをけり、肩をひねって手をふりほどくと、腕の下をくぐってネバリーが消えたドアへと走った。

「おい、待て！」手下がさけび、追いかけようとして仲間を呼《よ》んだ。

めざすドアを抜《ぬ》けると、だれもいない広間に出た。正面のドアも鍵《かぎ》がかかっていなかったので、駆けぬけて、勢いよくしめた。その先はまたしても廊下《ろうか》だ。

ネバリーを見つけないと。廊下を走っても、はだしだから足音はしない。左右にドアがあるたびに立ちどまり、あいていないか確かめたが、どれも鍵がかかっていた。曲がり角に来たので、しゃがんで角の向こうをのぞいてみた。もし見張《みは》りがいたとしても、ふつうは目の高さのあたりしか見ないから、しゃがんでいれば見つからない。

曲がり角の向かい側には壁《かべ》しかないが、こっち側の壁の奥《おく》にはドアがひとつあり、二人の見張りが立っている。〈日暮の君〉は、まだあの部屋を執務室《しつむしつ》として使っているらしい。ネバリーは、きっとあそこだ。曲がり角からいったん下がり、角の手前にあるドアのノブをまわしてみた。大きな鍵穴《かぎあな》が上にある、ごつごつした真鍮《しんちゅう》のドアノブだ。鍵がかかっていてまわらない。鍵穴からのぞいたら、なかに明かりは見えなかった。ドアに耳をつけても、物音ひとつしない。

ポケットから錠前破《じょうまえやぶ》りに使う針金《はりがね》をとりだして鍵穴にさしこみ、ちょっといじると、すぐに鍵はあいた。ドアをそっとあけ、なかにすべりこんでしめた。部屋は暗いが、奥の暗がりにドアがもうひとつあるのがわかる。

奥のドアまですばやく部屋をつっきり、また針金で鍵をあけた。このドアも簡単《かんたん》にあいた。そのまま次の部屋へ入り、さらに奥のドアへと向かう。

そのドアは下のすきまから光がもれていた。しゃがんで鍵穴からのぞいたが、よく見えない。ちらちらと魔力《まりょく》で光る魔光《まこう》と、本がつまった書棚《しょだな》と、金色の額縁《がくぶち》の角がちらっと見えただけだ。

そのとき、カチカチッ、カチカチッ、カチカチッ、カチッ、カチッと音がした。この音はよく知っている。〈日暮の君〉クロウが持ち歩いている機械の音だ。その昔、おれはばかなことをした。クロウが何を持ってるのか知りたくて、ポケットの中身をすったのだ。危険を冒《おか》して手に入れたのは、歯車つきの象牙《ぞうげ》の円盤《えんばん》が四枚《まい》ついた、手に収まる大きさの機械だった。クロウはこれをしょっちゅうカチカチいわせている。

部屋のなかで、ネバリーが低い声でうなるように何かいうのが聞こえた。不機嫌《ふきげん》な声だ。鍵穴《かぎあな》から目を離すと、この部屋の横手にもうひとつドアがあるのに気づいた。

そのドアに近づき、飾《かざ》りのついた鍵穴をのぞきこむ。ドアのすぐ向こうには男がひとり立っていて、何かどなっていた。髪《かみ》がまっ白の魔術師《まじゅつし》だ。金の飾《かざ》りがついた黒いローブをまとい、金の鎖《くさり》で首から魔導石《まどうせき》をぶらさげている。

「……流銀《りゅうぎん》が足りん！　最低でも、あとひと枡《ます》はないと――」

そこで声が小さくなったので、正確《せいかく》には聞きとれなかったが、暗い路地《ろじ》でつきだされるナイフのように殺気立《さっきだ》った声だ。魔術師がけわしい顔で部屋のすみを指さすと、大きな音を立てて別のドアがあいてしまるのが聞こえた。そのあと魔術師はこっちに背《せ》を向け、書棚《しょだな》に近づいてあたりを見まわし、書棚のいちばん上の板をおした。と、書棚がすっと動き、なんと、その後ろに暗い入口があらわれた。魔術師の姿がだんだん消えていく。階段《かいだん》があるらしい。書棚の入口はあいたままだ。

何をする気だろう？　きっと魔術がらみだ。おれは魔術師の弟子なんだから、追いかけて見ておかないと。

急いで針金《はりがね》をとりだし、ドアの錠前破《じょうまえやぶ》りにとりかかった。見た目はただの飾りっぽい錠だが、フランジ、スタッドボルト、鋸歯《のこぎりば》を使った凝《こ》った錠だ。息をしずめ、すばやく手を動かすうちに、ようやく針金がぴたっとはまってドアノブがまわった。ドアをそっとあけてのぞきこむ。よし、だれもいない。

部屋をつっきって書棚《しょだな》に向かった。階段の入口は、壁《かべ》にぽっかりとあいた黒い穴《あな》のようだ。二、三段下りて耳をすましたが、何も聞こえない。暗闇《くらやみ》の奥《おく》へと一段一段たどっていった。壁に片手《かたて》をついて、せまくて急な階段を下りていく。

ようやく踊《おど》り場に来て、その先をのぞいてみた。奥に光が見え、その手前にうっすらと次の踊り場が浮かびあがる。しのび足でさらに下りていった。

その踊り場までたどりつき、しゃがんで向こうをのぞきこみ、すぐに顔を引っこめた。踊り場の先の階段の下は、やけに明るくてざわついた、だだっ広《ぴろ》い部屋だったのだ。大勢《おおぜい》人がいて、これ以上は進めない。カチン、カチンという、金属《きんぞく》と金属がぶつかりあう音がした。歯車のきしむ音や、男がののしる声もする。金属が焦《こ》げるようなつんとくるにおいが漂ってきて、のどがちくちくする。

さらに数秒間、聞き耳を立てていたら、下から階段をのぼってくる足音がした。おれは息を止めて階段を一気に駆けのぼると、書棚の隠し扉《とびら》から外に出た。部屋をつっきり、もとの暗い部屋へ飛びこむ。急いでドアをしめ、針金でまた鍵をかけた。

〈日暮《ひぐれ》の君《きみ》〉の屋敷《やしき》の地下で、何かが起きている。作業場のように見えたが、もしかしたら想像《そうぞう》もつかないようなことをしているのかも。〈日暮の君〉とあのまっ白な髪の魔術師は、ぜったい何かたくらんでいる。それがなんなのか、つきとめてやる。

でもいまは、正面玄関《げんかん》にもどらないと。

だれにも見られないように気をつけながら、つぎつぎと静かにドアを通りぬけて廊下《ろうか》にもどり、玄関ホールに引き返した。

最後の背の高い黒いドアをするりと通りぬけたら、向こうのホールにはベネットしかいなかった。〈日暮《ひぐれ》の君《きみ》〉の手下はひとりもいない。黒光りする石の床《ゆか》を、猫《ねこ》のように音を立てずに進んだ。

近づいた瞬間《しゅんかん》、ベネットにつかまって顔をひっぱたかれた。もっとひどくなぐられたこともあるが、まさかここでベネットにやられるとは――。ふいをつかれて壁《かべ》まで吹っとび、後頭部を打ちつけ、くちびるを嚙《か》んでしまった。

ベネットは何もいわず、また腕《うで》を組んで、おれをにらみつけた。

手下たちとネバリーが背の高い黒いドアから出てきたときも、まだ耳がじんじんしていた。ネバリーの杖《つえ》がみがきあげられた石の床《ゆか》にあたって、カツンカツンと音を立てる。よかった、もどってきてくれて。〈日暮の君〉と会った者は、無事にもどれるとはかぎらないから。ネバリーは鋭い目つきでおれを見たが、何もいわなかった。ネバリーにつきそってきた手下たちも、おれをにらみつけただけで、何もいわない。

おれはできるだけベネットと距離《きょり》をとりながら、ネバリーを追って〈夕暮屋敷《ゆうぐれやしき》〉をあとにした。

ベネットと話すネバリーの声の調子からすると、〈日暮の君〉との話しあいはうまくいかなかったらしい。
〈日暮の君〉と取り引きするなんて無理に決まっているのに。〈日暮の君〉に逆《さか》らった者がたどる運命は、ただひとつ。鎖《くさり》でぐるぐる巻《ま》きにされて、重りをつけられ、夜の川に投げこまれるだけ。考えただけでぞっとする。

『ウィラ・フォレスタル公爵《こうしゃく》様
拝啓《はいけい》
つい最近、ウェルメトの魔力《まりょく》が急激に減少《げんしょう》しているという知らせを受け、事実かどうか確かめるために、ウェルメトにもどることにいたしました。追放後の流浪《るろう》の日々をへてもどったこの目に映ったのは、衰退《すいたい》し荒《あ》れはてた町の姿《すがた》でした。文献《ぶんけん》によると、荒廃《こうはい》は、魔力が減少する町に特有の現象《げんしょう》とのこと。だれも住まなくなった多くの家々は朽《く》ちかけ、通りにほとんど人の姿はなく、人を見かけることがあっても生気《せいき》が感じられません。ウェルメトという町が、土台からくずれつつあるのです。フォレスタル様はすでに魔術師《まじゅつし》たちに対処《たいしょ》をお命じになったことと思いますが、よくごぞんじのとおり、魔術師というのは無能《むのう》な輩《やから》が多く、あまり役に立ちません。
こうして町にもどってまいりましたからには、ぜひ、お力になりたくぞんじます。もしわたしへの追放令を撤回《てっかい》してくださるのなら――二十年にわたる追放で、もうじゅうぶんだとお考えいただけるのなら――魔力《まりょく》が減少した原因《げんいん》を解明《かいめい》し、食いとめるべく、全力でことにあたる所存《しょぞん》です。

お返事はわたしの召使《めしつか》いのベネットにおことづけくださるか、あるいは〈たそがれ街《がい》〉の〈半人前通り〉にある食堂あてに手紙を送っていただきたくぞんじます。

敬具《けいぐ》

ネバリー

追伸《ついしん》　ふたたびわたしを追放するおつもりなら、その前に町を出ていきます。そのときは、あなた様がおひとりでこの問題に対処《たいしょ》することになりましょう。』

『魔術師《まじゅつし》ネバリー・フリングラスへ

あなたがもどってきたことには、もちろん気づいていました。ウェルメトが問題を抱《かか》えていること、その原因《げんいん》の究明に魔術師たちがこれまでほとんど、いいえ、まったく役に立っていないことは、全面的にみとめます。わたくしは常《つね》のごとく、自分よりもウェルメトにとって大切なことのほうを優先《ゆうせん》しますので、あなたへの追放令は撤回《てっかい》しましょう。ただしひとつでも何か問題を起こせば、ふたたび追放しますからね。花火を使った魔術の実験は禁《きん》じます。次は容赦《ようしゃ》しませんよ。

ノネンブリー四日

『ウィラ・フォレスタル』

女公爵《おんなこうしゃく》から返事が来た。しかし、いつ女公爵の気が変わって逮捕《たいほ》されるか、わかったものではない。油断《ゆだん》は禁物《きんもつ》だ。女公爵の許可が下りたので、〈やすらぎ邸《てい》〉にもどってもかまうまい。屋敷《やしき》はくずれかけているだろうが、作業するならあそこにかぎる。明日の朝いちばんに食堂の部屋を引きはらい、あの小僧《こぞう》とベネットに掃除《そうじ》をさせよう。

屋敷に落ちついたらすぐ、魔術師たちの動勢《どうせい》を探《さぐ》らねば。

小僧は召使いとして役に立ちそうにない。やっかいなだけだ。小僧の朝食代だけで銅貨《どうか》を四枚《まい》もはたくはめになった。

ちなみに小僧が朝食に平らげたのは、マフィン三個《こ》、ベーコン、卵《たまご》四個、お茶二杯《はい》、ミルク一杯《ぱい》、バターとブラウンシュガーとナッツ入りのかゆ、リンゴ一個、冷えたゆでジャガイモ、残りもののキイチゴのパイ。

まあ、朝食をとって、小僧の顔色はずいぶんよくなったが。

やつに紙とペンとインクを買いにいかせよう。金を持ったままもどってこない恐れもあるが、そのほうが本人のためかもしれん。

3

二日目の朝、目が覚めたら、炭が燃《も》える暖炉《だんろ》の前で毛布《もうふ》にくるまっていた。きのうベネットになぐられたせいで片方《かたほう》の目が少し痛《いた》いが、ちゃんと見えるから問題ない。

部屋にはおれしかいなかった。もぞもぞと毛布から抜けだしてドアに向かった。ベネットとネバリーは、たぶん食堂だ。ベーコンを全部食べられちまう。早く行かなきゃ！

ネバリーとベネットは、食べ終えた皿を重ねているところだった。うわっ、しまった！　食べそこねた？

階段《かいだん》の下で足をすべらせながら止まると、ネバリーがまたじろっとおれを見た。ベネットはこっちを見もしない。

「小僧《こぞう》、あわてるな」ネバリーはそういって、また席に着いた。「さっさと食べろ。わしももう一杯《ぱい》、茶を飲む」そしてベネットに向かっていった。「荷物をまとめておけ。すぐに出発する」

ベネットはうなずき、階段をのぼっていった。

食堂の主人が、きのうの残りの固くなったマフィンといっしょに、残りものを皿にのせて運んできた。おれはマフィンにジャムを塗《ぬ》り、チーズをはさんでかぶりついた。ネバリーは自分のカップにお茶を注いでから、おれのカップにも注いでくれた。おれはお茶を飲んで、マフィンを流しこんだ。

「これからどこへ行くわけ?」ネバリーにたずねて、またマフィンをかじる。

ネバリーはすぐには答えず、持っていた紙を——たぶん手紙だ——テーブルにパシパシと打ちつけてから、口をひらいた。「〈やすらぎ邸《てい》〉だ」

それどこ? とたずねようとしたら、ネバリーはうるさいといわんばかりに手をふり、「いいから食べろ。おまえがしつこく訊《き》く前に答えてやろう」といってお茶を飲んだ。「〈やすらぎ邸〉は、ウェルメトの中央を流れる川の中州《なかす》に立つ邸宅《ていたく》で、わしの住まいだ。この二十年というもの留守《るす》にしていたがな」

ほかにも訊きたいことがあったので口をひらきかけたら、またネバリーにさえぎられた。

「長く留守にしていた理由は訊くな。その昔、いざこざがあったのだ」

まあ、いまのところは、それでもいいけど。おれはうなずいて、またマフィンをひと口かじった。

「おまえは気づいとらんだろうが、この町はいま、大変なことになっておる。魔力《まりょく》が急激にへっているのだ。長年にわたって少しずつへってきたが、最近になって、さらに急に減少したらしい。いま、それを食いとめなければ、ウェルメトはほろんでしまう」

「で、おれたちは、何をしたらいいわけ？」

ネバリーは白髪《しらが》まじりの太いまゆをつりあげていった。「おれたち、だと？　わしが魔術堂《まじゅつどう》で指揮《しき》をとる。わしがひとりで、この危機《きき》の原因《げんいん》をつきとめて対処《たいしょ》せねばならんのだ」ネバリーは、いったん言葉を切ってから続けた。「危険《きけん》かもしれんがな」

それくらい、わかってるって。魔術師たちを相手にするだけでも危険なのに、〈日暮《ひぐれ》の君《きみ》〉の協力もあおがないといけないんだから。

それからネバリーは、ウェルメトの実力者たちの関係について話しはじめた。知っていることばかりだったが、食事をしながらいちおう聞いていた。ネバリーの説明は、だいたい正しかった。

おれの見るかぎり、この町の主《あるじ》は女公爵《おんなこうしゃく》のフォレスタルだ。女公爵は自分が選んだ議員の助けを借りて町を治め、川の東側の〈あけぼの街《がい》〉にある〈あかつき御殿《ごてん》〉に住んでいる。〈あけぼの街〉にはぜいたくな屋敷《やしき》と金持ちの住人と立派《りっぱ》な店が集まり、魔術師たちが魔法で美しい街《まち》並《な》みを作っている。女公爵の独房《どくぼう》にぶちこまれたくなければ、おれみたいなやつは、昼間の〈あけぼの街〉には行かないほうがいい。

川の西側は〈たそがれ街〉だ。大きく曲がった川に囲まれるような形をしていて、〈あけぼの街〉よりはるかにせまい。〈たそがれ街〉には製粉所《せいふんじょ》や工場や倉庫が並び、主《あるじ》は〈日暮の君〉だ。〈日暮の君〉は金と権力《けんりょく》のためなら、手下を使って力ずくでなんでもする。自分の思いどおりにならなければ、身内を殺すのもいとわない。泥棒《どろぼう》、借金取り、スリ、いかがわしい酒場の主人はもちろん、〈たそがれ街〉ではだれもが〈日暮の君〉に上納金《じょうのうきん》を納めている。いってみれば、税金《ぜいきん》みたいなものだ。といっても〈日暮の君〉の手下たちは、〈あけぼの街〉の本物の税金取りの役人とはちがって、支払《しはら》えない相手を棒《ぼう》でなぐったりするが。

ウェルメトの町なかを大きく湾曲《わんきょく》して流れる川には、中州がいくつもある。ここを治めるのは、町の魔力《まりょく》を司《つかさど》る有力な魔術師たちだ。

魔術師と女公爵と〈日暮の君〉の三大勢力《せいりょく》はうまくバランスをとっていて、それなりにうまくいっている。といっても、〈あけぼの街〉の住人にとっては、だが。

ネバリーがウェルメトの町の政治《せいじ》についてしゃべっている間に、おれはマフィンを食べ終え、ちゃんと聞いてるよ、というしるしにうなずいた。もっと食べるには、ネバリーにもっとしゃべってもらわないと。まだ残ってるマフィンを見た。今度はバターを塗《ぬ》ろうかな。ピクルスをはさむのもいいかも。ベーコンはもう残ってないから……。

「おい、小僧《こぞう》、聞いておるのか？」

顔を上げたら、ネバリーがおれをヒキガエルにでも変えてしまいそうな顔でにらんでいた。

げっ、やばい！

そのとき、両手に荷物をどっさり抱《かか》えたベネットが、大きな足音を立てて階段《かいだん》を下りてきた。

ネバリーは立ちあがって杖《つえ》をとり、つばの広い帽子《ぼうし》をかぶって、ベネットに声をかけた。「小僧にも少し荷物を持たせて、ついてこい」

おれはバターを塗《ぬ》ったマフィンをひっつかみ、ベネットから荷物を受けとろうと近づいた。ベネットは何もいわず、おれの目の前にどさっとかばんを二つ落とすと、ネバリーについて部屋を出ていった。

かばんは二つ。片手《かたて》にひとつずつ持つしかない。ってことは、マフィンを持てないじゃないか。食堂のドアが勢いよくしまった。ネバリーもベネットも、おれを待つ気はないらしい。おれはマフィンにかぶりつき、残りをポケットにつっこむと、二つのかばんを持って外の通りに飛びだした。ずいぶん重いけど、何が入ってるんだろう？　石とか？

マフィンを食べながら、かばんを引きずって、ネバリーとベネットのあとを追った。二人が角を曲がる。追いつくには走るしかない。かばんを足にぶつけながら、〈首つり通り〉を必死に走った。これじゃあ、さっさとしろ、とだれかに追いたてられているみたいだ。息を切らしてついていき、三人で足早に〈たそがれ街《がい》〉をつっきった。〈たそがれ街《がい》〉は、ふたのない下水溝《げすいこう》から漂《ただよ》うにおいと石炭を燃《も》やす煙《けむり》で臭《くさ》いところだが、川に近づくにつれて死んだ魚と泥《どろ》のにおいもまざるようになった。

ネバリーは〈つけ足し通り〉の坂道を川まで下りていった。この川には名前があるのかもしれないが、みんな「川」としか呼《よ》ばない。川には〈闇夜橋《やみよばし》〉がかかり、橋の対岸は〈あけぼの街〉だ。

〈闇夜橋〉の上の左右に立ちならぶ背《せ》の高い家々は、一列にずらっと並んで川をわたろうとひしめきあっている大女たちみたいだ。その橋の下を、川がゴウゴウと音を立てて勢《いきお》いよく流れている。

ネバリーは家々にはさまれた暗い〈闇夜橋〉を先頭に立って進んでいった。と、橋の途中でふいに家と家の間のせまいすきまに入っていく。

おれもかばんを引きずりながら、ネバリーとベネットを追って家と家の間に入り、その先の目立たない階段《かいだん》を下りていった。階段は少し下りると、アーチ形のトンネルになり、川の下へと続いている。

そうか！　このトンネルは、川の中州どうしをつなげている秘密《ひみつ》のトンネルだ！

なかは暗く、じめじめしていて生臭《なまぐさ》い。石板が敷きつめられた床《ゆか》はぬれていた。はだしの足が冷えきってじんじんする。ネバリーが片手《かたて》で魔導石《まどうせき》を胸《むね》の前にかかげ、何かつぶやく。すると、魔導石を持ったほうの手が突然、石の放つ青い炎《ほのお》に包まれた。ネバリーはそのまま歩きつづけ、おれたちはそのあとをついていった。炎がトンネルの石壁《いしかべ》におれたちの影を映し、ネバリーの杖《つえ》がコン、コンとくぐもった音を立てる。

しばらくして、トンネルの先に鉄の門があらわれた。ネバリーが何かいい、その声がトンネルに響《ひび》く。

と、魔導石がぱっと白く輝《かがや》いた。指の形をした炎が錠《じょう》へのびていき、カチッという音とともに鍵《かぎ》があく。

おれもいつか魔導石《まどうせき》を手に入れたい！

おれたちが通りぬけると、背後《はいご》でまたカチッと鍵《かぎ》がしまった。

水がぽたぽた落ちる曲がりくねった長いトンネルをひたすら歩いていくと、ふたたび門があらわれた。ネバリーが魔導石を持つ手を高くかかげた。ゆらめく青い光に照らされた門はさびていてほこりまみれで、あちこちにクモの巣が張っている。足もとの石に何か彫《ほ》ってあった。爪先《つまさき》でぬれた床《ゆか》をなぞってみた。ルーン文字だ。

ネバリーが何かつぶやいた。さっき門をあけるときにつぶやいたのと同じ呪文《じゅもん》だ。魔導石の白い光の指が錠《じょう》へとのびていく。

ところが門はあかない。

ネバリーは顔をしかめ、同じ呪文をくり返した。それでも何も起きない。

おれは腕《うで》がつかれてきたので、ため息をついてかばんを二つとも床に置き、片方《かたほう》の上にすわりこんだ。

「小僧《こぞう》、かばんのあつかいには気をつけろ」ネバリーが、おれのほうを見もしないで注意する。

はいはい、わかりましたよ。こんなかばん、持ってても、ちっともいいことないけどね。片方のかばんをあけてのぞいていたら、本がぎっしりつまっていた。なるほど、重いわけだ。

ネバリーは門の前にひざまずき、鍵穴《かぎあな》をじっと見つめている。

何を隠そう、おれは錠前破《じょうまえやぶ》りが大の得意で、腕前《うでまえ》もけっこう知られている。そんなおれでも、この門の鍵穴は形が奇妙《きみょう》すぎて、魔法《まほう》の力を借りないとあけられない気がしたので、だまっていた。ネバリーは魔導石を錠におしあて、呪文を大声で唱《とな》えた。

と、青緑色の光が矢のように鍵穴からひと筋《すじ》飛びだして、ネバリーの手から魔導石をはたき落とした。光の矢は破裂《はれつ》して大量の火花を噴きだし、火花が床に落ちてジュージューと音を立てる。続いて門がギギーッと低い音とともに、石の床をこすってひらいた。

ネバリーは魔導石をひろった。「来い」ベネットを従え、カツンカツンと杖《つえ》の音を響《ひび》かせながら門をくぐる。おれも、重たいかばんを持ちあげてついていった。後ろで門が、低い音を立ててしまる。

さらにトンネルが続き、やがて上に向かう長い階段《かいだん》が見えた。ネバリーが先頭に立って階段をのぼりきり、枯《か》れかかったイバラの茂《しげ》みをかきわけて外に出た。

外には冬の弱い日がさしていた。ベネットが階段をのぼりきったところで立ちどまる。おれは脇《わき》をすりぬけて外の景色をながめた。

これが、〈やすらぎ邸《てい》〉か。かつては正面玄関《げんかん》の前に円柱が立ちならび、どの窓《まど》もぴかぴかにみがきあげられ、かなり立派《りっぱ》なお屋敷《やしき》だったのだろう。けれどそれは、はるか昔のこと。いまの屋敷は窓という窓がひびわれ、曇《くも》っていて、すすまみれの石の山のようだ。玄関扉《とびら》があったはずの場所は、屋敷のまん中にでかい石をどすんと落としたみたいに、ぽっかりとあいている。

屋敷のまん中は大きくえぐられたようになっているが、その両側にはいまも建物が残っていた。

どちらも四階建てで、瓦《かわら》屋根のすぐ下に小さな窓が並んでいる。屋根に立つ何本もの高い煙突《えんとつ》は、乱杭歯《らんぐいば》みたいにでこぼこだ。

いい屋敷《やしき》だ。気に入った！

ネバリーもこの屋敷に愛着があるらしく、口もとをゆるめている。まあ、本人はすなおにみとめないだろうが。ベネットは無表情《むひょうじょう》だ。

屋敷の前には石畳《いしだたみ》の庭があった。石のすきまからイバラや若《わか》い木々があちこちにのびている。庭の中央には黒い枝《えだ》の大木が一本そびえていた。よく見ると、黒く見えたのは、葉の代わりにまっ黒な鳥がびっしりととまっているからだった。鳥たちはあざやかな黄色の目でおれたちを見つめ、何かを待っているみたいに、音も立てずにじっとしている。

ネバリーが片側《かたがわ》の建物に向かって庭を歩きだした。おれたちが大木に近づくと、鳥たちが落ちつきをなくし、おれたちのことを話してるみたいに静かに鳴きかわしたが、ネバリーは見向きもしない。

建物に着いた。アーチ形の扉《とびら》がはずれかかっている。ネバリーが片手《かたて》でおすと、扉はきしみながら内側にひらいた。中は暗くてよく見えないが、ほこりをかぶった箱や樽《たる》、こわれた古い家具が積みかさなっているようだ。

ネバリーは入口に立って、部屋全体をざっと見わたした。「うむ、よかろう。ベネットよ、この棟《とう》から始めるとしよう。まずはわしの書斎《しょさい》、それから残りの部屋だ。ここにあるものをすべて外に運びださねばならんな」そして、おれをちらっと見て、「小僧《こぞう》、少しは役に立つのだぞ」というと、片手《かたて》をのばした。「本をよこせ」

もちろん、喜んで！

かばんを二つともわたすと、ネバリーはがらくたをよけて部屋をつっきり、杖《つえ》でクモの巣をはらいながら、せまい階段《かいだん》をのぼっていった。一段上がるたびに、ほこりが舞《ま》いあがる。

おれはベネットといっしょに残された。ベネットは自分の荷物を持ってネバリーのあとを追っていく。おれもついていこうとしたが、ベネットが階段の下で立ちどまっておれのほうをふりむいたので、手のとどかない場所へとあとずさった。

ベネットは、がらくただらけの部屋を指さした。「掃除《そうじ》」

はいはい、わかりましたよ。ベネットは階段をのぼっていった。

がらくたの山を見まわした。さっさととりかかったほうがよさそうだ。まずは箱、そのあと古いイスやテーブルを外に出して、使えるものと捨《す》てるしかないものを分けよう。

さっそく木箱の腐《くさ》りかけたふたをあけた瞬間《しゅんかん》、ネバリーが弟子のおれにこの仕事をまかせたわけがわかった。

〈やすらぎ邸《てい》〉にもどってきた。

東棟《ひがしとう》は、とりあえず四階までちゃんと残っている。

箱づめされた魔術《まじゅつ》の道具、書物《しょもつ》、家具にいたるまで、そこそこ使える状態《じょうたい》だ。まともに住めるようになるには手間がかかりそうだが、初日にしてはけっこうはかどった。

〈〈やすらぎ邸《てい》〉は気に入ったよ。コンより〉

4

その箱には魔術《まじゅつ》の道具がつまっていた。すべての道具が銀色の紙にくるまれ、ほこりにまみれている。十箱くらいある残りの箱も同じだった。包みをほどいて道具を見たかったが、ネバリーがさわらせてはくれないだろう。

まずは一階の掃除《そうじ》だ。空っぽの箱とこわれた樽《たる》を庭に運びだした。ネズミのかじった跡《あと》があるほうきを見つけ、そいつで壁《かべ》と床《ゆか》からクモの巣をはらい、ネズミの糞《ふん》をはきだした。天井《てんじょう》は高すぎて手がとどかない。

そのあと、ネバリーを捜《さが》しに階段《かいだん》を上がった。ネバリーは三階のほこりまみれの部屋で、ほこりまみれのイスにすわり、さらにほこりまみれの本を読んでいた。

「ネバリー」

と声をかけたら、顔を上げて本を勢《いきお》いよくとじた。ほこりがもうもうと舞《ま》いあがる。ネバリーはくしゃみをし、鼻をこすりながら「なんだ？」と不機嫌《ふきげん》そうに答えた。

「魔術の道具の箱が下にいくつもあるんだけど。運んでこようか？」

「いや、さわるな。ベネットに運ばせる」

ネバリーは読書にもどり、おれは部屋を見まわした。高い天井《てんじょう》の角には漆喰《しっくい》でできた飾《かざ》りの花や渦巻《うずま》き模様《もよう》があるが、それもほこりをかぶっていた。いくつかあるイスには、色あせたぼろぼろの布《ぬの》がかぶせてある。それと、長いテーブルがひとつ。表面は傷《きず》だらけで、猫《ねこ》の足に似《に》た太い足がついている。床《ゆか》にはすりきれたじゅうたんが一枚《まい》。

壁《かべ》に油絵が一枚立てかけてあった。高さはおれの背丈《せたけ》の半分くらいで、額縁《がくぶち》は色あせた金メッキ。しゃがんで、ながめてみた。すすだらけなのは、暖炉《だんろ》の上にかかっていたせいか？　表面のクモの巣とほこりを少し手ではらってみた。

「ネバリー、これは何？」

「絵だ」ネバリーはこっちを見もしないでいった。

それくらいはわかるって！　「なんの絵？」

「竜《りゅう》だ」

下がって、絵の全体を見た。「竜って……動物？」

ネバリーは本をとじた。「小僧《こぞう》、ほんとうに何も知らんのだな」

はいはい、そのとおりですよ。

「竜とは巨大《きょだい》なトカゲのようなものだ。とさかと翼《つばさ》と角《つの》があって、火を噴《ふ》くものが多い」

ネバリーの話を聞くうちに、すすまみれの絵のなかに、ネバリーの説明どおりの生きものが浮《う》かびあがってきた。

「だが、竜は絶滅《ぜつめつ》した」絶滅って？　とたずねる前に、ネバリーが説明してくれた。「絶滅というのは、死に絶《た》えたという意味だ。生きた竜を目にすることは、金輪際《こんりんざい》ありえん」ネバリーはまた本をひらき、壁《かべ》ぎわに並んでる書棚《しょだな》のほうへあごをしゃくってみせた。床から天井まである書棚には本がびっしりとつまっていて、全部ほこりをかぶっている。「ほこりをはらえ。だまってやるのだぞ。べちゃくちゃしゃべられたら、落ちついて本も読めん」

おれはすなおに布《ぬの》を捜してきてとりかかった。本は古いものばかりで、どれもかびが生えている。ためしに一冊《さつ》ひらいたら、カサカサと音がした。ネバリーがうるさそうにこっちを見て顔をしかめたので、その本をそうっととじて、ほこりをふきとり、書棚にもどした。ちょっとふいただけで布はまっ黒、おれは全身ほこりまみれになったが、そのまま掃除《そうじ》を続けた。

ようやく別の仕事を終えてあらわれたベネットが、ネバリーに命令されて、下の部屋から魔《ま》術《じゅつ》の道具がつまった箱をいくつも運んできた。

「ここに置いてくれ」と、ネバリー。ベネットは箱を床に置いて残りをとりにもどる。おれは箱の中身をのぞきにいった。

ネバリーは箱のふたをつぎつぎとあけ、それぞれの箱から上のほうの道具だけをとりだし、おれにわたした。おれはそいつをドアのそばに山積みにした。そのあとネバリーは、最初にふたをあけた箱から銀紙に包まれた道具をひとつとりだし、包みをひらいた。

出てきたのは、こぶしくらいの大きさのガラス玉だった。ネバリーが持ちあげると、玉は薄《うす》い灰色《はいいろ》の日ざしを浴びて、水に浮かぶ油のように虹色《にじいろ》にきらめいた。

「何、それ？」

「水晶玉《すいしょうだま》だ。これからはおまえがこれを毎日みがくのだぞ。絹《きぬ》以外でみがいてはならん。表面が曇《くも》って使えなくなるからな」

おれはうなずいた。うん、魔術師《まじゅつし》の弟子にはぴったりの仕事だ。

ネバリーはその水晶玉をイスの横のじゅうたんにそっと置くと、さらに三つの包みをひらいた。どれも水晶玉だ。包みをひらくたびに、出てくる玉が大きくなる。おれはひざをついて、のぞきこんだ。水晶玉って、何に使うんだろう？「これ、どんなふうに使うんだ？」

「水晶玉として使う」

ぜんぜん答えになってない。

ネバリーはいちばん大きい水晶玉を手にとり、じっくりとながめた。ほかの玉とちがって、炎《ほのお》であぶったみたいに表面が黒く焦《こ》げている。ネバリーはその水晶玉をおれにわたした。「使いものにならん」

その水晶玉は表面がざらついていて、袖《そで》でみがいてもきれいにならなかった。もっと見たかったのに、ネバリーはさっさと別の包みをほどきにかかった。次の包みからは、亀《かめ》の甲羅《こうら》でできている鉢《はち》が出てきた。その次にほどいた包みからは、革《かわ》の鞘《さや》入りの少し曇った銀のナイフ。

ネバリーはナイフの刃《は》をしげしげとながめ、親指で切れ味を確かめてから、これも使いものにならん、と放りなげた。おれはそれをひろって、すばやくポケットにしまった。その次は、小さな歯車やピストンやバネなど、さびた金属部品《きんぞくぶひん》がつまった箱だった。「ふうむ」ネバリーはうなって、箱ごとおれによこした。おれはその箱を焦げた水晶玉のとなりに置くと、散らばったくしゃくしゃの銀紙を集め、ほかのがらくたといっしょにドアのそばにまとめた。

最初の箱が空っぽになると、ネバリーは次の箱にとりかかった。その箱からは、ガラスの目玉と黄色い歯を持つ小さなワニの剝製《はくせい》が出てきた。ネバリーはちょっとながめてから、おれによこした。「いらん」

おれはそのワニも、もらうことにした。そろそろ腹《はら》が空いてきたので、ポケットにつっこんでおいたマフィンをとりだし、つぎつぎと箱の中身をとりだすネバリーをながめながらかじった。ネバリーがふたたび部屋のまん中のイスに腰《こし》を下ろしたときには、ネバリー自身も体じゅうほこりにまみれ、床《ゆか》にはそこらじゅうに魔術の道具と空箱《からばこ》とくしゃくしゃの銀紙が散らばっていた。

ネバリーは、最後の箱からとりだした一冊の大きな本を手にしていた。古びた革《かわ》の表紙の本で、綴《と》じられた紙の端《はし》はふぞろいだ。紙のしおりや乾《かわ》いた葉、地図の切れ端などがはさまって、ぱんぱんにふくらんでいる。そのまま、まるごと、鍵《かぎ》のついた厚《あつ》い革の帯でとめてあった。

「ふむふむ。これは焼けたとばかり思っていたわい」ネバリーがつぶやき、魔導石《まどうせき》をとりだして呪文《じゅもん》をささやくと、ポンと小さな音とともに鍵《かぎ》がはずれた。

おれは、マフィンそっちのけで身をのりだした。

ネバリーが気づいて、じろっとこっちを見た。「小僧《こぞう》、仕事があるだろうが。さっさとやれ」

あっ、そうだった！　おれは、はじかれたように立ちあがった。食べかけのマフィンをまたポケットにつっこむと、布《ぬの》をつかんで書棚《しょだな》から本をとりだし、ほこりをふきはじめる。

「ここでやるな！」ネバリーがどなり、ドアのほうへあごをしゃくった。「外でやれ」

はいはい、わかりましたよ。

その日は三人とも、一日じゅう、掃除《そうじ》と屋敷《やしき》のなかをととのえる作業に追われた。日が暮《く》れるころにはそろってぐったりし、体が芯《しん》まで冷えきっていた。ベネットが虫食いだらけの毛布《もうふ》がつまった箱を見つけてきたので、おれはそこから何枚《まい》かくすねて、焦《こ》げた水晶玉《すいしょうだま》と金属《きんぞく》部品の箱とワニの剝製《はくせい》と竜《りゅう》の絵をくるみ、屋敷の屋根裏《やねうら》部屋へ運びあげた。

屋根裏部屋に上がるはしごは横木が半分なくなっていたが、なんとかのぼれた。はねあげ戸から荷物をおしこんだあと、顔をつきだしてのぞいてみた。ほかの部屋よりはせまくて、低い天井《てんじょう》が斜めにかたむいている。小さな窓《まど》はどれもガラスがなかったが、居心地《いごこち》は悪くなさそうだ。

屋根裏に上がって、あたりを見まわした。おれと荷物以外は何もなくて、がらんとしている。床《ゆか》には大量のほこりが積もり、壁《かべ》の漆喰《しっくい》はひびわれ、部屋全体がほこりっぽくてかび臭《くさ》い。

毛布を重ねてベッド代わりにし、マフィンの残りをかじりながらもぐりこんだ。ふう、つかれた。でも、長くて楽しい一日だった——。
マフィンを最後のひとかけまで食べてから、眠《ねむ》りについた。

小僧《こぞう》は汚いぼろ服を着ているから、こそ泥《どろ》の浮浪児《ふろうじ》にしか見えない。まあ、実際《じっさい》そうなのだが、うちの召使《めしつか》いがそんなかっこうではこまる。ノミやシラミもたかっていそうだ。銅貨《どうか》を少し与えて、新しい服とシラミとりの櫛《くし》を買いにいかせよう。
じめじめしたいやな天気だ。たちの悪い風邪《かぜ》を引いてしまったらしい。

5

三日目の朝は、ドブネズミの群《む》れを合わせたよりも腹《はら》ぺこで、目が覚めた。屋根裏《やねうら》部屋の窓《まど》から吹《ふ》きこんでくる風は、恐ろしく冷たい。穴《あな》のあいた毛布《もうふ》にくるまったまま、はしごを伝って下に下りた。大理石の階段《かいだん》は、はだしの足には氷と変わらない。二階にたどりつくころには体が冷えきって、がたがたと震《ふる》えていた。二階の台所では、ベネットが大きな暖炉《だんろ》で薪《たきぎ》に火をつけようとしてるところだった。

台所に入るとベネットがおれをぎろりとにらみ、階段のそばのバケツを指さした。

はいはい、わかりましたよ。水を汲《く》んでくればいいんだろ。

バケツをつかんで階段を駆けおり、中庭の井戸《いど》へと向かった。大木にとまった黒い鳥たちは、身じろぎもせずにこっちを見ている。バケツに水を汲み、そのままあたたかい台所へもどろうとして、はっとした。ちくしょう！　ネバリーは体を洗《あら》わないと、朝飯《あさめし》を食わせてくれないんだった！

井戸に引き返してバケツを下ろし、バケツの水で顔と首と手足をさっと洗った。ううっ、冷た

い！　バケツに水を汲みなおし、早足で台所へもどった。毛布を体に巻《ま》きつけていても、歯がガチガチと鳴る。台所にたどりついたら、ベネットが暖炉の前のやかんを指さすので、やかんに水を入れた。そのあとようやく、火のそばで体を丸めてあたたまることができた。

「ねえ、朝飯は？」

ベネットはだまっている。

しばらくしてやっと体があたたかくなったので、ほっとしてあたりを見まわした。この部屋はもともとは台所ではなかったらしい。背《せ》の高い窓も、壁紙《かべがみ》も、漆喰《しっくい》の花模様《はなもよう》もネバリーの書斎《しょさい》とそっくりだから、たぶん応接間《おうせつま》だったのだろう。大理石の暖炉の左右には、ひらひらの服を着た女の人たちの像がある。ベネットはもう台所用品を運びこんでいた。表面にナイフの傷《きず》がついたがんじょうなテーブルと、イスがいくつか。暖炉には、やかんと、鉄製《てっせい》の五徳《ごとく》と、三脚台《さんきゃくだい》がひとつ。戸棚《とだな》の扉《とびら》はあけっぱなし。たぶん食料をしまったんだろう。

やかんの湯がわいた。ベネットがやかんを暖炉から三脚台に移し、テーブルの上の小さな箱からお茶の葉をひとつかみして、やかんのなかに放りこんだ。しばらくしてから金の縁《ふち》の、ちょっと欠けた花模様のカップにお茶を注ぎ、おれをにらんで上を指さす。

はいはい、わかりましたよ。ネバリーにお茶を持っていけってことだよね。

毛布を暖炉のそばに置いて、書斎《しょさい》にいるネバリーにお茶を持っていった。ネバリーはほこりっぽいイスにすわり、きのう見つけたあの分厚い大きな本を読んでいる。

入口で待っていると、ネバリーが顔を上げた。

「お茶だよ」

「ここまで持ってこい」ネバリーはそういって、くしゃみをした。床《ゆか》に魔術《まじゅつ》の道具が散らばったままなので、おれは間を縫《ぬ》うようにして部屋をつっきり、お茶をわたした。ネバリーはカップを受けとって湯気を吸《す》いこむと、またくしゃみをし、ハンカチで鼻をふいた。おれがいったん下がり、しばらくドアのそばにいると、「小僧《こぞう》、なんだ？」と、訊《き》いてきた。

「もう少し、ほこりをはらったほうがいい？」

ネバリーはまゆをひそめ、けげんそうにこっちを見た。

「そうすれば、くしゃみが止まるかもしれないよ」

「このくしゃみは、ほこりのせいではない。たちの悪い風邪《かぜ》だな」

「えっ、どういうこと？」

「見ればわかるだろうが」ネバリーは、不機嫌《ふきげん》そうにいった。「おまえだって風邪くらい引いたことがあろう。どうなるか、わかるだろうに」

ええっと、カゼというのは吹《ふ》いてくる風のこと？　風にはしょっちゅうあたっているけど、引くってどういうこと？　覚えがないので、首を横にふった。

「おまえは腹《はら》が痛《いた》くならんのか？　下痢《げり》は？　熱は？」

「ないよ」

「ぐあいが悪くなったことが一度もないというのか……。それは妙《みょう》だな。実に奇妙《きみょう》だ……」ネバリーはカップを置いた。「小僧、こっちに来い」

魔術の道具を踏まないように気をつけながら、散らかった部屋をまたつっきって、ネバリーの前に立った。ネバリーはおれをうつむかせて髪《かみ》を調べ、「シラミはいないな」と、ひとりごとをいった。「ふむ」

おれは一歩下がった。

ネバリーがおれをじろじろと見る。「小僧、朝食はどうするのか、気になってしかたないのであろう」

うん、とっても。

「ベネットと町へ行ってこい。ベネットが必要なものを買うから、運ぶのを手伝うのだ」

なるほどね。〈やすらぎ邸《てい》〉には食べるものがないから、朝飯《あさめし》もまだってことか。うなずいて、寒さに震《ふる》えながら台所の暖炉《だんろ》の前にもどったが、体をあたためるひまはなかった。ベネットはあっというまに出かける準備《じゅんび》を終え、おれを連れて一階に下り、厚手《あつで》のコートをはおると、銅貨《どうか》を通した財布《さいふ》ひもをポケットにつっこんで出発した。

ネバリーがいないのに魔法《まほう》の門をどうやって通りぬけるのかと思っていたが、抜《ぬ》かりはなかった。門のところでベネットが、ポケットから布《ぬの》にくるまれた小さな石をとりだしたのだ。ベネットは魔術師じゃないので、この石は魔導石《まどうせき》じゃない。たぶん魔導石よりは威力《いりょく》のおとる鍵《かぎ》専用の石だろう。ベネットがその鍵石《かぎいし》を錠《じょう》におしあてると、門の鍵がカチッとあいた。

トンネルを進み、門を順番に通りぬけ、〈闇夜橋《やみよばし》〉に出る階段《かいだん》の下にたどりついた。ベネットについて橋に上がり、人がせわしなく行きかう朝の通りに出る。

ベネットは右に曲がった。〈たそがれ街《がい》〉の方向だ。

「えっと、〈闇市《やみいち》広場〉へ行く気？」〈闇市広場〉なら、〈たそがれ街〉のどこよりも安く品物を手に入れられる。薄《うす》よごれた石畳《いしだたみ》を進みながら、あたりに目を光らせた。おれは〈日暮《ひぐれ》の君《きみ》〉のおたずね者。万が一、〈日暮の君〉の手下につかまったら、大変だ。

でも、危険《きけん》そうな気配は感じなかった。朝早いから、〈日暮の君〉の手下たちはまだ外に出ていないらしい。

曲がりくねった脇道《わきみち》を進むうち、前を行くベネットが急に立ちどまったので、ぶつかってしまった。ベネットはおれをにらむと、ネバリーからわたされたらしい財布《さいふ》ひもをとりだし、銅貨《どうか》を数枚《すうまい》はずして、おれにさしだした。

えっ？　おれは思わず両手を後ろに隠した。大金だ！　どういうつもり？

ベネットはおれをろくすっぽ見ずに、「ネバリー様が新しい服を買え、と」といって、目の前の店のドアを指さした。「早くしろ」

やった、新しい服だ！　おれは銅貨をひっつかみ、店に飛びこんだ。店のなかには左右がちぐはぐの靴下《くつした》や、しみのついたスカート、継《つ》ぎのあたったシャツなどがつめこまれた大箱がところせましと並《なら》んでいた。店内は薄暗い。目をぱちぱちさせながらコートがかかった棚《たな》に近づき、そのなかの一枚を体にあててみた。でかすぎる。

と、何者かに肩《かた》をつかまれた。ふり返ったら、しかめ面《つら》をした女店主が立っていた。「ちょいと、なんの用だい？」

「これと似《に》たコート、あるかな？」おれはコートを持ちあげてたずねた。「できれば、もう少し小さいのがいいんだけど」

「出ておいき。浮浪児《ふろうじ》だろ！　あたしの目はごまかせないよ」女店主はおれの腕《うで》をつかみ、ドアへと引っぱっていった。

「ち、ちがうよ。金はあるって。ほら」おれは手のなかの硬貨《こうか》をじゃらつかせた。

女店主が立ちどまる。また硬貨を鳴らしたら、薄暗い店内にその音が大きく響《ひび》いた。女店主はうなずいた。「ま、金があるならいいさ」

そして厚手《あつで》のズボンと靴下、でかすぎるコートに合うシャツ、毛糸のマフラーと帽子《ぼうし》をひとつずつ探《さが》してきた。おれは、靴も探してよ、と声をかけた。早く歩けるがんじょうな靴がいい。そうすれば、ネバリーにおくれずについていける。

女店主が値段《ねだん》をいった。ベネットに早くしろといわれていたから、ねぎる時間はない。いわれた金額《きんがく》をさっさとはらい、ぼろ服から厚手の服に着かえて靴ひもをしめ、買ったばかりのコートのポケットにナイフと錠前破《じょうまえやぶ》りの針金《はりがね》をつっこむと、急いで店を飛びだした。

外で待っていたベネットは、見るからにいらついていた。

それにしても、服が新しいと、気分ががらっと変わるものだ。寒くないってだけじゃない。浮《ふ》浪児《ろうじ》のかっこうだったときは気分も浮浪児で、暗がりをこそこそと動きまわってばかりいた。でもちゃんとした服を着たら、日の高い時間に歩きまわってもびくつかない。しかも、いまのおれは魔術師《まじゅつし》の弟子だ！

ベネットからわたされた銅貨《どうか》が一枚《まい》あまったので、〈闇市広場《やみいち》〉で屋台に立ちより、ソーセージをはさんだマフィンを買って――盗《ぬす》んだんじゃなく、ちゃんと買ったんだぞ！――ベネットを走って追いかけ、「食べる？」とさしだした。全部食べられちまったらどうしよう、とちょっぴり心配だったけど、ベネットにはいつものように無視《むし》された。

二人で〈闇市広場〉の屋台や露店《ろてん》のぱっとしない品々を見てまわった。ぼろ服と肩《かた》かけに身を包んだ買いもの客が、ほかにもちらほらいる。〈日暮《ひぐれ》の君《きみ》〉の手下が屋台の列の端《はし》でこん棒《ぼう》を持って監視《かんし》しているのを見つけたときは、足ががくがくし、思わず逃《に》げだしそうになった。けれどまともなかっこうをしていたおかげで、手下はおれに気づかず、見のがした。おれはうつむき、マフィンをかじりながら、ベネットについていった。

ベネットはネバリーにわたされた金で食料品などを買い、銅貨一枚で借りた手押《てお》し車につぎつぎとのせていった。

おれはベネットが持っている鍵石《かぎいし》を見てみたかったので、ベネットが屋台の店主と卵《たまご》の値段交《ねだんこう》渉《しょう》をしているすきに、ポケットからくすねてみた。親指の爪《つめ》くらいの大きさの、灰色《はいいろ》のなめらかな石だ。魔力《まりょく》を秘《ひ》めているようには見えない。どういうしかけなんだろう？　魔法のかかった錠《じょう》だけでなく、ふつうの錠もあけられるのか？　次の屋台へ移動《いどう》するときに、ベネットのポケットにすばやくもどしておいた。

手押し車がいっぱいになると、〈闇夜橋《やみよばし》〉へと引き返した。〈さすらい通り〉は川までくねくねと下っていて、坂の上からは町の東側の〈あけぼの街《がい》〉が見わたせた。〈あけぼの街〉は女公《おんなこう》爵《しゃく》が治める地域《ちいき》で、どの通りも清潔《せいけつ》だ。〈あけぼの街〉には夜に数回、金持ちの家の鍵をこじあけて盗《ぬす》みに入ったことしかない。

いま立っている場所からは、ウェルメトの魔術師たちが住んでいる川の中州《なかす》も見わたせた。〈闇夜橋《やみよばし》〉の上流の中州のうち、いちばん大きな中州には、細長い塔《とう》のそびえる巨大《きょだい》な魔術大学校が立っている。次に大きい中州は岸壁《がんぺき》が石で固めてあって、魔術師たちの会議場である魔術堂《まじゅつどう》が立っている。ネバリーの〈やすらぎ邸《てい》〉のある中州は、いちばん北だ。顔にかかった髪《かみ》をはらいのけ、目を凝《こ》らした。まん中が大きくえぐれた〈やすらぎ邸〉は、巨人《きょじん》にがぶりと咬《か》みつかれたみたいだ。

走ってベネットに追いついて、〈やすらぎ邸〉へと帰った。地下のトンネルから中州に上がる階段《かいだん》では、ベネットを手伝って手押《てお》し車をおした。階段のてっぺんにたどりつくころには、おれもベネットもぜいぜいと息を切らしていた。

屋敷《やしき》に着くと、ベネットが手押《てお》し車の荷物を下ろし、おれが台所へ運んだ。何度か行き来して運び終えると、台所は袋《ふくろ》と箱と包みだらけになった。ベネットは腰《こし》に手をあてて、台所をざっと見まわしている。

「飯《めし》にする？」とたずねたら、ベネットがおれのほうを見て低くうなった。またなぐられるのはいやだったので、じりじりと離れた。

「腹《はら》がへったのか？」とたずねられたので、うなずいたら、ベネットは買ってきた食料品を指さした。「自分で作れ」

あっそ。料理なんてしたことないけど、教われればできるかも……。

きのうよりも、さらに冷えてきた。早い雪が降《ふ》るかもしれない。この冬は寒くなりそうだ。川も凍《こお》りつくだろう。今日は風邪《かぜ》のせいでいちだんと気分が悪い。

魔術《まじゅつ》書《しょ》をじっくりと読んで、変身の術《じゅつ》を学びなおしているところへ、〈たそがれ街《がい》〉へ買い出しに出かけたベネットと小僧《こぞう》が帰ってきた音がした。台所へ下りてみると、小僧が料理していた。フライパンにはベーコンがかたまりのまま放りこまれ、ジャガイモは表面だけ黒く焦《こ》げている。これではジャガイモは半焼け、ベーコンもなかが生のままだ。ジャガイモをひと口味見してからフライパンをとりあげ、ジャガイモもベーコンもとりだし、包丁で切って、きちんと火が通るまで焼きなおした。

小僧がマフィンの作り方をたずねるので、教えてやった。しかし今日のジャガイモのようなできならば、とても食べられまい。

明日は魔術師たちが集まる日だ。召使《めしつか》いの小僧をスパイとして送りこもう。といっても、変身の術がきちんとかかればの話だが。小僧が役に立たないとわかったら、追いだせばいい。

〈召使いの小僧ってだれのこと？　コレより〉

6

次の日の朝、前の晩《ばん》にネバリーに教わったとおりにマフィンを作ってみた。小麦粉、水、ふくらし粉、バター少々と塩を木のスプーンでよくまぜあわせ、それをちぎってフライパンに並《なら》べ、それごと暖炉《だんろ》の炭火の上にのせる。そのあと、別のフライパンをとりだしてベーコンを焼き、やかんに水を入れて、暖炉で湯をわかした。

しばらくしてマフィンが茶色になったので、ためしにひとつ食べてみた。外は卵《たまご》の殻《から》みたいに固くてぱりぱり、なかは生のままでどろどろ。でもまあ、食べられなくはない。もうひとつ、ハチミツをかけて食べてから、ベーコンも何枚《まい》か平らげてお茶を飲んだ。

ベネットが何かぶつぶついいながら階段《かいだん》をのぼってきた。髪《かみ》がつんつんに立っていて、いかついクマみたいだ。ベネットがお茶を入れる間、じゃまにならないように離れていた。ベネットは朝食をお盆《ぼん》にのせ、三階の書斎《しょさい》にいるネバリーに運んでいった。

お茶を飲み終え、暖炉の火にあたって体をあたためてから、おれも三階に上がって書斎をのぞいてみた。

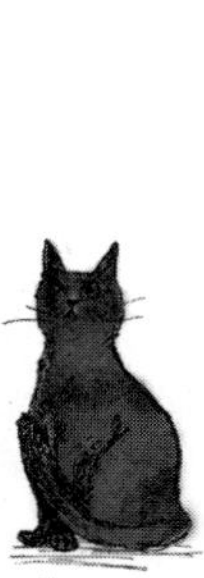

ネバリーは鼻が赤く、ぐあいが悪そうだった。何やら難しい表情《ひょうじょう》で、暖炉の前を行ったり来たりしている。ベネットと話をしていたらしい。窓辺《まどべ》にいるベネットはむっとしている。

「小僧《こぞう》、入れ」

ネバリーにいわれてなかに入った。おれの作ったマフィンは、手つかずのまま残っている。

「今朝、魔術師《まじゅつし》たちが集まることになっておる」と、ネバリー。

うん、らしいね。知っていたので、うなずいた。

「その会議に、わしのスパイとしてもぐりこまんか？　少々危険《きけん》をともなうし、変身の術《じゅつ》を使わねばならんが」

おれは、またうなずいた。うん、いいよ。そろそろ魔術師らしいことをしてもいいころだ。

「だが小僧、おまえが何に変身するかは予想がつかん。変身の術とは、それぞれの者の本質《ほんしつ》にふさわしい生きものに変身させる術なのだ」ネバリーは、おれを上から下までじろじろと見た。おれがどんな動物になるか、想像《そうぞう》しているらしい。

「怖《こわ》くないよ」といったら、腕《うで》を組んで壁《かべ》に寄りかかっていたベネットが、不機嫌《ふきげん》そうにうなった。

ひょっとして、ベネットも変身の術をかけられたことがあるとか？　もしそうなら、どんな生きものに変身したんだろう？

「うむ。では、始めるとしよう。ベネット、もう行け」

ベネットはもう一度おれをにらみつけてから、出ていった。

ネバリーはテーブルのところへ行き、しばらく魔術書《まじゅつしょ》を真剣《しんけん》に読んでいた。そして小声で何かつぶやくと、勢いよく本をとじ、ハンカチで鼻をふき、ポケットから魔導石《まどうせき》をとりだしていった。「小僧《こぞう》、こっちに来い」

おれはネバリーの前に立った。

「魔術《まじゅつ》に逆らおうとするな。少しだけ痛《いた》むぞ」

つまり、かなり痛いってことだ。でも、かまうもんか。

「よし、じっとしておれ」ネバリーは深呼吸《しんこきゅう》をし、闇夜《やみよ》のように黒い魔導石をおれの額《ひたい》にそっとおしあてた。魔導石はやわらかくて、あたたかかった。部屋のなかから音という音が消え、見えない何かに体がおしつぶされそうになる。鼓膜《こまく》がいまにも破《やぶ》れそうだ。

ネバリーの声が響《ひび》き、その声が渦《うず》を巻いて耳に飛びこみ、頭蓋骨《ずがいこつ》のなかでガンガン鳴りわたった。呪文《じゅもん》を唱えはじめたら、魔導石が輝《かがや》きだした。ネバリーがおれの頭上にかかげると、石から火花が一気に噴《ふ》きだし、おれたちをきらめく光のカーテンで包みこんだ。

ネバリーの声がどんどん大きく、呪文がどんどん早口になる。体の表面が熱い。火をつけられた紙のようにちりちりと燃《も》えてしまいそう。ひざががくがくして、床《ゆか》にたおれこんだ。一瞬《いっしゅん》、まぶしい光が見え、短い雷鳴《らいめい》が聞こえ——突然、何も感じなくなり——。

しばらくして目をあけ、すぐにとじた。天井《てんじょう》がやけに高い。あっ、イスが頭の上にある！　術《じゅつ》がうまくかかったようだ。

足音が近づいてきた。ネバリーだ。また目をあけたら、やたらとでかく見えるネバリーが、おれのほうへかがみこみ、ばかでかい手をおれの頭にのばしてきた。

おれは声をあげて飛びのいた。ネバリーがぎょっとした顔で、床《ゆか》のじゅうたんに尻《しり》もちをつく。おかしくて、笑いだしそうになった。それにしても、なんでネバリーがこんなにでかく見えるんだ？

ネバリーが立ちあがり、「小僧、こっちへ来て、見るがよい」と、そびえたつテーブルから大きくて四角い鏡をとって床に立てた。

いわれたとおり近づいて、のぞいてみた。

わあっ！「おれの本質《ほんしつ》にふさわしい生きもの」は、てっきりゴキブリか汚《きたな》いネズミだと思っていたのに。ネバリーもきっとそう思っていたはずだ。

ところが鏡に映《うつ》っていたのは、きらきらした青い瞳《ひとみ》とねじれた尾《お》を持つ、やせたまっ黒な子猫《こねこ》だった。たしかに、おれにそっくりな猫だ。おれより毛がふさふさしてるけど。

「これがおまえだ」ネバリーは鏡をどけてイスにすわり、こっちを見おろした。「小僧、ずいぶんうまく変身の術にかかったな」

おれはネバリーの言葉を聞きながし、足を上げて動かしてみた。うわっ、かぎ爪《づめ》が飛びだした！

「魔術師《まじゅつし》の会議は一時間後だ」

おれは首を後ろにひねり、ねじれた尾《お》をしげしげとながめた。うん、かっこいい！

「それまでに新しい姿《すがた》に慣れるがよい。こっちも、やらねばならぬことがある」ネバリーはそういうと、テーブルの書類をめくりだした。

おれは、しばらくじっとしていた。カサカサとページをめくる音がするたびに、尾をぴくぴくさせたり、耳を動かしたりしてみる。頭上からぱらぱらと降《ふ》ってきたほこりを、つかまえたくてたまらない。ミャオミャオと鳴いてほこりにじゃれつき、どこかのすみっこに追いつめたい！

四本足ではねてみた。うわっ、二本足とはぜんぜんちがう！　ふつうならたおれそうな動きをしても、たおれない！　部屋のなかをはねまわってみた。尾っぽのおかげで、どんなかっこうをしてもバランスを保てる。すごい、楽しい！　音を立てずに歩きまわる練習もした。毛が黒いので、部屋のすみの暗がりにすっと溶《と》けこめる。

猫《ねこ》はサイコーの泥棒《どろぼう》になれそうだ。

もう一度、部屋のなかをぐるっと走りまわった。

すると、テーブルにいたネバリーが読んでいた書類を机《つくえ》にたたきつけた。「小僧《こぞう》、やめろ。少しは静かにできんのか？」

床《ゆか》にぺたんと尻《しり》をついてから、ネバリーの足にしのびよって飛びつくと、不機嫌《ふきげん》そうに足を引っこめられた。「じゃれるな。そろそろ時間だ」

ネバリーは杖《つえ》を手にとり、灰色《はいいろ》のローブをまとっておれを抱《だ》きあげると、じめじめした暗いトンネルを進みながら、何を見て何を聞けばいいか、小声でおれに指図した。魔術堂《まじゅつどう》のある中州《なかす》の下に来ると、トンネルの横にある門をあけておれを下ろし、行け、と片足《かたあし》でおれを軽くおしだす。おれは尾をぴくぴくさせ、盗《ぬす》み聞きをしに駆《か》けだした。

暗がりをたどって魔術堂にしのびこんだ。足の裏《うら》にあたる石の床が冷たい。ネバリーのいっていたとおり、会議室は長い廊下《ろうか》のつきあたりにあった。けれどドアがしまっている。足音を立てずに近づき、うずくまって聞き耳を立てた。声は聞こえるけど、何をいっているかまでは聞きとれない。

ちくしょう！　なかに入れないなんて！

会議室をそっと離れ、トンネルに続く門へと引き返して、ネバリーを待った。まもなくネバリーが足早にやってきて、おれを抱きあげ、そそくさと〈やすらぎ邸《てい》〉へ引き返した。書斎《しょさい》に上がり、ローブとつば広の帽子《ぼうし》を脱ぎすると、魔導石《まどうせき》をたたき、飛びちった火花を二回つかんでおれの頭にふりかける。全身がちくちくし、まぶしい光が見え、雷鳴《らいめい》が聞こえ――。

しばらくして目をあけたら、ネバリーが床に横たわるおれを見おろしていた。おれは起きあがって片手《かたて》を見てみた。もう、黒い毛もかぎ爪も、ねじれたすてきな尾っぽもない。ふらつきながら立ちあがり、のびをした。いますぐにでも、また尾《お》っぽがほしい。

「さて、小僧《こぞう》、会議について報告《ほうこく》しろ」ネバリーがテーブルについてペンをとった。書きとめる気らしい。

ううっ、まずい。「ええっと、あのう……」

「なんだ?」

おれは大きく息を吸《す》った。「会議室に入れなかったんだ」

ネバリーはペンを放りだした。テーブルにインクが飛びちる。「ばか者! 昼食後にもう一度行ってこい!」

おれはうなずいた。

「よいか、今度は何がなんでも会議室に入りこむのだ」ネバリーは苦い顔でドアのほうを指さした。「それまでベネットの手伝いでもしておれ」

書斎《しょさい》を出るとき、ネバリーのつぶやきが聞こえた。「はっ、役立たずめ!」

ネバリーにそういわれると、たまらなく情《なさ》けない気分になった。

まったく、あの役立たずの小僧め。せっかく魔術《まじゅつ》堂《どう》にしのびこませたのに、手ぶらでもどってくるとは。

それにしても、今回の変身の術《じゅつ》のかかり方は妙《みょう》だった。

サーペントが記《しる》した魔術の歴史書で、過去《かこ》に似《に》た例があったかどうか調べねば。通常《つうじょう》、変身の術には痛《いた》みがともなう。前回ベネットにかけたときはひどく苦しんでいたが、小僧は楽しんでいるように見えた。

ひょっとしてあの小僧は魔導石《まどうせき》にさわったせいで、魔導石と相性《あいしょう》がよくなったのか？　なんとも奇妙《きみょう》な現象《げんしょう》だ。やはり調べてみよう。

それと、小僧に料理をさせるのはやめさせねば。料理はベネットにまかせよう。

7

昼食後、皿洗《さらあら》い用の水を台所まで運んでから、ベネットのそばに行った。ベネットはすでにお茶をいれ、バスケットに食後のマフィンも用意していた。おれは鼻をひくひくさせていった。

「うーん、いいにおい」

ベネットはイスの背《せ》を壁《かべ》につけてすわり、編《あ》みものをしていた。イスのとなりに黒い毛糸の山を置いて、編《あ》み針《ばり》をリズムよく動かしている。おれの言葉は無視《むし》された。

ま、いいか。「食べる?」マフィンをひとつとってから、バスケットごとベネットのほうへさしだしたが、またしても無視された。

バスケットを置いて、マフィンをかじり、お茶で流しこんだ。

ベネットはこっちを見たが、やっぱり何もいわない。銀色に光る編み棒がすばやく動き、黒い毛糸を編んでいく。

最後のマフィンを食べ終え、またお茶を飲んだ。空《から》っぽのバスケットの底のかすも、ひろって食べる。

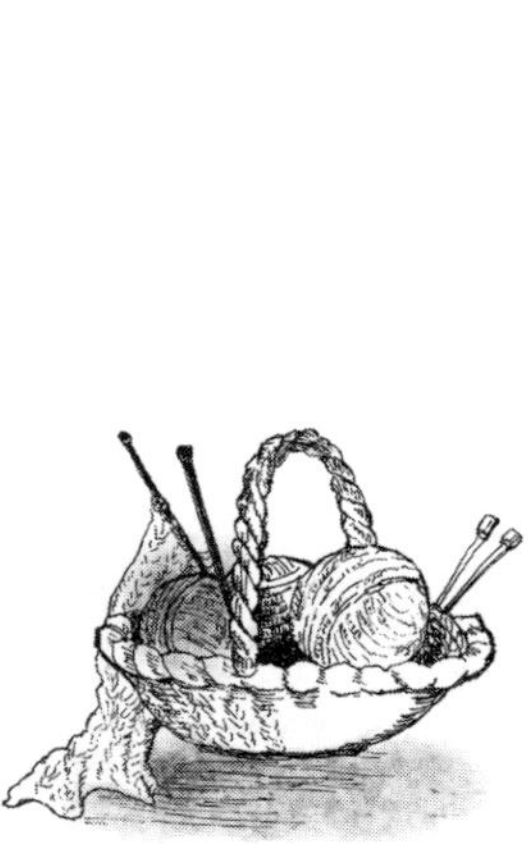

そのとき――「どんな感じだ？　猫《ねこ》になるのは」

ぎょっとした。ベネットがおれに話しかけるなんて！　怒《おこ》っているようには見えないし、にらんでもいない。「ええっと、その……うまく説明できないんだけど」自分でもどういったらいいかよくわからない。「尾《お》っぽがあるのは、なかなかいいもんだったよ」

「痛《いた》くなかったのか、あの魔術《まじゅつ》が？」

痛くもなんともなかった。服を着かえるのと同じくらい、ふつうな感じ。「うん」

ベネットがおれをにらみつける。といっても、ちょっとだったけど。「うそだ」

おれはベネットを見た。なるほど、ベネットもネバリーにあの魔法《まほう》をかけられたことがあって、痛い思いをしたのか。

「猫ならいい。物置はネズミだらけだ」ベネットはそういうと、黒い毛糸をくしゃっとまとめ、編み棒といっしょに床《ゆか》に下ろして立ちあがった。「お呼《よ》びだ」

「うん、わかった」おれもすばやく立った。

ベネットについて書斎《しょさい》に上がってみると、テーブルには食べ残しのマフィンとお茶が置いてあった。暖炉《だんろ》には火があかあかと燃《も》えている。

ネバリーはテーブルの前にすわって魔術書をひらいていた。おれが入っていくと、いらいらと目を細めて顔をしかめる。今度こそネバリーの役に立つ情報《じょうほう》をとってこないと、えらいことになりそうだ。

ネバリーが立ちあがり、「小僧《こぞう》、よいな」と魔導石《まどうせき》を持ちあげたので、おれは近づいていった。ネバリーは最後にもう一度、魔術書《まじゅつしょ》を確かめると、魔導石をまたおれの額《ひたい》におしあて、火花を散らし、呪文《じゅもん》を唱《とな》えた。

今回は呪文を覚えたくて、注意して聞いていた。魔術師の弟子なんだから、呪文を覚えるのは当然だ。でも最後まで聞き終える前に、目の前がまっ黒になって、音が消え――。

目が覚めたとき、ネバリーはテーブルで何か作業をしていた。おれはのびをし、部屋をとことこと歩きまわってから、尾《お》を足に巻きつけてネバリーの正面にすわった。でも、こっちを見てもくれない。

ため息をつき、寝《ね》そべって待った。

ようやくネバリーが立ちあがった。「魔術師たちも、そろそろ昼食を終えただろう」杖《つえ》をとり、つば広の帽子《ぼうし》をかぶる。「よいか、今度こそ、ドアがしまっていたではすまされんぞ」

はいはい、わかってますって。ネバリーがローブをまとう。おれはその両腕《りょううで》のなかにぴょんと飛びのり、いっしょに屋敷《やしき》を出た。

朝と同じように魔術《まじゅつ》堂《どう》の石の床《ゆか》を進み、会議室まで来た。今回は運よくドアがあいていて、すんなり入れた。

薄暗《うすぐら》い部屋のなかでは、魔術師たちが長いテーブルを囲んですわっていた。上座《かみざ》にいるのは太った魔術師だ。おれがしのびこんだことには、だれも気づかない。太った魔術師のイスの下に近づき、耳をぴんと立てた。魔術師たちは、ウェルメト東部の〈あけぼの街《がい》〉で光を灯《とも》すのに使う魔力《まりょく》が弱っていることを話しあっているようだ。

上座の太った魔術師はブランビーと呼《よ》ばれていた。血色《けっしょく》のいい丸顔で、飾《かざ》り気《け》のない黒の上下とベストの上に、絹《きぬ》とビロードでできた黄色のあざやかなローブをはおっている。ローブの袖口《そでぐち》には黒と黄色の縞模様《しまもよう》の太ったハチの刺繍《ししゅう》がある。この男のローブのポケットを足で軽くさわってみた。魔導石と鍵束《かぎたば》が入っているみたいだが、とりだすのはとても無理。猫《ねこ》はこっそりうろつくのは上手でも、スリには向いていない。

話がよく聞こえるようにイスの脇《わき》の暗がりにすわったとたん、ブランビーの大きな手がのびてきて、そっとひざに持ちあげられた。もがいたら首筋《くびすじ》をつかまれ、耳の後ろをくすぐられた。ブランビーがやさしくささやく。「よしよし、いい子だ」

スパイだとばれたわけじゃなさそうだ。ネバリーに持ち帰る情報《じょうほう》を集めようと、尾っぽを足に巻《ま》きつけてすわりなおした。

〈あけぼの街〉の魔光《まこう》の話がようやく終わった。

「では、この件はそういうことで」ブランビーはいうと、魔導石の入っているポケットとは別のポケットに手を入れ、おいしそうなにおいのするナプキンの包みをとりだした。なかから出てきたのは、昼の食べ残しらしいサンドイッチだ！　ブランビーが細長いチキンをひとときれくれたので、おれはそれを平らげ、ひげをなめた。

「では、ウェルメトの魔力《まりょく》がへりつづけている問題にふたたびもどるとしよう」ブランビーは、テーブルを囲むほかの魔術師《まじゅつし》たちを見まわした。「女公爵《おんなこうしゃく》は、われら魔術師の力でどうにかせよとのこと。よって、われらの手に負えなくなる事態《じたい》はさけたいものですな」

「たしかに、こまった事態になりつつありますわね」白髪《しらが》まじりの髪《かみ》を頭のてっぺんで無造作《むぞうさ》にまとめた女の魔術師が、口をひらいた。「中心となってことにあたる者が必要です。ブランビー、あなたはどうです？　引きうけてくださる？」

ブランビーは首を横にふった。「いやいや、ペリウィンクル。わたしにはとても無理だ。サンデラ、きみはどうかな？」

テーブルの反対端にすわっている、いかにもかしこそうな若《わか》い女の魔術師が答えた。「いえいえ、まさか、わたしごときが。でも、みなさんごぞんじのとおり、ひとり、ぴったりの候補《こうほ》がいるじゃありませんか」と、テーブルを見まわす。

「まさかペティボックスのことじゃないわよね？」と、女魔術師のペリウィンクル。

ブランビーは首をふった。「もちろんだとも。今日は彼抜《かれぬ》きで話ができるよう、あえてここに呼《よ》ばなかった。ペティボックスはふさわしくあるまい」

「権力《けんりょく》が大好きな人ですものね」と、若い女魔術師のサンデラがいった。「危険《きけん》な人ですよね。あやしげな砂漠《さばく》の町に出かけてばかりいますし。でも、もうひとり、候補がいるんじゃありません？」

やせこけた背《せ》の高い男の魔術師がごつごつしたこぶしをテーブルに打ちつけ、ブランビーをにらみつけた。「ネバリーはだめですよ！」

ブランビーがまゆをつりあげる。「ネバリーの名前など出しておらんが」

「でも、頭のなかにはあるでしょう。見ればわかりますよ。ご承知のとおり、ネバリーは追放令を撤回《てっかい》させて、ウェルメトにもどってきました。その理由も、みなさん、ごぞんじですよね」

女魔術師のペリウィンクルがうなずく。「ええ、たしかに。ネバリーはすでにもどっています。あの人に、わたしたち魔術師の先頭に立ってこの危機《きき》をのりきってくれとたのむのは、そう悪い考えじゃないと思いますよ。ペティボックスよりはぜったいましですもの」

やせこけた男の魔術師がうめいた。「ネバリーとて危険《きけん》だ。町の魔術を律する法律《ほうりつ》を気にもとめない男だ。とんでもないことをしでかすに決まっている！　だいたい、すでに〈日暮《ひぐれ》の君《きみ》〉のところへ行ったそうじゃないですか」

ブランビーの手が、おれを安心させるようになでた。「心配はご無用。このような非常事態には、ネバリーのような型破《かたやぶ》りな魔術師が必要なのは明白ゆえ。〈日暮の君〉や女公爵とうまくわたりあえるのも、ネバリーだけだ。たしかにネバリーはやや性急《せいきゅう》にことを進めがちだが、ウェルメト最強の魔術師でもあることだし……」

「ええ、ネバリーがだれよりも適任《てきにん》でしょうね」女魔術師のペリウィンクルがいい、

「わたしも賛成《さんせい》です」若い女魔術師《おんなまじゅつし》のサンデラもつけくわえた。

「どうかね、トラメル？」ブランビーが、やせこけた男の魔術師にたずねた。

「わかりましたよ。でも、あいつの不気味な屋敷《やしき》にわざわざ出向いてたのむなんて、まっぴらごめんですからね」

「ああ、トラメル、その必要はないとも」ブランビーはそういって、おれの頭をとんとんと指でつついた。よく聞け、といわれた気がして、おれはすわりなおした。「ネバリーのほうから来てくれるのではないか。きっと近いうちに……」ブランビーはうなずいた。「では、本日の会議はこれまで」ほかの魔術師たちが、しゃべったり書類をめくったりしながら立ちあがる。

よし、ネバリーの喜びそうな情報《じょうほう》は手に入れたぞ。早く知らせにいきたくて、ブランビーのひざから飛びおりようとしたら、大きな手で止められた。

ブランビーがにっこりして、またおれのあごの下をなでたので、おれは思わずゴロゴロとのどを鳴らしてしまった。

「さあ、いい子だ、お行き。できるだけ早く、ご主人様のところへお帰り」

おれはブランビーのひざから飛びおり、魔術師たちの会議室を飛びだした。

8

〈やすらぎ邸《てい》〉へ帰ったおれは、もとの姿《すがた》にもどってから、魔術師《まじゅつし》たちのいっていたこと――ウェルメトの魔力《まりょく》がへりつづけているのを魔術師たちも不安がっていること、ペティボックスという魔術師がこの件をしきりたがっているらしいが、ブランビーたちはネバリーが町にもどったのを知っていて、ネバリーにたのみたいと思っていること――を伝えた。

「あとは、やらせてくれってたのむだけでいいらしいよ」

「いわれなくても、わかっておる」ネバリーはぴしゃりといい、イスから立ちあがって部屋を行ったり来たりした。「ペティボックスを支持《しじ》しない点では、全員の意見が一致《いっち》したのか?」

おれはうなずいた。「ペティボックスは権力《けんりょく》が大好きだって、サンデラって人がいってたよ」

「ペティボックスはすぐれた魔術師だが、上に立つ器《うつわ》ではないからな。それにしても、それほどあっさり、わしにたのむと決めるとは……。魔力の減少《げんしょう》は、思っていた以上に深刻《しんこく》なようだ。〈日暮《ひぐれ》の君《きみ》〉のもとをおとずれたのは、早まったことだったか」背中《せなか》に手をまわし、ぶつぶついいながら歩きまわった。こっちを向いた拍子におれがまだいるのに気づくと、「小僧《こぞう》、もういい」

と、追いはらうように腕《うで》をふる。

おれはドアのほうへ二歩踏《ふ》みだして、動きを止めた。「あのさ、ネバリー」

ネバリーが足を止め、顔をしかめた。「なんだ、小僧《こぞう》?」

「おれ、いつ魔術《まじゅつ》を教えてもらえるのかな?」

「魔術? なんの話だ?」

「おれは弟子だよね。だとしたら、変身の術《じゅつ》も教えてもらえるはずだよね? おれ、呪文《じゅもん》の最後以外は覚えたんだ。最後だけ教えてほしいんだけど」

ネバリーは首をふり、ますます顔をしかめた。「たわけたことを。何が弟子だ。ただの召使《めしつか》いにすぎん」

えっ、弟子じゃないってこと? ネバリーを見つめるうち、力が抜《ぬ》けてきた。胸《むね》に黒い穴《あな》がぽっかりとあいたみたいだ。おれは弟子じゃないのか? ただの召使い?

命令に従うだけの召使いなんて、おれには無理だ。たとえ相手がネバリーでも。

おれのようすを見たネバリーは無言で立ちあがった。テーブルの魔術書をとってきてまたすわると、そいつを広げて何かを捜《さが》し、咳《せき》ばらいする。「しかたない。変身の呪文をいってみよ」

のどに何かこみあげてきたが、ぐっとこらえてのみこんだ。「呪文は、タンブリルタンブリルウラルタンベフランジェバニークハウテンフランジェリックアバンフランジェロカー」息継ぎをして、続けた。「フランジェリルフラージェルミオレンディラルタレコリル——」

「ターコリルだ」ネバリーが魔術書から顔を上げて訂正《ていせい》する。

「あっ、そうだった。リロターコリロターケナン……。聞きとれたのはここまで。あとは、目の前がまっ暗になって聞こえなかった」

長い沈黙《ちんもく》のあと、ネバリーはうなずいて魔術書をとじた。「呪文は魔導石《まどうせき》に魔力《まりょく》を集中させて放出しなければ効《き》かんのだが、唱《とな》えるべき言葉はそれですべてだ」

へえ、そうなんだ。まあ、弟子になれないのなら、もうどうでもいいけど。早く吹っきろう。

「ネバリー、おれは役に立つ召使いにはなれそうもないよ。だからさ、あの、猫《ねこ》にしてくれてありがとう。それと、〈やすらぎ邸《てい》〉を見せてくれてありがとう」ネバリーをまともに見ていられなくなり、うつむきながら出ていこうとした。

「待て」と呼《よ》びとめられたので、背中《せなか》を向けたまま立ちどまった。「わしに仕《つか》えるより、〈たそがれ街《がい》〉の路地で盗《ぬす》みを働く生活のほうがいいのか?」怒《おこ》っているような声だ。

どうだろう? おれは腕《うで》のいいスリだし、錠前破《じょうまえやぶ》りの腕はもっといい。おかげでたいていはうまくやってこられたし、〈日暮《ひぐれ》の君《きみ》〉と手下たちにも見つからずにすんだ。でも、どんなにあがいても、うまくいかないこともあった。何日も空腹《くうふく》だったり、寒い日に家のなかで眠《ねむ》りたいのに銅貨《どうか》が一枚《まい》もなくて宿代がなかったり、ひょっこりあらわれた〈闇喰《やみくい》ヘビ〉に襲《おそ》われたり、だれかに靴《くつ》を盗まれたり――。

たぶんネバリーに仕えるほうが、楽《らく》に暮《く》らせるだろう。掃除《そうじ》をしたり、水晶玉《すいしょうだま》をみがいたり、水を汲んできたりするのはかまわない。けれど、あくまでもそれは、弟子にしてもらえるならばの話。召使《めしつか》いとして仕えるのは、ぜったいいやだ。たとえ、〈たそがれ街《がい》〉にもどることになるとしても。

おれはうなずき、またドアへと歩きだした。

「まあ、待て」またネバリーに呼《よ》びとめられた。おれは立ちどまったが、ふり返らなかった。

「よかろう」ネバリーはあきらめたようにため息をついた。「これからは弟子が必要になるかもしれんしな」

突然、世界じゅうが輝《かがや》きだしたように見えた！　おれはふり返ってネバリーを見た。

「小僧《こぞう》、ならば問題なかろう？」

ちょうどそのとき陽光が窓《まど》からさしこみ、おれは顔にまともに光を浴びて目をぱちぱちさせた。金色にきらめく西日が部屋にあふれた。そのなかでほこりが小さな星のように舞《ま》っている。おれは晴れ晴れとした気分でにっこりと笑った。「うん、ネバリー、それでいいよ」

「よかろう。では、夕食を食べてこい」ネバリーはぶっきらぼうにいった。

弟子などとったことがないし、とりたいと思ったこともない。いまだってとりたくはない。自分はよき師《し》になどなれないし、弟子にじゃまされるのもいやなのだ。あの小僧はきっと足手まといになる。
そもそもあやつは、魔導石《まどうせき》を持っていない。これはゆゆしき問題だ。うそもつくだろうし、泥《どろ》棒《ぼう》だし、大飯食《おおめしぐ》らいだし（ベネットをいらつかせもする）。
だがいっぽうで、魔術《まじゅつ》の才能《さいのう》はありそうだ。変身の術《じゅつ》ほど複雑《ふくざつ》な呪文《じゅもん》を二度聞いただけで覚えた魔術師など、見たことがない。あれには度肝《どぎも》を抜かれた。浮浪児《ふろうじ》として路上で暮らしてきたのに、風邪《かぜ》を一度も引いたことがないというのも妙《みょう》だ。ウェルメトの魔力《まりょく》と相性《あいしょう》がよいのかもしれん。そのような前例は聞いたことがないが。
魔力の測定器《そくていき》を作る材料《ざいりょう》を、ベネットに買いにいかせなければ。魔力のレベルがほんとうに激減《げきげん》しているのか、確かめる必要がある。
ベネットに買いにいかせる品は、以下のとおり。
銅線《どうせん》
バネ
レンズ（収束《しゅうそく》レンズ、光散《こうさん》レンズ）
流銀《りゅうぎん》（できるだけ大量に）
真理ガラス（できれば黒いもの）
時間振子《ふりこ》（三個《こ》）

みがき粉
魔標尺《まひょうじゃく》
とめねじ、しめ釘《くぎ》など大小さまざまなねじ
それと食料。小僧《こぞう》のせいで、もう食料庫が空っぽだ。

9

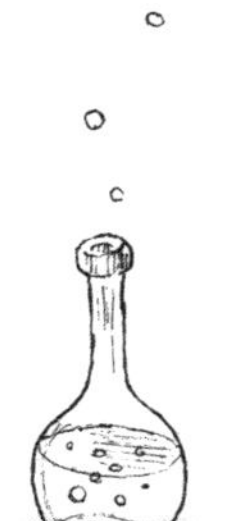

ネバリーの仕事部屋に入るのは初めてだった。魔術《まじゅつ》の準備《じゅんび》をするための部屋らしい。ベネットがぼろぼろの壁紙《かべがみ》をはがし、壁を白く塗《ぬ》りなおしていた。天井《てんじょう》のクリスタルガラス製《せい》の燭台《しょくだい》には魔光《まこう》が灯《とも》っていて、部屋は、明るくて清潔《せいけつ》だが散らかっていた。部屋の中央の背《せ》の高いテーブルには、蒸留器《じょうりゅうき》、銅線《どうせん》の輪、よごれたティーカップ、水晶玉《すいしょうだま》、絹《きぬ》の布《ぬの》、書類などがごたごたと積んである。テーブルのまん中には、茶色い紙にくるまれた包みがいくつもころがっていた。

朝、この部屋の入口までマフィンとハチミツをのせた皿とお茶を運んだとき、ネバリーはテーブルの前のイスに腰《こし》かけていた。ふと顔を上げておれに気づくと、ぎょっとして顔をしかめた。

「入る前にノックせい。流銀《りゅうぎん》をこぼしてしまったではないか」

見れば、銀色の粒《つぶ》がにょろにょろとテーブルを伝って床《ゆか》へ落ちていく。

「おれがひろうよ！」お茶と皿をテーブルに置き、広口のガラス瓶《びん》をつかんで追いかけた。

「待て！」ネバリーがイスから勢いよく立ちあがったので、おれはぎょっとして足を止めた。ネバリーはガラス瓶をうばいとって、「小僧《こぞう》、見ろ」と、おれに瓶の中身を見せた。瓶のなかには、薄《うす》い緑色の透明な結晶が貼《は》りついていた。「これは電貴石《でんきせき》だ。流銀《りゅうぎん》と電貴石は、ぜったいにまぜてはいかん」

おれはガラス瓶《びん》を見つめてから、床《ゆか》でにょろにょろと動く流銀に目をやった。「なんで?」

「まぜると爆発《ばくはつ》するからだ」ネバリーは別の空のガラス瓶を袖《そで》でこすって、おれにわたした。「さあ、流銀をひろってこい。慎重《しんちょう》にやれ。つかまえるのは恐《おそ》ろしく難しいぞ。ひとつ残らず集めよ」

ネバリーがイスに腰《こし》かけ、お茶を飲みながら朝飯をとる間、おれはテーブルの下に四つんばいになって流銀を追いかけた。指の間をくねくねとすりぬけ、つまんでもすぐに小さく分裂《ぶんれつ》してしまうのでやっかいだ。息を吹きかけてころがし、ガラス瓶の口ですくいあげるとうまくいったが、今度は先にひろった流銀が瓶の口から出そうになる。

流銀は何に使うんだろう? 〈日暮《ひぐれ》の君《きみ》〉の屋敷《やしき》にいた白髪《しらが》の魔術師も、流銀がもっといるといってたっけ。

「ねえ、ネバリー」銀色に輝《かがや》くミミズのような流銀をすくおうと四苦八苦しながら、しゃべりかけた。「なんで流銀《りゅうぎん》と電貴石《でんきせき》をまぜちゃいけないんだ?」

「さっきいっただろうが。爆発するからだ」

「うん。でも、なんで爆発するわけ?」最後の流銀をつかまえ、テーブルの下からはいだすと、立ちあがってガラス瓶をテーブルに置いた。もちろん電貴石の瓶からは離れたところだ。瓶をのぞき、流銀をじっと見つめる。ひとつにくっついて、ぐにゃぐにゃとうごめいて渦巻《うずま》くようすは、きらめく水面みたいだ。

「流銀と電貴石《でんきせき》には、どんなつながりがあるんだ？　片方だけじゃ爆発《ばくはつ》しないんだよな。なんでまぜると爆発するのかな？」

ネバリーはお茶を飲み終え、カップを置き、あごひげの先を引っぱりながら「うむ。悪くない質問《しつもん》だな」とうなずいて、立ちあがった。「ついてこい」

ネバリーのあとについて、仕事部屋から書斎《しょさい》へと向かった。ネバリーは書斎の書棚《しょだな》から赤い革《かわ》張《ば》りの分厚い本をとりだし、「ほら」とおれにさしだした。「五章に答えが書いてある。読み終えたら、おまえの理解力《りかいりょく》をためすとしよう」

「えっ、でも――」といいかけたら、にらまれた。

「小僧《こぞう》、弟子になりたければ、これだけは覚えておけ。わしに口答えするな。だまっていわれたとおりにせい」ネバリーはそれだけいうと、さっさと書斎を出て、ドアを勢いよくしめてしまった。

テーブルの前のイスにすわり、本を広げてみた。古くて紙がぼろぼろで、端《はし》が茶色に変色しているが、インクの文字はくっきりしていて、ほぼすべてのページに色あざやかな図が入っていた。

本をとじ、しばらく書斎のなかを歩きまわった。

ネバリーは仕事部屋での作業に追われているから、じゃましたらきっと怒《おこ》るよな。

ならば、じゃましないでおこう。〈やすらぎ邸《てい》〉に来てからずっと、屋敷《やしき》のほかの部屋ものぞいてみたいと思っていたし。

書斎から屋敷の外に出た。庭は風が吹《ふ》き、薄曇《うすぐも》りの空を濃《こ》い灰色《はいいろ》の雲がつぎつぎとよぎっていく。雨雲っぽいが、雪雲ではない。まだ、そこまで寒くはない。

イバラの間を縫《ぬ》って屋敷のまわりを歩くうち、窓《まど》から入れそうな部屋を見つけた。窓までの高さはおれの背丈《せたけ》の倍はあるが、太いツタが壁《かべ》に沿ってのびているので、よじのぼれそうだ。窓ガラスは割《わ》れていた。片手《かたて》でツタにしがみつき、もう片方《かたほう》の手をのばして窓の内側のかけ金をはずした。窓枠《まどわく》をおしあげ、なかにすべりこむ。

ここも魔術師《まじゅつし》の仕事場のようだ。まばたきをし、薄暗さに目が慣れてくると、部屋のようすが見えてきた。雨が降《ふ》りこんだせいでカーテンもじゅうたんもしめって腐《くさ》り、白かびのにおいがする。背《せ》の高いテーブルがひとつと、イスがいくつか。壁《かべ》ぎわには書棚《しょだな》が並び、テーブルにはガラス瓶《びん》と蒸留器《じょうりゅうき》がごちゃごちゃと置かれている。どれもほこりまみれで、クモの巣がかかっていた。

おれの手くらいの大きさの、歯車とピストンが溶けかかっている、雷《かみなり》に打たれて燃《も》えたみたいな機械もある。ネバリーに見せようとコートのポケットにしまった。

ほかにも、おもしろいものを見つけた。

壁《かべ》ぎわに彫刻《ちょうこく》のほどこされた木製《もくせい》のしゃれた机《つくえ》がひとつあり、その下に、ほこりとクモの巣にまみれた鍵《かぎ》つきの箱があったのだ。

机の下から引っぱりだして、コートの袖《そで》でぬぐってみた。錠《じょう》はピンを四本使ったダブル・クリックツイスター。なかなか凝《こ》った型だが、おれにはそう難しい錠じゃない。錠前破《やぶ》り用の針金《はりがね》をとりだした。ネバリーにあけてもらったほうがいいんだろうが、待ちきれない。いますぐ、なかを見たい！

箱の前にひざまずき、鍵穴《かぎあな》に針金《はりがね》をさしこんだ。手をすばやく動かすと、カチッと音がして錠《じょう》があいた。正直、拍子《ひょうし》抜《ぬ》けした。これじゃ、あけてくれといわんばかりだ。針金をポケットにしまい、きしむふたをあけた。

中には石がぎっしりつまっていた。

『ウェルメトの魔術師諸君《まじゅつししょくん》
諸君は、このわたしがウェルメトにもどってきたことをすでにごぞんじだろう。二十年前の追放令は、女公爵《おんなこうしゃく》により、すでに撤回《てっかい》されたことをお伝えする。
この町は魔力《まりょく》の減少《げんしょう》に苦しんでいる。このことには、諸君もすでにお気づきだと思う。魔術堂《まじゅつどう》の魔術師諸君には、事態《じたい》を把握《はあく》して対処《たいしょ》するにあたり、先頭に立つ者が必要であろう。ならばこのわたしがその労をとり、今回の危機《きき》に際し、先頭に立つ役目を引きうけようではないか。

諸君にはわが申し出について話しあったうえ、〈やすらぎ邸《てい》〉にいるわたしに連絡《れんらく》してもらいたい。

ネバリー・フリングラス』

10

箱は前に扉《とびら》のようなふたがついていて、なかには棚《たな》が作られていた。色あせた青のビロードが貼《は》られた棚は、全部で五段《だん》。上の四段にはいろんな形の石が並《なら》べてあるが、いちばん下の段には、ひびわれた革《かわ》の本が一冊《さつ》入っていた。表紙には、金色のルーン文字と、左右に翼のある砂時計《すなどけい》のしるしが捺《お》されていた。この砂時計はトンネル内の〈やすらぎ邸《てい》〉の門の床《ゆか》にも彫《ほ》ってあったし、ネバリーのローブの袖口《そでぐち》にも刺繍《ししゅう》されている。

本を横に置き、箱から石を棚ごととりだして床《ゆか》に並べ、じっくりと見ていった。最初に手にとったのは灰色《はいいろ》の平べったい丸石。おれの手のひらくらいの大きさの、河原《かわら》にあるような石だ。つるつるの表面にふれたら、あたたかくて、石に好かれているような不思議な気がした。目をつぶったら、灰色のローブを着た白髪《しらが》まじりの背《せ》の高いやせた女の人の姿《すがた》が、ぱっと浮かんだ。その女の人は丸石をにぎってみせ、すっと消えた。

次に見たのは、にごった水晶《すいしょう》の破片《はへん》があちこちにちりばめられた、黒いごつごつした石だった。手にとったら、大柄《おおがら》であごひげを生やしたネバリーみたいな男が見えた。にらみつけられたので、その石はさっさと棚にもどした。

その次は、青みがかった水晶の薄《うす》っぺらいかけらだった。さわったら、恥《は》ずかしそうにほほえむ金髪《きんぱつ》の女の子がちらっと見えた。その子はおれに背《せ》を向けて駆《か》けだし、いなくなってしまった。

かび臭《くさ》いじゅうたんにすわりこんだまま、すべての石を丹念《たんねん》に見ていった。もう魔力《まりょく》が感じられない空っぽの石もあれば、さわったとたんに指先がひりひりする石、一回どくんと脈を打つようにあたたかく震《ふる》えてから、眠《ねむ》りにもどったみたいに動きを止めた石もあった。

最後の石は黄ばんだ絹《きぬ》の切れ端《はし》にくるまれ、ぼろぼろのリボンでしばってあった。その小さな包みを持ちあげたら、手ざわりで中身は石だとわかるのに、空っぽかと思うほど軽かった。リボンをそっとほどくと、石が手のひらへところがりでた。

石が手にふれた瞬間《しゅんかん》、不気味な冷気が石からどっとあふれだし、冷たい波にのみこまれた。胃がむかむかし、目の前を黒い点が飛びまわる。失《う》せろ！　と石にはじきとばされた気がして、石をぱっと放すと、あわててあとずさり、ドアの前に震えながらうずくまった。

石は床にころがったままだ。ドアの枠《わく》につかまり、息をととのえた。ここから見ると、赤んぼうのこぶしくらいの大きさの、つやつやした宝石《ほうせき》の原石のようだ。ひざをついてのぞきこんだが、もちろんさわりはしなかった。色はあざのような濃《こ》い紫色《むらさきいろ》。しげしげとながめるうち、全体に割《わ》れ目があることに気づいた。割れていない部分より割れている部分のほうが多い。この石のことは、あとでぜったいネバリーに訊《き》いてみよう。

その石は床に置いたまま、ほかの石を棚《たな》にもどした。箱の底にあった本は、ネバリーに見せるためにとっておいた。

箱のふたをしめた瞬間《しゅんかん》、何かが動くのが目のすみに映《うつ》ったので、あわててそっちを見た。うわっ、紫《むらさき》の石がまた襲《おそ》ってくるのか？

けど、そこにいたのは石ではなくて、猫《ねこ》だった。

猫は部屋に入ってすぐのところに、黄緑色の瞳《ひとみ》でおれをながめながらすわっていた。雌猫《めすねこ》のようだ。顔と尾《お》は濃《こ》い灰色《はいいろ》と黒の縞模様《しまもよう》で、残《のこ》りは白。まるでだれかが猫の縞模様の頭と尾を持って、残りの体を漂白剤《ひょうはくざい》につけて白くしたみたいだ。毛はつやつやで、えさをたっぷり食べているらしい。

猫の尾の先がぴくっとした。おれはとなりにひざまずき、首筋のやわらかい毛をなでてやった。猫がのどを鳴らし、おれの手に小さな顔をこすりつける。

「猫ちゃん、いっしょに来るかい？」

ひびわれた革装《かわそう》の本と溶《と》けかかった機械をコートのポケットに入れて、窓《まど》へと向かった。猫もついてきて窓枠《まどわく》にのる。おれは窓枠の上にしゃがんで外をながめた。

冷たい雨が降りだしていた。土砂降《どしゃぶ》りで、庭全体が灰色の雨のカーテンにおおわれている。おれは窓枠から飛びおりた。着地した瞬間《しゅんかん》、靴《くつ》がグシャッとしめっぽい音を立てた。雌猫はつんとすましてツタを下りてくる。

「さすがにお上品だね。ぬれないように運んであげるよ」かがんで猫を持ちあげ、コートのなかに入れた。

土砂降《どしゃぶ》りの雨に打たれ、水たまりをバシャバシャいわせながら、庭を走ってつっきった。屋敷《やしき》の一階にある物置の扉《とびら》の外では、積みあげられた薪《たきぎ》が雨にぬれていた。ベネットが割《わ》った薪にちがいない。その横を駆けぬけて物置に飛びこんだ。

ずぶぬれで二階の台所に上がったら、ベネットが長いナイフでニワトリをさばいている最中《さいちゅう》だった。

おれが台所に入ったとたん、ベネットは手を止め、「お呼《よ》びだ」とナイフの先で天井《てんじょう》をさした。

おれはうなずいて猫《ねこ》を下ろした。猫はくしゃみをし、おれから離れていった。ひょっとして、雨にぬれたのはおれのせいだと怒《おこ》っているのか？「名前はレディーに決めた。ネズミをつかまえるのが得意なんじゃないかな」

ベネットは低い声でうなるようにいった。「ご機嫌斜《きげんなな》めだ」

ネバリーが上機嫌なときなんて、あったっけ？

のろのろと階段《かいだん》をのぼって書斎《しょさい》に向かった。おれが書斎に入ると同時に、ネバリーが顔を上げて立ちあがり、読んでいた本でテーブルをバン、とたたいた。おれはドアノブに手をかけたまま、すくみあがった。

「小僧《こぞう》！　五章を読んでおけといったのに、さぼりおって！」

「さぼったんじゃないよ」そんなつもりはぜんぜんない。

「では、読んだのか？」ネバリーはひらきっぱなしの赤い革《かわ》の本を指さした。

「ううん」

ネバリーは流銀《りゅうぎん》と電貴石《でんきせき》をまぜたみたいに、いまにも爆発《ばくはつ》しそうな顔をしている。「やはり読んでおらんのだな」

おれは深呼吸《しんこきゅう》した。これからいうことを、たぶんネバリーは気に入らないだろう。「あのさ、ネバリー……おれ、字が読めないんだ」

ネバリーはおれを見つめ、信じられない、というように首をふり、小声で何かつぶやいてから訊《き》き返した。「つまり、学校に通ったことがないというのか？」

おれはネバリーを見つめ返した。〈たそがれ街《がい》〉で育ったのは知ってるはずだ。学校なんて、いつ通えたっていうんだよ？

だまりこんだおれを見て、ネバリーはまた腰《こし》を下ろした。「小僧《こぞう》、もうよい。わしには読み書きを教えてやる時間がない。魔術《まじゅつ》大学校に通ってもらうぞ」

えっ、いま、学校っていった？

ネバリーが目をふせていった。「小僧、口答えするな」

口答えなんてするもんか。喜んで通うとも！

11

あの部屋にあった革《かわ》の本をネバリーにわたし、石のつまった箱を見つけたことを話した。溶《と》けかかった機械も見せた。

ネバリーはバネと動かない歯車をつつきながら、手のなかで機械をころがした。

「ねえねえ、それ、何？」

「魔封装置《まふうそうち》だ」ネバリーが機械をテーブルに置いていった。

「魔封装置って？」

ネバリーはいらついたようにおれをにらんでから、また機械を手にとり、「ほら、ここを見ろ」と、指の太さくらいの管《くだ》を指さした。管の先は、にっと笑った口の形をしていた。「これが吸気《きゅうき》管《かん》だ。魔力《まりょく》はこの管の先から吸《す》いこまれて、ここに封じこめられる」と、金属製《きんぞくせい》のふくらみを指さす。「ここは流銀製《りゅうぎんせい》で、魔力を封じこめることができるのだ。魔術師《まじゅつし》は封じこめた魔力の性質などを調べたあと、別の管から放出する」ネバリーは小さな円盤状《えんばんじょう》の部品をつついてから、おれに機械をもどしてよこした。

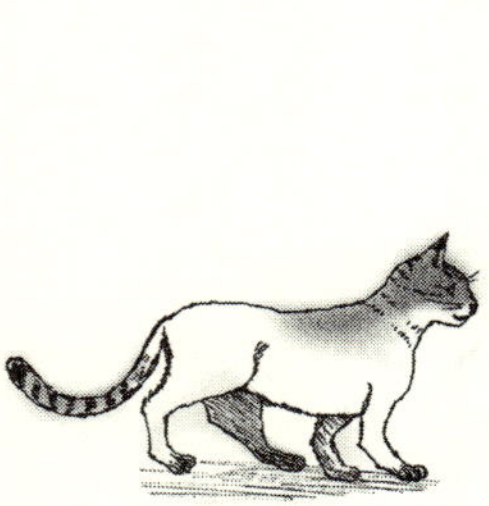

見た目よりも重くて、なんとなくいやな感じがする。

「まったく、詮索好《せんさくず》きな小僧《こぞう》め」ネバリーは屋敷《やしき》のほかの部屋に入りこんだおれに少し説教してから、詮索好きの罰《ばつ》として——おれにとっては、これくらい詮索のうちに入らないんだけど——ベネットが割《わ》った大量の薪《たきぎ》を一階の物置に入れるようにと命令した。たしかに物置に入れておけば雨にぬれないし、朝、ベネットが台所の暖炉《だんろ》に薪をくべるときも、一階にあれば持ってくるのが楽だ。

薪を全部運んでから書斎《しょさい》にもどった。ネバリーはイスにすわり、翼《つばさ》のついた砂時計《すなどけい》の絵が表紙に記《しる》された本に目を通していた。

「全部ちゃんと入れといたよ」つかれたし、降《ふ》りつづけていた雨に服がぬれ、体も冷えてしまったので、火があかあかと燃《も》える暖炉に近づいた。

ネバリーは本から顔を上げなかった。「よかろう。ほかの仕事を見つけろ」

「あのさ、ネバリー」かじかんだ手を火にかざして声をかけた。「石について、訊《き》きたいことがあるんだけど」

ネバリーは勢いよく本をとじた。「仕事場で見つけたという石のことか」

おれはうなずき、暖炉の前にあぐらをかいてすわった。「あれって魔導石《まどうせき》だよね？」

「むろんだ」ネバリーは少し間をおいて続けた。「持ち主の魔術師《まじゅつし》は全員とうに死んでおるがな」と、読んでいた本を手にとる。「これはわが一族の歴史をまとめたものだ。先祖《せんぞ》の魔術師の名前と、それぞれの魔導石《まどうせき》のことがすべて書かれておる」

「ふうん」おれは暖炉《だんろ》の火を見つめた。じゃあ、ごつごつした石のしかめ面《つら》のあごひげ男も、青い水晶《すいしょう》のかけらの恥《は》ずかしそうな女の子も、みんな死んじゃったのか。

ネバリーが鋭い目つきでおれを見た。「なんだ、小僧《こぞう》？　詮索好《せんさくず》きのおまえのことだ。石にさわったのであろう」

「うん」おれはため息をついた。「灰色《はいいろ》のローブを着た女の人がいちばん好きだったな」

「灰色のローブを着た女の人だと？」と、ネバリーがくり返す。

「うん、河原《かわら》にあるような平べったい石を持ってた人。やさしくほほえみかけてくれたんだ」

ネバリーはすわったまま身をのりだし、おれのあごをつかんで自分のほうを向かせ、がみがみとどなった。「小僧、適当なうそをつきおって！」

えっ？　おれはまばたきをしてあとずさろうとしたけど、ネバリーの手から逃《のが》れられなかった。

「小僧、うそではないのか？」

「うそなんてついてないよ！」

ネバリーはようやく手を放し、おれをにらんだままイスに深くすわりなおした。

おれは、ネバリーの手がとどかないぎりぎりのところまであわてて下がった。

「魔導石とその持ち主について、この本で読んだのではあるまいな？」

「ちがうよ。見えたんだ。石にさわったときに」

「ほう、見えただと。実におもしろい。話してみよ」

了解《りょうかい》。すべての石について、さわったときに感じたことや見たものを説明した。ネバリーはときどきおれの話をさえぎり、本を見てうなずいてから、先をうながした。あざのような紫《むらさき》の石に襲《おそ》われた話もした。

「あの石ならば、ありえるな。三代前の大おばアルウェの魔導石だった石だ。気性《きしょう》がかなり激しい人だったらしい。あのおばの魔導石をさわってその程度《ていど》ですんだとは、運がよかったな」

石について話したあと、おれは暖炉の火をながめ、ネバリーは本をぱらぱらとめくり、互いにしばらくだまってすわっていた。

やがてネバリーが咳《せき》ばらいをした。「すでにわかっておるとは思うが、魔導石は持ち主の性格《せいかく》を反映《はんえい》する。意志《いし》の弱い魔術師《まじゅつし》の魔導石はもろくてこわれやすく、形を保つのも難しくなる。反対に、意志の強い魔術師の石は硬《かた》い」

なるほど。たしか、ネバリーの魔導石はかなり硬くて、鏡のようにみがきあげられてなめらかだったっけ。しかも、ものすごく危険《きけん》だった。なにせネバリーのポケットから盗《ぬす》んだおかげで、あの石が放つ氷と風に巻《ま》きこまれ、あやうく殺されかけたんだから！

ネバリーがひと息ついて、ちらっとおれを見た。「小僧、聞いておるか？」

おれがうなずくのを見て、ネバリーは話を続けた。

「魔術師の魔導石は、道端《みちばた》に落ちている小石のこともあれば、大おばの石のように高価《こうか》な宝石のこともある。だが、魔導石《まどうせき》が高価な宝石《ほうせき》というのは実にまれで、恐《おそ》ろしい事態《じたい》をまねくといわれておる。そして魔導石は持ち主の魔術師《まじゅつし》の死後も、その性格《せいかく》を保ちつづけるものなのだ」

「魔導石がこわれることってあるのか？」

「まあ、ないではない。もし魔術師が魔導石の限度《げんど》を超《こ》える魔術を使おうとしたら、こわれるであろう。その場合は魔術師本人も死ぬ」

うわあ、おもしろい！　ネバリーがこういう話をしてくれるのは、おれがまちがいなく弟子になった証拠だ！

話のあと、また少しの間、お互いだまってすわっていた。猫《ねこ》のレディーが入ってきて、ネバリーの足のにおいをかいでから、おれのひざにすわった。おれはネバリーのイスに寄りかかってレディーをなでてやり、暖炉の火を見つめた。書斎《しょさい》はあたたかく、薪《たきぎ》を運んで冷えた体もすっかりあたたまった。あとは食べものさえあればいうことないが、わざわざとりにいくのは面倒《めんどう》だ。レディーはのどを鳴らしている。

「なんだ、それは？」と、ネバリーが魔導石の本をとじた。

おれは目をぱちぱちさせて、顔を上げた。ひょっとしていま、おれ、うとうとしてた？　レディーがおれのひざから下りて、のびをする。

ネバリーはレディーを指さしていた。

「猫だよ」

「それはわかっておる。ここで何をしているのかと、訊《き》いておるのだ」

「ここに住んでるんだよ」ネバリーが顔をしかめたので、猫などいらん、などといいださないうちにつけくわえた。「ベネットが、ネズミ捕《と》りにちょうどいいっていってたよ」

「うむ、まあ、そうかもしれんが……」ネバリーは本を脇《わき》に置いて立ちあがった。「さて、小僧《こぞう》。おまえも魔導石を見つけねばならん。一刻《いっこく》も早く見つけるのだ。明日は魔術大学校に行くぞ」


小僧には不思議な才能《さいのう》がある。魔導石に敏感《びんかん》に反応《はんのう》し、魔導石の持ち主の姿を見ることができるとは。現《げん》に魔導石のなかにわが母を見て、灰色《はいいろ》の女性《じょせい》と呼《よ》んでいた。

わしの手紙に対する魔術師《まじゅつし》たちの返事はまだとどかない。連中のことだから、返事の書きだしについてさんざん議論《ぎろん》したあげく、飽《あ》きて夕食の相談でも始めたにちがいない。


〈おれは魔術師だっていったろ。コンより〉

12

翌日《よくじつ》、ネバリーは魔術師《まじゅつし》たちが午後おそくに集まると知って、おれを午後早めに魔術大学校《まじゅつ》へ連れていった。

「連中はまだわしが来るとは思っていまい」といいながら杖《つえ》をとり、つば広の帽子《ぼうし》をかぶる。

「ふいをついてやろう。小僧《こぞう》、行くぞ」

ネバリーは先に立ってぬかるんだ庭を足早につっきると、秘密《ひみつ》のトンネルへと階段《かいだん》を下り、大きな身ぶりで魔導石《まどうせき》をかかげて呪文《じゅもん》を口にし、ジュージューと火花を散らして大きくひらいた門をさっそうと通りぬけた。おれは走ってついていった。

「あのさ、ネバリー」魔導石の見つけ方や学校について、もっと知っておきたい。読み書きを習うのはわかったけど、ほかに勉強することって?

「よいか、小僧」ネバリーは立ちどまり、鋭い目つきでおれを見て、またすたすたと歩きだした。

おれは、ちゃんと聞いているしるしにうなずいた。

「わしのことは『ネバリー』ではなく、師匠《ししょう》と呼《よ》べ」

えっ、どうして？　ネバリーっていう名前なんじゃないの？「なんで？」

「わしを尊敬《そんけい》していることを示すために決まっとろう」

「おれ、あんたのことは尊敬してるよ」うそじゃない。本気で尊敬してる。

ネバリーはやれやれと首をふった。「師匠《ししょう》というのは、わしがおまえにはない知識《ちしき》と経験《けいけん》と才《さい》能《のう》の持ち主であることを示すための呼《よ》び名だ。実際《じっさい》、わしはおまえの師匠だろうが」

ネバリーが別の門をあける間、じっくりと考えてみた。「でもさ、おれにだって、あんたにはない知識と経験と才能があるよ」それに小僧呼《よ》ばわりされても、ネバリーのことをじいとは呼ばないし。

「だとしても、わしがおまえの師匠であることに変わりはあるまい」

「あのさ」ネバリーに追いつくために小走りになった。「なんなら、おれの知ってることを教えてあげてもいいよ」

「ほう、おまえがわしに教えられることがあるというのか？」ネバリーがまたおれをちらっと見た。「たとえば、なんだ？」

「スリや錠前破《じょうまえやぶ》りのやり方とか、だれも知らない脇道《わきみち》とか、暗がりを安全に歩く方法とか。知っておいて損《そん》はないよ」

ネバリーは何かいいかけたが、結局あきらめたらしく口をとじた。トンネルのぬれた石の床《ゆか》にカツンカツンと杖の音が響《ひび》く。やがて、いままでの門よりもずっとぴかぴかの飾《かざ》りたてられた門を通りぬけた。「ここが魔術《まじゅつ》大学校だ。小僧《こぞう》、行くぞ」

ネバリーは先に立って、魔術大学校の中州《なかす》に出る階段《かいだん》をのぼっていった。のぼりきった先は石畳《いしだたみ》の広い庭で、おしゃべりをしている生徒と教師《きょうし》でにぎわっていた。中央にある四階建ての巨大《きょだい》な建物が校舎《こうしゃ》らしい。四すみのそれぞれから、とがった塔《とう》が空に向かってすっとのびている。

庭を足早につっきるネバリーに、おれは小走りでついていった。庭にいた人たちがおしゃべりをやめ、通りすぎるネバリーを指さしたが、本人は見向きもしない。きっとネバリーのことだ、気づいてもいないいんだろう。正面玄関《げんかん》の前の広い階段まで来ると、ネバリーはカツンカツンと杖《つえ》をついてのぼりはじめたが、知っている顔に気づいたらしく、ふと足を止め、そちらを向いた。

うわっ。この人、おれも知ってる。魔術堂《まじゅつどう》にいた太った魔術師だ！　おれなんか入学させてくれないんじゃないかと、急に不安になってきた。

「久しぶりだな、ブランビー」と、ネバリーがうなずいてみせる。

ブランビーは驚いた顔になった。この前と同じで、黒の上下の上にあざやかな黄色のローブをはおっている。「おお、ネバリー！」

「魔術師たちは今日集まるのだな？」

「ああ、まあ」ブランビーはまばたきをしながら答えた。「先にわたしの部屋に寄《よ》っていかんか。そのう……相談するために」

「いや。会議の前に少々用事がある」

「ほう！　では出席してくれるのだな？」

「そのつもりだ」ネバリーはそう答えてから、おれを指さした。「この小僧は、なんというか、まあ、わしの弟子だ。魔術大学校に入学させてもらいたい」

「なに、弟子だと？　弟子など一度もとったことがなかったのに」

ネバリーは顔をしかめた。「たまたま、とることになったのだ。入れてくれるか？」

ブランビーはおれをちらっと見てから、もう一度、しげしげとながめた。「ああ。かまわんよ」

「よかろう」ネバリーはおれのほうを向き、「小僧、行儀《ぎょうぎ》よくして、少しは学んでこい」といって立ちさろうとした。

けれど、ブランビーがネバリーの袖《そで》をつかんだ。「ちょ、ちょっと、ネバリー！」

「なんだ？」

「いや、その……」ブランビーは声を落とした。「われわれにはきみが必要なのだ。ウェルメトにもどってきてくれて、礼をいう」

ネバリーはふいをつかれたような顔をした。そしてブランビーのぽちゃぽちゃした手を軽くにぎって握手すると、さっさと正面階段を下りてどこかへ行ってしまった。

ブランビーはネバリーを見送ってから、おれのほうへ向きなおった。「さてと。きみはネバリーの弟子なのだね」

おれはうなずいた。

「では、ついてきなさい」

ブランビーのあとから玄関《げんかん》ホールに入った。天井《てんじょう》が高く、足音が響《ひび》く。ゆるやかにカーブした階段《かいだん》が二階の手すりつきの廊下《ろうか》へとのびていて、床《ゆか》にはすべりやすそうな黒石が敷《し》きつめてある。広いホールをつっきって、奥のあけっぱなしのドアへと向かい、ブランビーが先になかへ入った。

「わたしの部屋だ。事務室《じむしつ》であり、仕事場であり、書斎《しょさい》でもある。なかなかいいだろう?」といいつつ、ドアをしめる。「これで、じゃまは入らないよ」

部屋の壁《かべ》は、ブランビーのローブよりも濃《こ》い黄色に塗《ぬ》られていた。彫刻《ちょうこく》のほどこされたつやのある木製《もくせい》の机《つくえ》。その向こうに、すわり心地《ごこち》のよさそうなイス。長イスがいくつか。壁ぎわには書棚《しょだな》が並び、床《ゆか》には星形のきらきらする飾りがちりばめられた濃紺《のうこん》の小さな敷きもの。さらにイスがいくつかあり、そのひとつの上には黒猫《くろねこ》が丸まっている。窓辺《まどべ》にいた別のぶち猫が顔を上げた。

おれは入ってすぐのところに立ちどまり、ブランビーは部屋をつっきって、机の向こうのイスにすわった。

「さて、と」と、ブランビーがぽっちゃりした手を組んで、おれを見た。「きみとは前に会っているね。変身の術《じゅつ》を使うことは法律《ほうりつ》できびしく禁《きん》じられているのだが、ネバリーは使ったわけだ。

きみは、あのときの猫だろう?」

やばい! 魔術師たちをスパイした罪《つみ》でおれを追いだす気だ。とっさにうそをつこうかとも思ったが、もうばれているので、しぶしぶうなずいた。

「ふむ」ブランビーはイスのひとつを指さした。「すわったらどうかね?」

すわり心地はよさそうだが、できればいつでも逃《に》げられるように、このままドアのそばに立っていたかった。ネバリーの弟子として当然のことをしたまでだと思ってはいたが、魔術師たちをスパイしたわけだから、やっぱり追いだされる? それとも、おれの頭じゃこの学校には通えない、とことわられるのか?

ブランビーは机《つくえ》の引き出しをかきまわして紙とペンとインクをとりだし、金属《きんぞく》のペン先をペン軸《じく》にとりつけた。「きみの名前は?」

「コンです」省略した名前で、あだ名みたいなもんだけど、ま、いいか。

「ふむふむ」ブランビーはペンをインクにひたし、紙に何か書きつけて、顔を上げた。「年齢《ねんれい》は?」

ほんとうのところは知らないので、肩《かた》をすくめた。

「ふむ。いままでに何年間、学校に通ったのかね?」

おれは、またしてもだまっているしかなかった。ここに来たのは、まちがいだった。〈やすらぎ邸《てい》〉にもどり、ベネットにたのみこんで読み書きを教えてもらうほうが、まだましだ。

ブランビーはペンを置いた。「コン、わたしの質問《しつもん》に答える気があるのかね？」

おれは大きく息を吸《す》った。ネバリーがやれっていうんだから、やるしかない。「はい……答えられる質問ならば」

ブランビーはドアのそばに立ったままのおれを見て、「ふむ」とまたうなずいた。「なるほど、それもそうだ」とひとりで納得《なっとく》したらしく、少しの間だまって考えていたが、「おお、そうだ」とつぶやいて、また話しかけてきた。「師匠《ししょう》とは、どのようにして出会ったのかね？」

この質問なら答えられる。「魔導石《まどうせき》を盗《ぬす》もうとして」

ブランビーが目を見ひらいた。「な、なんだと？」

「ほんとうに盗んじゃいましたけど」

「魔導石に命をうばわれなかったのかね？」

おれは首を横にふり、机に近づいた。「たしかに殺されかけたんですが、死なずにすみました。ネバリーはそこに興味《きょうみ》を持ったみたいで、おれから魔導石をとりもどしたあと、弟子にしてくれたんです」

「おお、なんと！」

「うーん、ちょっとちがうかな」おれは机の前のふかふかのイスにすわった。「最初は召使《めしつか》いにするつもりだったんですが、そのあと、弟子にするべきだって気づいてくれて」

「いやはや。では、こういうことかね。ネバリーはきみがちゃんとした魔術師の弟子になれるように、魔術大学校で教育を受けさせたいと」

「はい、そうです。まずは読み書きができるようにと」

「ほう。なるほど、読み書きか。もちろん、それなら教えられるとも」

ふう。ほっとした。もともと追いだす気はなかったようだ。「今日から習えますか？」

「今日はもう少々おそい。しかし、明日からならだいじょうぶだ。ここの生徒の大多数は、魔術師の弟子も一般《いっぱん》の学生も、きみよりずっと若《わか》い年齢《ねんれい》で入学してくるのだが……」

おれはうなずいた。

ブランビーはペンをいじりながら、「しかしいちばん年下のクラスに入れるのは、いかがなものか……」ひとりごとをいって、首をふる。「いや、だめだ、うまくいかん。ううむ」しばらくだまりこんでから、おれにたずねた。「いままでどの程度、学んできたのかね？」

「魔導石《まどうせき》について少し。あと、電貴石《でんきせき》と流銀《りゅうぎん》をまぜちゃいけないってこと」この数日を思い返してみた。「あとは変身の術《じゅつ》と、〈やすらぎ邸《てい》〉までの門をあける呪文《じゅもん》と、光を灯《とも》す呪文」

「よかろう」と、ブランビーはほほえんだ。「では、きみの魔導石を見せてくれないか」

ええと……。「あの……まだ、持ってないんですけど」

ブランビーの顔から笑みが消えた。「そんなばかな。持っているはずだ。そうでなければ、ネバリーがきみを弟子にするわけがない」

「でも、弟子にしてくれたんです」

「まったく、型破《かたやぶ》りもいいところだ。魔導石《まどうせき》もない若者を、ネバリーはいったい――」ブランビーは途中で口をつぐんだ。「それについてはネバリー本人と話をしよう。ネバリーには、きみが魔導石を見つける手助けをしてもらわねば。魔術《まじゅつ》大学校にも大量の魔導石がそろっておるぞ。持ち主のいない魔導石が、自然と集まってくるのだ。ネバリーにきみを魔術堂《まじゅつどう》で紹介《しょうかい》してもらわないといかんな。魔術師の弟子は、会議でみとめてもらうのが決まりなのでね」

おれはうなずいた。魔術師たちの会議ならこの間見たばかりだから、怖《こわ》くない。

「読み書きについては、上級クラスに入ったうえで、だれかから個別《こべつ》に指導《しどう》を受けるのがいちばんよかろう。ただしそうとうがんばらないと、追いつけんぞ」

了解《りょうかい》! がんばって、追いついてみせるとも!

魔術師たちとの会議は、おおいに不満が残る結果となった。

こちらから顔を出さなかったら、連中はわしの手紙を受けとってからも数週間、手紙の紙とインクの種類について、えんえんと論《ろん》じあっていたにちがいない。

おろか者たちめ。

しかし結局は、ペティボックスは抗議《こうぎ》したが、わしが今回の問題の陣頭《じんとう》に立つことになった。

ベネットに〈闇市《やみいち》広場〉で流銀《りゅうぎん》を買ってこさせなければ。魔術師たちの手もとに予備《よび》の流銀がないか、ブランビーにたずねる必要がある。それにしても、流銀を手に入れるのにこんなに苦労するとは思わなかった。

13

翌日《よくじつ》ネバリーは、おれを魔術師《まじゅつし》たちの会議で弟子として紹介《しょうかい》し、みとめてもらう、といった。それがすめば、正式に学校へ通えるようになるらしい。

魔術堂《まじゅつどう》に向かう途中、ネバリーはほかのことに気をとられているようだった。トンネルを歩くのが速すぎて、走らないと追いつけない。遠慮《えんりょ》して訊《き》けなかったが、訊きたいことはたくさんあった。魔術師たちは、おれにどんな質問《しつもん》をするんだろう？　おれが前に会議をスパイしたってばれているのかな？　おれが字を読めないのはまずいこと？　魔導石《まどうせき》について何か訊かれたら？　うそをついたらばれるのか？　もし弟子としてみとめられなかったら、そのときは……？

魔術堂に到着《とうちゃく》し、ネバリーのあとから足音の響《ひび》く長い廊下《ろうか》を進んだ。つきあたりにある大きな両びらきのドアの前で、ネバリーがいった。「呼《よ》ばれるまでここで待っておれ」

おれが何かいう前に、ネバリーはさっさと会議室に入り、ドアを勢いよくしめてしまった。

びくつくことはないとわかっていても、緊張《きんちょう》して体が震《ふる》える。いまにもドアのなかに引きずりこまれ、魔術師たちにものすごいけんまくで何かいわれるんじゃないか？　しばらくそわそわしていたが、いつまでたってもだれも出てこない。床《ゆか》にすわって待つことにした。

ようやくドアがギーッときしんであき、おれは、はじかれたように立ちあがった。目の前に女魔術師のペリウィンクルが、腰《こし》に手をあてて立っていた。おれは目にかかっていたふぞろいな前髪《まえがみ》のすきまから、ペリウィンクルをながめた。ローブはこの前と同じ灰色《はいいろ》。袖口《そでぐち》の布《ぬの》には青い花の刺繡《ししゅう》。ローブの下は飾《かざ》り気《け》のない濃紺《のうこん》のドレス。肩幅《かたはば》が広く、白髪《しらが》のまじった髪《かみ》を頭のてっぺんで無造作《むぞうさ》にまとめている。見るからにおっかない。

ペリウィンクルは、おれを頭のてっぺんから爪先《つまさき》までじろじろと見た。「あなたがネバリーの？」

おれはうなずいた。

「あっそ」いい印象《いんしょう》は持ってくれなかったらしい。「想像《そうぞう》してたのとはちがうわね」

どんな想像をしてたんだ？　もっと背《せ》が高いとか？

「まったく、ネバリーときたら。これじゃ、浮浪児《ふろうじ》みたいじゃないの」と、ペリウィンクルはつぶやいた。

おれは自分のかっこうを見おろした。「でも、おれ、はだしじゃないですよ」茶色のコートも着ているし、シャツもまあまあきれいだし、毛糸のマフラーもしている。ズボンはひざに継《つ》ぎがあたってるが、穴《あな》はあいていない。

「そうねえ。ま、いいわ。そののびすぎた髪、ネバリーに切ってもらいなさいよ。すぐにね。それと、なかに入る前にもうひとこと」と、ペリウィンクルは声をひそめた。「ネバリーはね、あまり……」いったん言葉を切り、あごをさすりながら天井《てんじょう》をあおいだ。「魔術師《まじゅつし》全員に好かれているわけじゃないの。だから、あなたを弟子としてみとめようとしない者がいても、驚かないで」

権力争《けんりょくあらそ》いってことか。たぶんネバリーに難《なん》くせをつけたくて、わざとおれをみとめないやつがいるってことだろう。でも、だれがなんといおうと、おれはネバリーの弟子だ。

ペリウィンクルが、疑わしげに目を細める。「ちょっと、わかってるの？　用心なさいよ」

了解《りょうかい》のしるしにうなずいておいた。

「なら、いいわ」ペリウィンクルはドアを大きくあけ、会議室に入るようにと合図した。

会議室は、猫《ねこ》として来たときほど大きくは見えないが、記憶《きおく》どおりだった。部屋の端《はし》から端まである長いテーブルがひとつと、空っぽのイスがたくさん。もしかしたら、昔はもっと大勢の魔術師がいたのか？　壁《かべ》には色あせた額《がく》に入ったほこりまみれの油絵が数点と、だれも読んだことがなさそうな、ほこりをかぶった本がぎゅうぎゅうにつまった書棚《しょだな》。部屋の奥には、火がたかれていない大きな暖炉《だんろ》がひとつ。

会議室に足を踏《ふ》み入れたとたん、テーブルを囲んでいた魔術師たちがいっせいにおれを見た。ネバリーは、だれかといいあらそっている最中《さいちゅう》だったらしい。いまにも頭から湯気が出そうな顔をしている。ネバリーの向かいにすわっている魔術師も、いまにも嚙《か》みつきそうな顔だ。

こいつがペティボックスにちがいない。背丈《せたけ》は、背の高いネバリーよりもさらに高そうだ。がっしりした体つきで、髪《かみ》とあごひげはまっ白、歯も白く輝《かがや》き、くちびるは赤い。

こいつ、見たことがある。〈日暮《ひぐれ》の君《きみ》〉の屋敷《やしき》の地下の作業場にいた魔術師じゃないか！　驚いて声をあげそうになったが、ぐっとこらえて目をそらした。

ペティボックスは、袖《そで》と襟《えり》に金色の飾《かざ》りひもがついた黒い絹《きぬ》のローブをはおっていた。袖口の布《ぬの》には金色の糸でルーン文字が刺繡《ししゅう》してある。指には重そうな金の指輪をいくつもはめ、首から金の鎖《くさり》で親指の爪《つめ》くらいの大きさの白くにごった水晶《すいしょう》をぶらさげている。水晶の魔導石《まどうせき》だ。こんなふうに堂々とひけらかすなんて、さぞご自慢《じまん》の石なんだろう。

なんとなく気に食わない。向こうもおれが気に食わないようだ。ぐにゃぐにゃした臭《くさ》いものを踏んづけて、靴《くつ》の底を裏返して見るときみたいな、いやな表情《ひょうじょう》でこっちをにらんでいる。

「あそこに立って」と、ペリウィンクルがテーブルの端を指さした。おれはいわれたとおり、そこまで行ってテーブルのほうを向いた。魔術師たちはすわったまま、おれを上から下までじろじろと見る。ネバリーはおれをちらっと見て、にがにがしげな表情のまま目をそらした。そのとなりにペリウィンクルが腰《こし》を下ろした。

テーブルにはほかにも、黄色い絹のローブをまとった太っちょのブランビーと、まじめそうな顔つきの女魔術師サンデラと、やせこけて気難しそうな魔術師のトラメルがすわっていた。ペティボックスのとなりには、コウモリそっくりの小柄《こがら》でやせた魔術師がいる。

ブランビーがエヘンと咳《せき》ばらいをした。「では……ネバリーよ、進めてくれ」

ネバリーは、怒《いか》りが治まらないような顔でそっけなくうなずいた。「よかろう、ブランビー、正式なやり方で進めようではないか」おれを指さしているが、目はペティボックスをにらみつけている。「魔術師諸氏《まじゅつししょし》にこの少年を紹介《しょうかい》しよう。このコンという少年を、わが弟子として承認《しょうにん》してもらいたい」

「うむ、よいのではないか」ブランビーが、テーブルの面々をそわそわと見まわしながら早口でいった。「まあ、これは単なる形式ゆえ。では、コンをネバリーの弟子としてみとめるということでよろしいか？」

「質問《しつもん》させてもらいたい」と、ペティボックスが声をあげた。大男のくせに、キンキンした高い声だ。

ブランビーはため息をついた。「もちろんだ」

来るなら来い！　さっさといえ！

ペティボックスはテーブルの上で手を組み、えものをねらうコンドルのようにぬっと身をのりだした。「では、質問《しつもん》だ。コン、師匠《ししょう》のもとに来る前はどこに住んでいた？」

はあ？　なんでそんなことを訊《き》くわけ？　「〈たそがれ街《がい》〉に」

「なるほど。〈たそがれ街〉で、だれかに世話をしてもらっていたのか？」

おれは首を横にふった。こいつ、何がいいたいんだ？

ペティボックスは作り笑いを浮かべた。「ほう、では、〈たそがれ街〉でどのようにして暮《く》らしていた？」

答える前に考えた。ペティボックスは、たぶん〈日暮《ひぐれ》の君《きみ》〉と組んでいる。ってことは、おれのことをよく知ってるのかも。おれにわざとうそをつかせ、うそつき呼《よ》ばわりする作戦だとしたら——。「たいていは泥棒《どろぼう》をしてました。スリをすることもあったけど、錠前破《じょうまえやぶ》りのほうが得意です」

魔術師たちは、おれの正直な答えがやっぱり気に入らなかったらしい。ペリウィンクルはまゆをひそめ、ブランビーはしきりにペンをいじっている。とはいえ、うそをついてあとでばれたら、もっとまずいことになっただろう。

ペティボックスはイスの背《せ》にもたれ、勝ちほこった表情《ひょうじょう》でネバリーを見た。「泥棒だと？ ネバリーよ、そんな者を弟子として紹介するのは、あんたぐらいのものだ」

ネバリーは腕《うで》を組んだが、いい返しはしなかった。

若《わか》い女魔術師のサンデラが、初めて口をひらいた。よく通る声だ。「あの、ペティボックス、この子はすでにネバリーに魔術の才能《さいのう》を見せたのでは？ だからネバリーは弟子として受け入れたのでしょうし、だとしたら、わたしたちも受け入れるべきじゃありません？」と、思いやりのこもった目でおれを見る。「あなたの魔導石《まどうせき》を見せてくれる？」

ちくしょう！ 魔導石のことは質問に出ないようにと祈《いの》ってたのに。「まだ見つけてません」

ペティボックスが鼻を鳴らした。「まったく、話にもならん！」

ブランビーは魔導石《まどうせき》がないことを知っていたので、やれやれと首をふった。ペティボックスは、ばかにしきった顔でおれを見ている。

何かいってくれよ、ネバリー。こいつに、がつんといってやってくれ！

ところが、ネバリーは何もいわなかった。すわったまま腕《うで》を組み、ひたすらテーブルをにらんでいる。

「どうなのだ、ネバリー？」とペティボックス。

ネバリーは、まだだまっている。おれは身震《みぶる》いし、こぶしをにぎって震えをおさえた。やばい、ネバリーはおれを弟子にするのを考えなおす気だ。

ようやくネバリーが顔を上げ、意を決したかのようにうなずいた。「わしはコンを弟子として受け入れる。諸君《しょくん》にも、わしの決定を受け入れてもらうしかない。いやというのなら、覚悟《かくご》していただこう」

ペティボックスがテーブルにこぶしを打ちつけた。「またしてもおどす気か！　われらをおどし、泥棒《どろぼう》の少年を弟子とみとめさせて、どうするつもりなのだ？　こいつは魔導石も持っていないうえ、〈日暮《ひぐれ》の君《きみ》〉の手先かもしれんのに！」

「いやいや、それはいいすぎだろう」ブランビーがあわてて口をはさんだ。「コンはスパイをするような子ではない」と、すばやくこっちを見る。「まあ、少なくとも、〈日暮の君〉のスパイではない。ここはひとつ、チャンスを与えてみてはどうであろう。ネバリーのたのみでもあるが、本人のためにもぜひ。コンをネバリーの弟子とみとめ――」

ペティボックスがまた抗議《こうぎ》しようと口をひらきかける。ブランビーは早口で続けた。「ただし条件《じょうけん》がある。もしコンが魔導石を、そうだな、三十日以内に見つけられたら、ということでどうだ？　ネバリー、それだけ時間があればよいか？」

ネバリーは「ああ、おそらく」とうなずいて、ドアを指さした。「小僧《こぞう》、用はすんだ。外で待っておれ」

おれはネバリーにそれ以上いわれる前に、そそくさと廊下《ろうか》に出た。

ドアをしめ、膝《ひざ》ががくがくするのでドアに寄りかかった。ふう。最悪の展開《てんかい》ではなかったと思いたいけど、どうだろう？　いちおう、魔術師《まじゅつし》たちはおれを受け入れてくれたわけだし。あとは魔導石を見つけるだけだ。期限《きげん》は三十日。

でも、どこから探《さが》しはじめればいい？

14

魔術師《まじゅつし》たちとの面談のあと、おれはネバリーといっしょにトンネルを通って、〈やすらぎ邸《てい》〉へと引き返した。考えることがありすぎて、頭がはちきれそうなので、だまって歩いていた。三十日もあれば魔導石《まどうせき》は見つかるよな？　魔術師のペティボックスって何者だ？　〈日暮《ひぐれ》の君《きみ》〉と何をたくらんでいる？

ネバリーが大股《おおまた》で歩きながら、声をかけてきた。「おまえには、また驚かされたぞ。〈たそがれ街《がい》〉でどうやって生きのびてきたのだ？」

「手先が器用《きよう》だからスリができるし、運もよかったし」

「ふむ」ネバリーは、門のひとつをあけるために立ちどまった。「そうかもしれんが、それだけではなかろう。運とスリだけでは、赤んぼうからそこまで育つことはできん。大きくなるまで、だれに育てられた？」

そういうことか。「母親だけど」

やがて、〈やすらぎ邸《てい》〉に通じる門にたどりついた。ネバリーが門をあけて通りぬけ、おれもあとに続いて階段《かいだん》から庭へとのぼっていった。大木の前で足を止めて見あげたら、黒い鳥たちが風に吹《ふ》かれる葉のように、かすかにゆれていた。太陽が沈《しず》んだばかりで、遠くに見える〈たそがれ街〉の空はくすんでうっすらと黄色く、ほのかな明かりがちらほらと星々のように光って見える。

ネバリーは石畳《いしだたみ》に杖《つえ》をカツンカツンと打ちつけた。「小僧《こぞう》、続きは？　母親の話をせい」

いろいろほじくり返すくせに、おれのことを詮索《せんさく》好《ず》きだなんて、よくいうよ！　「名前はブラック・マギー。髪《かみ》も目も黒くて、錠前破《じょうまえやぶ》りを教えてくれた」母さんには、落ちついて呼吸《こきゅう》して震《ふる》えをおさえながら手をすばやく動かす方法や、他人のポケットに羽根のように軽くふれて財《さい》布《ふ》ひもを盗《ぬす》む方法も教わった。

「死んだのか？」

おれはうなずいた。殺されたんだ、〈日暮の君〉に。〈日暮の君〉が直接《ちょくせつ》手を下したわけではないが、手下に母さんの両足を折らせ、歩けないようにした。そのあとしばらくして、母さんは死んだ——。でも、ネバリーにそこまで打ちあけるつもりはなかった。〈日暮の君〉と関係があると思われるのは、ごめんだ。

「いつ死んだ？」

急に風が吹《ふ》きつけ、おれはコートを着ているのに震えながらちぢこまった。「長雨が続いた夏に。川の水があふれて、桟橋《さんばし》が全部流された夏があっただろ？」

「知らん」ネバリーは庭をつっきって屋敷《やしき》へと向かった。窓《まど》からのぞく部屋の明かりは、あたたかそうだ。「二十年間、追放されていたからな。しかし、たしか七年前にペニンシュラ公領《こうりょう》のすべての町で、夏じゅう、異様《いよう》な長雨が降《ふ》ったことがあったと思うが……。そのころか？」

七年前か。どうだろう。母さんが死んだとき、おれは自分でひととおりのことはできるようになっていたから、たぶん――。おれはうなずいた。

母さんの話は、もうしたくない。「あのさ、ネバリー」

「なんだ？」ネバリーがふりむきざまにいう。

少し走って追いついた。「おれ、ペティボックスを見たことがあるんだけど」

「なんだと？　どこでだ？」

「〈日暮《ひぐれ》の君《きみ》〉の屋敷《やしき》で」

物置のドアにたどりついたネバリーが、おれを見おろしながら立ちどまった。「どういうことだ？」

「あんたが〈日暮の君〉と話をしている間に、おれ、屋敷のなかを見てまわったんだ」

「まったく、おまえのそのやっかいな詮索好《せんさくず》きの性格《せいかく》は、どうにかならんのか。いずれ泣きを見るぞ」

それは自分でもわかっている。「ペティボックスは、〈日暮の君〉の手先なんじゃないかな」

ネバリーは顔をしかめた。「そのペティボックスがぐうぜんにも、おまえがわしの弟子になることに猛反対《もうはんたい》したというのか」

「それとこれとは関係ないだろ」

ネバリーはおれに背《せ》を向け、暗闇《くらやみ》をつっきってせまい階段《かいだん》をのぼり、「小僧《こぞう》、よく聞け」と、つば広の帽子《ぼうし》を脱《ぬ》ぎながらいった。「ペティボックスにはあやしい点が多々あるが、〈日暮の君〉と手を結んでいるとまでは思えん。かりにも魔術師《まじゅつし》だぞ。〈日暮の君〉と組んでも、やつの得《とく》にはならん。まさかとは思うが、もしほんとうに〈夕暮屋敷《ゆうぐれやしき》〉でペティボックスを見たのだとしても、ウェルメトの魔力《まりょく》の減少《げんしょう》について〈日暮の君〉の意見を聞いていただけだろう。魔力が減少していることについては、〈日暮の君〉も、魔術師たちと同じくらい心配しておるからな。よいか、この件《けん》は二度と持ちだすな」

はいはい、わかりました。もう、いいませんよ。

15

翌日《よくじつ》、ネバリーは魔術堂《まじゅつどう》へ一刻《いっこく》も早く行きたがっていた。あそこで、〈日暮《ひぐれ》の君《きみ》〉と話しあいをすることになったらしい。

「ネバリー、話しあう相手をまちがえてるよ」

「小僧《こぞう》、口をはさむな」ネバリーは先におれを魔術大学校に連れていくため、地下トンネルを足早に進んでいく。「おまえには、ほかにやることがあるだろうが。魔導石探《まどうせきさが》しは手伝ってやれんぞ。自力で探すのだ」

期限《きげん》まで三十日。いや、あと二十九日だ。時間はたっぷりあるが、どうやって見つけたらいいんだろう？　ある日、ぱっとあらわれるとか？　たまたま足で踏《ふ》みつけて、あっ、これだ、ってぴんとくる？　魔導石のほうからやってきてくれないのか？　やっぱりおれが、あちこち探しまわらなきゃいけないわけ？

魔術大学校に着くと、ネバリーは地下トンネルから階段《かいだん》を上がったところで立ちどまった。見ると、ひとりの女子生徒が待っていた。

「ごきげんよう、ネバリー魔術師」と、その女子生徒は頭を下げた。「ブランビー校長から、ここでお待ちするようにいわれました。個別指導《こべつしどう》が必要な弟子がいらっしゃるのだとか？」

ネバリーはうなずき、「この小僧だ」とおれを指さした。

その女の子はおれよりも年上に見えた。背《せ》も、おれより高い。目は猫《ねこ》みたいにつりあがってて、灰色《はいいろ》。髪《かみ》はまっ赤で短い。自分でナイフで切ったみたいに不ぞろいだ。正直、あまり感じはよくない。

「わかりました」女の子はネバリーにうなずくと、おれのほうを向いた。「ついてきて」

「ええっ、ネバリー、ちょ、ちょっと――」こいつと二人きりなんて、かんべんしてくれよ！

「小僧、つべこべいうな。まわりに迷惑《めいわく》をかけるなよ」ネバリーはおれをにらみつけると、杖《つえ》の音を響《ひび》かせて、地下トンネルから魔術堂へと去っていった。

女の子はおれをばかにしたような目で見た。「ほら、早く」こっちをじろじろと見るほかの生徒を無視《むし》して庭をすたすたとつっきっていく。おれはついていきながら、その背中をにらんでやった。ふだん着の上に灰色《はいいろ》のローブをはおっている。袖口《そでぐち》の布《ぬの》の色は人それぞれなのだが、女の子の布は緑色で、黄色い文字が刺繍《ししゅう》してある。

建物のなかに入り、ある部屋におれを連れて入ると、女の子はかばんを無造作《むぞうさ》に床《ゆか》に置いた。どうやらここは、生徒が自分で勉強するための部屋らしい。女の子はおれの向かいの長イスに腰《こし》かけ、テーブルに寄りかかった。灰色のローブの下は足首まである刺繍入りの黒の絹《きぬ》のドレスと、黒の編《あ》み上げ靴《ぐつ》。女の子は、おれを頭のてっぺんから爪先《つまさき》までしげしげとながめた。

「あなた、名前は？　ちゃんと名前があるんでしょ。『小僧《こぞう》』以外にも」

「コンだよ。コンウェア」なんであっさり教えたんだろう？　本名を知ってるのはネバリーだけだったのに、よりによって、こいつに教えちまうなんて。

「コンウェアねえ」と、女の子は天井《てんじょう》を見あげた。「それって、鳥の名前よね？」

そうだよ。もう、名前の話はやめてくれ。

「黒い羽の鳥よね？」

おれはうなずいた。

女の子は目をきらめかせた。抜《ぬ》け目のなさそうな、きつい目つきだ。「ふふっ、ぴったりの名前ね。いいじゃないの」

おれは驚いて、目をぱちぱちさせた。ひょっとしたら、見た目ほどきつい子じゃないのかも。

「わたしはローアン。魔術師《まじゅつし》の弟子じゃなくて一般生《いっぱんせい》なんだけど、魔術師養成クラスにいるの。ブランビー校長から、あなたには読み書きの勉強が必要だって聞いてるけど？」

「うん、そうなんだ」

ローアンはかがんで、かばんから紙と鉛筆《えんぴつ》と二冊《さつ》の本をとりだした。「読み書きを教えたことは一度もないのよね。なぜわたしが選ばれたのかしら」と、おれを手まねきする。

おれはローアンのとなりに移《うつ》った。「何か先生を怒《おこ》らせるようなことをした罰《ばつ》とか？」

「ふふっ」ローアンはまた目をきらめかせておれを見た。「わたしに根気《こんき》を学ばせたいのかしらね」

たしかに、せっかちそうだ。おれを根気強く教えろってことか。

ローアンが片方《かたほう》の本をひらいた。ページにでかでかとルーン文字が書いてある。「見ればわかるでしょうけど、これはちっちゃい子用のルーン文字の本」ルーン文字をひとつひとつおれに教えてくれてから、その本をおれのほうへすべらせた。「はい、これ。しばらくひとりで覚えてて。わたしも勉強があるから」と、もう一冊の本をひらく。

おれはページを前にめくり、もう一度ルーン文字をながめてから、単語の章へと進んだ。ひとつひとつの文字をくっつけると、いろいろな組みあわせができる。それが単語だ。組みあわせを考えていたら、しばらくしてローアンが本をとじ、おれから本をとりあげた。

「さて、じゃあ、ルーン文字をたたきこむわよ」

「えっ、どういうこと?」

ローアンは、これみよがしにため息をついた。「文字を覚えたかどうか、ひとつひとつテストするってこと」

はあ?　意味がわからない。「もう、覚えたけど」

ローアンはほおづえをついて、おれを見ている。「ほんとに覚えたの?」

「文字を組みあわせると単語を作れることもわかったよ」

「あっそ。じゃあ、いってみなさいよ」

本をとり返し、いくつか単語を読みあげてみた。

ローアンは、むっとした顔でおれを見た。「なによ、あなた、もともと読めるんじゃないの」

「ううん、そんなことないさ」

ローアンはあーあ、というように首をふった。「うそつき」

「なんで、こんなことでうそをつかなきゃならないんだよ？」どうせなら、もっとましなうそをつくって。

ローアンはしばらくおれを見つめた。「そうだけど……。それなら、やけに早く覚えたわね」そして、急ににっこりとほほえんだ。ほほえむと、わがままそうなきつい顔がぐんとやわらかくなる。「わたしの教え方がばつぐんによかったってことかしら」

そのときドアが勢いよくあき、灰色《はいいろ》のローブを着た生徒の一団《いちだん》がなだれこんできた。ローアンがもとのきつい表情《ひょうじょう》にもどって、ルーン文字の本をぱたんととじた。

「あっ、すみません、ローアン様」ひとりの生徒が、息を切らしながらあやまった。「ここで勉強なさっているとは知らなかったんで」生徒たちはそろって出ていこうとする。

ローアンは紙と自分の教科書をかばんにつっこみ、「いいわよ、べつに。もう終わったから」と、生徒たちにいうと、ルーン文字の本をおれにさしだした。「はい、これ。今夜、勉強しておいて。明日、続きをやるから」

ローアンが立ちあがった拍子に、袖口《そでぐち》の布《ぬの》が見えた。緑と黄色の糸で細い木が刺繍《ししゅう》してあり、その下に一列、文字の刺繍もある。勉強したおかげで、ルーン文字の単語だとわかった。それは〈木〉と〈葉〉という単語だった。

〈日暮《ひぐれ》の君《きみ》〉が三名の用心棒《ようじんぼう》を連れて川をわたり、魔術《まじゅつ》堂《どう》にやってきた。大柄《おおがら》というわけではなく、口調《くちょう》もおだやかだが、やはり強烈《きょうれつ》な威圧感《いあつかん》のある男だ。

〈日暮の君〉は落ちつきはらっていた。「ご懸念《けねん》についてはわたしも同感ですよ、ネバリー魔術師」

本音はどうだか。魔術師でもないのに、何がわかるというのだ?

「川の東側でわたしの評判《ひょうばん》が悪いのは、承知《しょうち》しています」〈日暮の君〉はそういって、片手《かたて》をポケットにつっこんだ。なかからカチカチと奇妙《きみょう》な音がした。「ですが、ネバリー魔術師、わたしは労働者たちのために、このような苦しい状況《じょうきょう》でも必死に工場を動かしている、一介《いっかい》の工場主にすぎませんよ」

たしかに。魔力《まりょく》がなければ工場を動かせなくなってしまうのだから、〈日暮の君〉が魔力を減《げん》少《しょう》させるのは理屈に合わない。

「わたしが思うに、みなさん、大げさにさわぎすぎているのではないですかね」

「というと？」

〈日暮《ひぐれ》の君《きみ》〉は実に自然に肩《かた》をすくめ、またカチカチと奇妙な音をさせた。「〈あけぼの街《がい》〉の魔《ま》光《こう》は、まだ灯《とも》っているではありませんか。工場も動いていますよ。三割ほどは休ませていますが、動いていることに変わりはない。あわてふためく理由などないのではありませんか？」

〈日暮の君〉はテーブルの上で手を組み、身をのりだした。「この問題を解決《かいけつ》するために、魔術《まじゅつ》師《し》のみなさんは、具体的にどのようなことをしていらっしゃるのです？」

「目下、状況《じょうきょう》を調査《ちょうさ》しているところだ。伝えられることはほとんどない」と、答えておいた。

残念ながら事実だ。

意味のない議論《ぎろん》をさらに続けたあと、〈日暮の君〉は帰っていった。

ウェルメトにもどってくるまで、〈日暮の君〉とは会ったことがなかった。礼儀《れいぎ》正しい男ではあるが、どうも信用ならん。


〈クロウは信用できないよ。コンより〉

16

それからの六日間は、魔導石《まどうせき》を探《さが》すことばかり考えながら、魔術《まじゅつ》大学校に通ってローアンと過ごした。読み書きはうまくいっていたが、魔導石探しはぜんぜんうまくいかなかった。

七日目、ローアンが魔術大学校の正面階段《かいだん》でおれを待っていた。教科書の入ったかばんを持ったまま、いらついているようすだ。

「おそいじゃないの」ローアンは先に立って正面玄関《げんかん》から玄関ホールに入った。「今日は個別指導《こべつしどう》は、なしですって」立ちどまって、ブランビーの部屋を指さし、鋭い目でおれを見つめる。

「ブランビー校長が、あなたに話があるそうよ。何かやらかしたの？」

うーん、まずいことにならなきゃいいんだけど。

「ま、がんばってね」

そいつはどうも。おれはローアンにうなずき、ブランビーの部屋まで行ってドアをノックした。

「どうぞ！」と声がしたので、ドアをあけてすべりこんだ。「ああ、コンか」ブランビーは机《つくえ》の向こうにすわっていた。机には、しおりをたくさんはさんだ本と書類が積みあげてある。ブラン

ビーは、机《つくえ》の前のやわらかそうな二つのイスを指さした。片方《かたほう》のイスには、ブランビーの二匹《ひき》の猫《ねこ》がすわっていた。「魔術堂《まじゅつどう》に行くまで、あと三十分ある。ちょっと話ができそうだ」

ありがたい。魔導石《まどうせき》について相談もしたかったので、イスにすわった。

「個別指導《こべつしどう》のほうはどうかね？」

「うまくいってます」

「ルーン文字を学んでいるのかね？」

おれはうなずいた。そんな話はどうでもいいのに、ブランビーは学校生活のことばかり訊《き》いてきて、「それはよかった！」などと顔を輝《かがや》かせている。

「あの、ブランビー先生」自分の名前を書けるようになったか、なんて訊かれる前に切りだした。

「魔導石って、どうやったら見つけられるんですか？」

「ああ、そのことか」ブランビーはすわったままもぞもぞし、捜《さが》しものでもするようにそわそわと机の引き出しをあけた。「いやその、コン、それについてはネバリーに相談しなさい」

「ネバリーはいそがしくて、時間がないんです」

「ああ、うん」ブランビーは浮《う》かない顔をしていた。「わかっているとも。魔力《まりょく》が減少《げんしょう》している件だろう。大変深刻《しんこく》な問題で、まず、事態《じたい》を解明《かいめい》しなければならんからな。われわれとしては、ネバリーだけがたよりなのだ」

おれはうなずいた。深刻なのは知っている。ネバリーは仕事部屋で何時間も魔術の道具をいじったり、魔力を測定《そくてい》したり、徹夜《てつや》で書物を読みふけって前例を探《さが》したり、魔術師たちと会ったりして、ほかのことは何も考えられないようだ。でも、まだ手がかりのひとつも見つかっていないらしい。いらいらしていて、すぐに怒《おこ》る。

「コンよ、どうにも納得《なっとく》がいかんのだ。わかるかね？」

そんなことをいわれても、おれにはなんのことかさっぱりわからない。

ブランビーは引き出しからとりだしたペンをいじくりながら、続けた。「つまり、魔導石を見つけてもいないいきみを、なぜネバリーが弟子にしたのか、どうしても納得がいかんのだ」

がくっときた。おれは弟子になるべきじゃなかったってことか？「ブランビー先生、おれはまちがいなく魔術師なんですよ。でも魔導石を見つける期限までに、あと二十三日しかないんです」

ブランビーは、ため息をついてうなずいた。「しかも、ネバリーは多忙《たぼう》ときているからな。まあ、しかたあるまい。わたしができるかぎり力になってやろう」

おれはほっとして、ため息をついた。

ブランビーは立ちあがり、せかせかとドアへ向かった。「来なさい。まずは、学校にある魔導石のコレクションで確かめるとしよう」

ブランビーは、図書室の奥《おく》の暗くてほこりっぽい部屋へおれを連れていった。「さあ、ここだ。明かりがいるな」

暗闇《くらやみ》のなかで待っていると、ブランビーが燭台《しょくだい》に六本のろうそくを立ててもどってきて、自分の魔導石《まどうせき》をとりだした。丸くて茶色い卵《たまご》みたいな石だ。その石でろうそくに火を灯《とも》した。呪文《じゅもん》をささやきながら魔導石でろうそくの芯《しん》にふれるたびに、芯がパチパチと音を立てて一気に燃《も》えあがる。

明るくなるにつれて、木箱だらけの部屋だとわかった。すべての箱に中身を説明した紙が貼《は》ってあって、棚《たな》にきちんと積まれている。

「うむ、これでよし」ブランビーは棚を指さした。「こっちの箱には、魔導石が細かく分類してある。いずれも、魔術《まじゅつ》大学校のあるこの中州《なかす》の川岸などで見つかったものだ。それを集めて、持ち主の魔術師があらわれるのを待っているのだが、あらわれないこともあってな。あまった魔導石を、念のために保管《ほかん》しているわけだ」

おれはうなずいた。おれみたいな〈たそがれ街《がい》〉の浮浪児《ふろうじ》が見にきたことなんて、ないんだろうな。

「箱をひとつひとつ、ていねいに見ていきなさい。もしきみの魔導石がここにあれば、魔導石のほうから呼《よ》びかけてくるぞ」

へーえ、そうなんだ。「呼びかけてくるって、どんなふうに?」

ブランビーは口をすぼめた。「それは魔術師ごとにちがう。かすかにささやきが聞こえることもあれば、石に近づくと体がちくちくする場合もある。ごくまれにだが、巨大《きょだい》な魔力《まりょく》の波にさらわれでもしたように、すさまじい力がおしよせてくることもあるらしい」とうなずく。「いずれにせよ、きみの魔導石がここにあるならば、ぴんとくるはずだ」とほほえんで、おれの肩《かた》を軽くたたいた。「さて、わたしはそろそろ魔術《まじゅつ》堂《どう》に行かないと。あとはひとりでだいじょうぶだな？」

「はい、ありがとうございます」

「いやいや、なんの。早く見つかるとよいな」ブランビーが部屋を出ると、ドアが起こした風でろうそくの炎《ほのお》が大きくゆれた。

床《ゆか》から天井《てんじょう》まできちんと積みあげられた、札のついた箱の列をながめて思った。順番に見ていったら、いったい何日かかることやら。

でも、おれにはすでにわかっていた。おれの魔導石はここにはない、ということが。


やることが多すぎる。魔力の測定器《そくていき》はなかなか完成しない。〈真理ガラス〉の調整に手間どっているうえ、ウェルメトでは流銀《りゅうぎん》がこれっぽっちも見つからない。魔術大学校の図書室にすでに十五時間こもっているが、読まなければならない書類や整理が必要な覚え書きがまだ山のように残っている。

助手となる秘書《ひしょ》が必要だ。あの小僧《こぞう》は、とうてい秘書には向かない。質問《しつもん》が多すぎるし、字も汚《きたな》すぎて読めたものではない。魔術《まじゅつ》大学校の優秀《ゆうしゅう》な生徒を秘書《ひしょ》としてよこしてくれるよう、ブランビーにたのむとしよう。

真夜中近くに図書室を出た。地下トンネルの〈やすらぎ邸《てい》〉の門まで来たところ、小僧《こぞう》がすみの暗がりで体を丸めて眠《ねむ》っていた。

しまった、小僧のことをすっかり忘れていた。ええい、面倒《めんどう》だ。足で軽くけって起こした。魔導石《まどうせき》をとりだし、門をあける呪文《じゅもん》を唱えた。「おい、小僧、ここでずっと待っておったのか。なぜ鍵《かぎ》をこじあけて入らなかった？」

小僧はぎくしゃくと立ちあがり、わしに続いて門を通りぬけた。「やってはみたんだけどさ」

おそらく指を焦《こ》がして終わったのだろう。

お互いだまって〈やすらぎ邸〉にもどり、台所に上がった。ベネットはすでに休んでいたので、小僧にお茶をいれるようにいい、用意ができるまで火にあたって手をあたためた。魔術大学校の図書室は寒くて、骨《ほね》の髄《ずい》まで冷えてしまった。

ベネットに調理用コンロを調達させねば。

小僧がお茶とマフィンを運んできた。やけに口数が少ない。

そういえば、最近はうるさく質問《しつもん》してこなくなった。ぺちゃくちゃとしゃべりもしない。こんなときにうるさくされたらたまらないので、助かるが。お茶を飲むと、ようやく体があたたまった。

「おい、小僧。おまえは錠前破《じょうまえやぶ》りが得意なのだな？」

小僧はうなずいた。

お茶を飲んだあと、いっしょに書斎《しょさい》に上がった。書斎には鍵《かぎ》のかかった箱がいくつかある。それを使って、小僧に錠前破りの方法を説明させた。思っていたよりも難しい。

正確《せいかく》にいうと、錠前とは穴《あな》があいている金具の錠《じょう》と、その穴にさしこむ鍵のセットをさす。錠にはかんぬきの役目を果たす金属棒《きんぞくぼう》がうめこんであり、その金属棒を鍵でおしあげることでドアがあくしくみになっている。錠前破りでは、鍵の代わりに針金《はりがね》を鍵穴にさしこんで、金属棒をおしあげるわけだ。

金属棒がひとつしかない鍵は、簡単《かんたん》にあけられる。小僧いわく、金属棒をおしあげればすぐに「侵入成功《しんにゅうせいこう》」となる。

金属棒がいくつもある錠もある。小僧いわく「この手の鍵は油断《ゆだん》ならない」。ほかにもぎざぎざの歯を使ったり、特殊《とくしゅ》なボルトを使ったりした錠もあれば、金属棒、ぎざぎざの歯、特殊《とくしゅ》なボルトをすべて使った凝《こ》った錠もある。この手のものは、小僧いわく「めちゃくちゃおもしろい」。

小僧によると、錠をあけるのはパズルをとくのに似《に》ているそうだ。腕《うで》のいい錠前破りは、超難問《ちょうなんもんきゅう》級の錠でも一分もかけずにあけられるらしい。

錠前破りは少なくとも二本の針金を持ち歩き、そのうち一本は見張《みは》りにつかまったときのために隠しておくのが秘訣《ひけつ》らしい。さらに小僧はテーブルからベネットの編《あ》み棒《ぼう》を一本とり、これも錠前破《じょうまえやぶ》りに使えるといった。小型ナイフも持っておくといいとのこと。手先が器用《きよう》な錠前破りは、簡単《かんたん》な錠ならナイフでこじあけることができるという。

だが、簡単な錠などないと思ったほうが身のためだ。

ためしに錠前破りをやってみようと思い、ぬくぬくと火にあたっている小僧《こぞう》を書斎《しょさい》に残し、鍵《かぎ》を持たずに書斎の外に出て挑戦《ちょうせん》してみた。小僧がいつまでたってもなかからドアをあけてくれないので、さんざん苦労し、やっとのことでこじあけた。

スリの技術《ぎじゅつ》は、さらに難しいようだ。

17

魔導石《まどうせき》を見つける期限《きげん》まで、あと二十日。

魔術《まじゅつ》大学校にある魔導石のコレクションはあえて調べなかったので、ブランビーはがっかりしたようだった。

「おれの魔導石は、ここにはないんです」

「なぜそういいきれるのかね？　きちんと見てもいないのに」

「とにかく、ないものはないんです」

ブランビーはやれやれと首をふり、努力をしないのなら力にはなれん、と悲しげにいって、おれを追いはらった。

期限まで、あと十八日。

ローアンがおれを魔術師養成クラスに入れてもだいじょうぶだと報告《ほうこく》し、養成クラスに入れてもらえた。ローアンと同じクラスだ。

「一般生《いっぱんせい》は魔術《まじゅつ》についてくわしく学ぶ必要はないんだけれど、わたしは興味があるの」

「魔術師の弟子じゃないのに？」

「ええ、弟子じゃないけど」

でもローアンは、いつも出席するわけじゃなかった。ローアンがいないと心細い。

教室は前後に長い部屋で、天井《てんじょう》が高く、窓《まど》がたくさんあって日あたりがいい。冬の弱い日ざしのなかで、空中を舞《ま》うほこりが小さい星のようにきらきら光る。

生徒は、おれも入れてたったの六名。その日は二人ずつ三組に分かれてすわり、組ごとに相手と交代で、小声で教科書の呪文《じゅもん》を読みあげる練習をした。呪文をつっかえず、まちがえず、なめらかに発音しなければ魔術は働きませんよ、とペリウィンクルが説明する。そう、あの女魔術師のペリウィンクルが先生だ。

おれはいちばんできの悪い生徒だったので、いちばんできのいい生徒と組まされた。その生徒、キーストンはおれよりも図体《ずうたい》がでかく、自分の魔導石《まどうせき》がご自慢《じまん》のようだった。ネバリーの魔導石と同じようにつやのある黒い石だが、ぎざぎざの破片《はへん》だ。ローブの袖口《そでぐち》の布《ぬの》には石のアーチが刺繍《しゅう》してある。キーストンは自分の見た目もご自慢のようだ。背《せ》が高く、強そうで、金髪《きんぱつ》は波打ち、目は濃《こ》い青。しかも、あのペティボックスの弟子だ。それも自慢の種にちがいない。

キーストンはおれと組まされて文句《もんく》たらたらだった。呪文をうまく読めないようなやつは足手まといだといい、おれがつっかえながらたどたどしく本の呪文を読みあげるたびに鼻で笑う。

そのとき、ふいに知ってる呪文に出くわした。ネバリーがおれを猫《ねこ》に変えるときに使った、変身の術《じゅつ》だ！　呪文を読みあげていたキーストンが途中でまちがえたので、

「ターコリルだよ」と口をはさんだら、キーストンににらまれた。

「ちがうね、新米《しんまい》。テルコリルだ。そう書いてあるだろ。字が読めないのかよ？」

「読めるさ。教科書がまちがってる。正しくはターコリルだ」

キーストンはイスの背《せ》にもたれ、おれをばかにしきった目で見て、「先生！」とペリウィンクルを呼《よ》んだ。

ペリウィンクルが近づいてきた。今日も白髪《しらが》まじりの髪《かみ》を頭のてっぺんで無造作《むぞうさ》にまとめている。「キーストン、質問《しつもん》かしら？」

「いいえ、先生。実はこの新米くんが、変身の術の呪文に『ターケレル』という単語があると思いこんでいるみたいで」

キーストンのやつ、またまちがえやがった！「だから、ターコリルだって」

「ほら、見てくださいと、キーストンはテーブルの上に広げた教科書を指さした。「まったく、新米くんはばかなことをいうんですよ」

ペリウィンクルは教科書をのぞきこみ、「あら、そうね」といっておれをにらんでだまらせ、腰《こし》をのばしていった。「キーストン、あなたが正解《せいかい》よ。コンのまちがいね」

おれはペリウィンクルを見つめた。ぜったい、おれが正解なのに。

キーストンがせせら笑う。

「さあ、みなさん」ペリウィンクルがクラス全員に向かっていった。「各自、教科書をひらいて、次の章を勉強してください」そして、おれのほうへ身をかがめ、小声でいった。「変身の術《じゅつ》のことはきれいさっぱり忘れたほうが身のためよ、コン」

おれも小声でいい返した。「教科書がまちがってるのに」

ペリウィンクルは天井《てんじょう》を見あげ、大きく息を吐《は》いてから、またおれを見てささやいた。「もちろんよ。わざとまちがいをのせているんだから。生徒に変身の術を使わせないためにね。変身の術はとりわけ危険《きけん》な魔術《まじゅつ》なの。うっかり使ってヒキガエルなどに変身したりしないよう、わざとまちがった呪文《じゅもん》をのせてあるのよ」

なるほど、そういうことか。でも、やっぱり納得がいかない。「わざとまちがった呪文を教えるなんて、ばかげてる！　なんでわざわざ使えない呪文を教えるんですか？」

「しっ、静かに。いいから、だまって読みなさい」ペリウィンクルはおれの教科書を指さした。

おれは顔をしかめながら教科書をひらき、読みはじめた。

そのとき、遅刻《ちこく》してきたローアンが、おれのとなりの席に着いてささやいた。「何かあった？」息を切らしている。

「あったよ、ヒキガエルみたいにいやなことが」おれも小声で答えた。「おそかったね、どうしたんだ？」

ローアンは肩《かた》をすくめ、教科書をひらいた。「ちょっとね」

ふーん、まあいいけど。いまやっているページを教えてあげてから、水をほかの液体《えきたい》に変える変成《へんせい》の術の呪文を読んだ。この呪文は、どこをまちがえてあるのだろう？　いつかネバリーが本物の呪文を教えてくれるだろうか？

授業《じゅぎょう》のあと、トンネルでネバリーを待つことにして、ローアンに「じゃあね」と声をかけ、教科書がつまったかばんを肩《かた》にかけた。地下トンネルの階段《かいだん》へと向かいながら、次にどこで魔導《まどう》石《せき》を探《さが》そうかと考えていたら、突然キーストンとその仲間が三人、あらわれた。男子ひとりに女子二人だ。

よけて通ろうとしたが、行く手をさえぎられた。

「おまえの師匠《ししょう》はネバリー魔術師なんだろ？」と、キーストン。

だまって、うなずいておいた。

「でもおまえは魔導石を持ってない。ってことは、ほんとうに魔術師かどうか、わからないよな？」

まちがいなく魔術師だという自信はあるが、わざわざキーストンといいあらそうこともないので、肩をすくめておいた。

すると、キーストンが近づいてきた。「魔術師だって、いいきれるのかよ？」

「魔導石は見つけるよ」ぜったい見つけてみせる。いつかは。

キーストンはさらに近づいてきた。「うちの師匠《ししょう》がいってたぜ。おまえみたいなこそ泥《どろ》が自分の弟子なら、なぐってやるところだって」

おれはかばんを下に置いて、両手をいつでも使えるようにした。こういった小ぜりあいが行きつく先は決まっているからだ。「なんでなぐられなきゃいけないんだよ、いい子ちゃん?」

「いちばんの理由は、師匠を尊敬《そんけい》してないからだな」と、キーストンがせせら笑う。

はあ? なんでそうなるわけ? 「おれはネバリーを尊敬してるよ」

「ほら、な?」とキーストンが、灰色《はいいろ》のローブを着た三人の仲間をちらっと見る。三人ともうなずき、キーストンはおれへと視線《しせん》をもどした。「おまえは、おそれ多くも自分の師匠のことをだな……」ネバリーという名前を口に出すのが怖《こわ》いらしい。

魔術師《まじゅつし》の弟子でネバリーを恐れている者は、ほかにも大勢いる。ネバリーがそばにいると皿の上のゼリーみたいにぶるぶる震《ふる》えるやつも見たし、怖いうわさ話も聞いたことがある。ネバリーが二十年前に女公爵《おんなこうしゃく》の殺害をもくろみ、〈あかつき御殿《ごてん》〉を焼きはらおうとたくらんで、ウェルメトを追放された、といううわさ話だ。たぶんそいつの師匠から聞いた話の受け売りだろう。あのネバリーが女公爵を殺そうとしたなんて、おれは信じない。〈あかつき御殿〉を焼きはらおうなんて考えるはずがない。

キーストンは興奮《こうふん》してしゃべりつづけていた。「おまえ、師匠を名前で呼《よ》んでるだろ」

おれはうなずいた。

「ちゃんと師匠と呼ぶべきだろうが」

おれは、またうなずいた。「ネバリーにも同じことをいわれたよ。でも、おれが錠前破《じょうまえやぶ》りについてプロの知識《ちしき》を教えたら名前で呼んでもいいってことで、おれたちの間では話がついたんだ」

キーストンはそっくり返り、仲間たちに聞かせるように声を張りあげた。「ほら、な？」ショーウィンドウの人形のように一列に並んだ三人の仲間が、うんうんとうなずく。「その態度《たいど》だよ。うちの師匠なら、おまえみたいな浮浪児《ふろうじ》はなぐりとばすぞ」

「おまえのようなごますり野郎《やろう》をなぐりとばすようにか」といい返したら、キーストンが飛びかかってきた。

すぐに襲《おそ》われるとは思っていなかったので、顔に一発、まともにパンチを食らってしまった。やつのほうが体格《たいかく》はいいが、〈たそがれ街《がい》〉では実戦を覚えないと生きられない。おれは頭をふってパンチの衝撃《しょうげき》をふりはらい、次の一撃をひょいとかわし、キーストンのあばら骨《ぼね》の下をひじで思いきりつき、苦しげにかがんだところをけりつけてやった。キーストンはうめきながらたおれこんだ。

やつの三人の仲間が――ほんとうに仲間かどうかわからないが――おびえて目を見ひらき、あとずさる。

しまった！　面倒《めんどう》なことになる。キーストンになぐられた顔も痛《いた》い。ま、やっちまったことはしかたないか。おれは本のつまったかばんをひろい、キーストンたちをよけ、トンネルに下る階《かい》段《だん》へと歩きだした。

その晩《ばん》は夕飯《ゆうはん》の時間まで、ネバリーのいる書斎《しょさい》で過ごした。ネバリーはテーブルの端《はし》のイスに、おれは本と紙を持ってもう片方《かたほう》の端のイスにすわった。読まなければならない本がたくさんあるし、ローアンには字の練習をしろときつくいわれている。ローアンにいわせると、おれの字はとても字とは呼《よ》べないしろものらしい。

ほおづえをつきながら勉強にとりかかり、まず歴史の本を読んだ。ウェルメトをふくむペニンシュラ公領《こうりょう》の魔力《まりょく》の起源《きげん》について書いてあって、なかなかおもしろい。ペニンシュラ公領の各都市は、ゆるやかなドウメイを——。

ん？　いったん読むのをやめ、知らない単語をしげしげとながめ、書棚《しょだな》から辞書《じしょ》をとってきて調べた。〈同盟《どうめい》——さまざまな集団《しゅうだん》や人々が共通の目的のために協定を結ぶこと〉。共通の目的ってなんだろう？　それを知りたくて、先を読みすすめた。

ウェルメトはゆるやかな同盟を結んだいくつかの都市のひとつで、各都市はそれぞれ、魔力の集合点の上に作られているらしい。辞書によると、「魔力の集合点」というのは、なんらかの理由で魔力が集中している場所のことだ。集合点と集合点の間には魔力はないか、あるとしてもわずかで、荒野《こうや》や砂漠《さばく》が広がり、都市のまわりにだけ農地や鉱山《こうざん》や森があるらしい。

町の外がどうなっているかなんて、一度も考えたことがなかった。ネバリーのところへ来る前は、腹《はら》を満たす食べものと寒さをしのいで眠《ねむ》れる場所のことしか頭になかった。へーえ、おもしろい！　魔力はその土地の生命の源《みなもと》で、人々はそれにひかれて集まり、魔力の集合点の上に都市ができたってわけか。うわ、おもしろいなあ！

「──小僧《こぞう》、聞いておるのか？」ネバリーの大きな声がした。

おれはまばたきをしながら顔を上げた。えっ、何？

ネバリーはおれの顔を指さした。「またけんかか？　相手はベネットか？」

ああ、これか。キーストンになぐられたところをさわってみた。目の下に紫色《むらさきいろ》のみごとなあざができているにちがいない。「ううん、キーストンだよ。魔術《まじゅつ》大学校の生徒の」

「ふむ。ペティボックスの弟子だな」

おれはうなずいた。

ネバリーが怖《こわ》い顔でおれを見る。「小僧、乱暴《らんぼう》は許さんぞ」

「わかってるよ。でも、いやなやつなんだ」

ネバリーはまゆをつりあげた。「ほう、そうなのか？」

「うん、そう。おれはさ、浮浪児《ふろうじ》とか、こそ泥《どろ》とかいわれるのはかまわないよ。ほんとうのことだからさ。でも、キーストンにもほんとうのことをいってやったら、飛びかかってきたんだ」

「ほう、そうか」ネバリーはイスの背《せ》にもたれ、あごひげの端を引っぱった。「なんといってやったのだ？」

「いい子ちゃんのごますり野郎《やろう》」

「ほう」ネバリーは笑いをこらえるみたいにくちびるをひくひくさせて、おれを見た。「で、なぐられて、顔にあざができたということか」

うん、そのとおり。

「まあ、これきりにしておけ」

たったひとことなのが、いかにもネバリーらしい。キーストンにあざを作らせるのはこれきりにしろってこと？　やつとなぐりあうのはこれきりにしろってこと？　二度と浮浪児《ふろうじ》と呼《よ》ばせるなってこと？　二度とやつをごますり野郎と呼ぶなってこと？

本に視線《しせん》をもどしても集中できなかった。キーストンとのなぐりあいのことや――まあ、なぐりあいと呼べるほどのものじゃなかったが――やつのいったことや、そんなことをいった理由について、つい考えてしまう。ひょっとしてキーストンがなぐりかかってきたのは、おれがごますり野郎と呼んだからではなくて、別の理由からだとしたら――？

「あのさ、ネバリー」

ネバリーが本から顔を上げた。「なんだ、小僧《こぞう》？」

おれは少し考えてからいった。「キーストンは、もしかしたら、師匠《ししょう》になぐられてるんじゃないかな」

ネバリーは、おれをしげしげとながめてからいった。「わしになぐられやしないかと心配なのか？」

そんなことは、これっぽっちも考えたことがなかった。じっくりと考えてから答えた。「ううん」

「小僧、おまえは、だまってなぐられるような玉じゃなかろうに」

たしかに。相手がネバリーだとしても、ぜったいいやだ。おれはうなずいた。

ネバリーもうなずく。「うむ。おまえは、なかなか骨《ほね》のある小僧だからな。ゆえに、ただの浮浪児でもこそ泥《どろ》でもないのだ」

あっ、そうか！　そうだよな！

とりあえず、キーストンからは目を離さないでおこう。あいつが根っからの悪いやつとは思えない。おれだって、もしネバリーからなぐられていたら、他人のことも平気でなぐるようになったと思うし。

でも近いうちに魔導石《まどうせき》を見つけられなかったら、おれはネバリーの弟子ではいられなくなる。そうしたら、おれはどうなるんだろう？　たぶん、どうでもいいやつにもどっちまうんだろうな……。


小僧は夕方の勉強のあと、夕食の席で魔力《まりょく》について質問《しつもん》してきた。

魔術師《まじゅつし》の弟子ならば、いずれはぶつかる疑問《ぎもん》だ。

そこで、魔力《まりょく》の出現《しゅつげん》に関するミクヌーの説を説明した。「ミクヌーの論文《ろんぶん》によると、魔力は地《ち》質《しっ》および大気の力の集中によって出現する可能性《かのうせい》がもっとも高いらしい」

大気の力の集中、と小僧《こぞう》がゆっくりとくり返す。

さらに説明した。「地質の力、というのは足もとの大地の動きによって生まれるもので、大気の力というのは、天候をふくむ大気によって生まれるものだ。おまえは、もっといろいろな文献《ぶんけん》を読まねばならん」

「時間がないよ」

「小僧、時間は作るものだ。ミクヌーのこの説は広く受け入れられているが、ほかにも説はある。五百年以上前に書かれたキャロンの論文では、魔力は地下水のように地下を流れていて、ところどころで地上にわきあがるものだとされている」

小僧はうなずいた。「じゃあ、魔力がウェルメトから消えていってることについて、ミクヌーとキャロンならなんていうかな？」

よい質問だ。「おまえはどう思う？」

小僧はしばらく考えこんだ。その間にベネットが、じっくり煮《に》こんだ野菜と魚のスープをくばり、マフィンをまわしたので、それを食べながら小僧の返事を待った。

「うん、わかった。ミクヌーならウェルメトの気候が変化したか、あるいは地震《じしん》が起きたかして、ええっと、しゅ……集中のしかたが変化した、っていうと思う。キャロンなら、魔力の泉が涸《か》れつつある、っていうんじゃないかな」

小僧にうなずいてみせた。基本的《きほんてき》には正しい。

「でもさ、ネバリー、おれはそうじゃないと思うんだ」

バスケットにマフィンを足していたベネットが、鼻を鳴らす。

「ほう、小僧、では何が原因《げんいん》だと？」

「それはわからないよ」小僧は自分の皿から魚を少しちぎり、テーブルの下にいた猫《ねこ》に食べさせてから、背筋《せすじ》をのばした。「もう少し考えてみないと」

わしもじっくりと考えてみなければ。それにしても興味深《きょうみぶか》い会話だった。ミクヌーの説もキャロンの説もウェルメトの現状《げんじょう》の説明にはならない、という小僧の意見に、わしもどちらかというと賛成《さんせい》だ。

夕食後、小僧を書斎《しょさい》に連れていき、キャロンの論文集の第一巻《かん》とミクヌーの論文を読むようにとわたした。

明日は魔術《まじゅつ》大学校の優秀《ゆうしゅう》な学生、すなわち秘書《ひしょ》をつとめる能力《のうりょく》のある学生と会う予定だ。

18

期限《きげん》まで、あと十六日。

魔術《まじゅつ》大学校での勉強と魔術師の弟子としての勉強に、時間を使いすぎた。これからは毎日、朝から晩《ばん》までひたすら魔導石探《まどうせきさが》しだ。

台所のテーブルで、三人そろって朝飯《あさめし》を食べているときだった。

「あのさ、ネバリー」おれはおかゆをひと口食べて、口をふきながら切りだした。

「小僧《こぞう》、袖《そで》ではなくナプキンを使え」さっそくネバリーにしかられた。

おれは袖をながめた。袖でふいちゃいけないのか？

ネバリーが自分のナプキンを持ちあげ、それで口をぬぐってみせる。

へーえ、ナプキンって、そうやって使うのか！　ナプキンで口をぬぐってから、話をもとにもどした。「あのさ、ネバリー、トンネルの門をあける鍵石《かぎいし》がほしいんだけど」

「その前に髪《かみ》を切れ」と、ベネット。

髪を切っているひまなんかない。「もらえないかな？」

「鍵石をか？」ネバリーはお茶を飲み、カップを置きながらいった。「なぜだ？」

口のなかのおかゆをのみこんで答えた。「町に出て、魔導石を探さなきゃならないんだ」

「まあ、よかろう」ネバリーはスプーンの先でおれをさしていった。「ただし、魔術大学校には毎日行くのだぞ」

返事はしなかった。魔術大学校になんか行ってられない。時間がないんだから。

おれは〈たそがれ街《がい》〉の出身だから、魔導石もあそこで見つかるのかもしれない。〈たそがれ街〉で探しものをするのなら、〈たそがれ街〉にふさわしいかっこうをしないとまずい。コートと帽子《ぼうし》と毛糸のマフラーを身につけ、ちゃんとした靴《くつ》をはいてたら、泥棒《どろぼう》か追いはぎに脇道《わきみち》に引きずりこまれ、ニワトリのように全身むしられる。

川の西側に足を踏《ふ》み入れたあと、最初に見つけた脇道に入り、コートや靴を脱いだ。平らな石の下に穴をほって隠し、はだしの足と顔と髪に土をこすりつける。しっかりよごすのに時間がかかったが、まあ、これでいいだろう。

脇道を出て、魔導石探しにとりかかった。

手はじめに川沿《かわぞ》いを歩き、倉庫街《そうこがい》の暗がりへと進み、波止場《はとば》と近くの酒場の前を通りすぎたが、何も感じなかった。さらに南へ進むと波止場が終わり、浅瀬《あさせ》のぬかるみが見えてきた。〈たそがれ街〉に住んでいたころは、よくここで泥をかきわけたっけ。泥のなかに売りものになる金属《きんぞく》がうまってることがあるからだ。銅貨《どうか》を数枚《すうまい》通した腐《くさ》りかけの財布《さいふ》ひもが見つかったり、古着の束が出てきたりしたこともあった。

けれど、魔導石《まどうせき》を探《さが》して泥《どろ》をかきわけても、むだだった。まさに骨折《ほねお》り損《ぞん》のくたびれもうけ。体が冷えて、泥《どろ》まみれになっただけだった。


期限《きげん》まで、あと十日。

川岸を離れ、〈たそがれ街《がい》〉の家々が立ちならぶ急な坂道を歩いてみたが、何も感じない。〈日《ひ》暮《ぐれ》の君《きみ》〉の〈夕暮屋敷《ゆうぐれやしき》〉のあたりにも足をのばしてみた。

午後おそく、ある脇道《わきみち》でごみの山をあさっていたときだった。ぼろきれと腐りかけた木ぎれ、割《わ》れた瓶《びん》と猫《ねこ》の死骸《しがい》がひとつ出てきたところで、ふと顔を上げたら、黒いローブを着た魔術師《まじゅつし》が脇道の入口を早足で通りすぎるのが見えた。ペティボックスだ！

ネバリーはありえないといっていたが、もしペティボックスがまた〈日暮の君〉と会うつもりなら、何かたくらんでいるにちがいない。

そっと脇道を出て、物陰《ものかげ》に隠れながら、坂道をのぼっていくペティボックスを追いかけた。

だがペティボックスは急に道をそれ、別の脇道に入って川へ向かい、急な階段《かいだん》を下りて川沿《かわぞ》いの工場へ向かった。工場のなかに入るまで、おれは入口の近くに隠れていた。

工場のなかまで追っていくのは難しいが、ペティボックスのたくらみをあばくためには行くしかない。

工場は、すすでよごれたレンガでできた巨大《きょだい》な建物《たてもの》だった。煙突《えんとつ》は盛大《せいだい》に煙《けむり》を吐《は》きだし、細長い窓《まど》はどれもまっ黒だ。おれはペティボックスからあまりおくれずに、工場のなかへすべりこんだ。なかは暗く、ごみごみしていて助かった。しかも機械の音でそうぞうしい。生地を織《お》る工場だ。音を立てて糸をつむぐ機械の間を行き来する男たちが、すすけた黒い幽霊《ゆうれい》のように見える。頭上でふくらんだりしぼんだりする太いパイプから、魔力《まりょく》が機械に送りこまれているらしい。機械の前では子どもたちがうつむいて手をすばやく動かし、糸車に糸を巻《ま》きつけていた。機械に髪《かみ》をはさまれて巻《ま》きこまれないよう、どの子も髪を短く刈っている。おれが横を通っても、顔を上げる子などひとりもいない。

ペティボックスは糸巻きの列の端《はし》で立ちどまり、黒の上下を着た工場長らしきえらそうな男としゃべっていた。二人とも機械の騒音《そうおん》に負けじとどなりあっているので、暗がりに隠れていても、内容《ないよう》がとぎれとぎれに聞こえてきた。

「もっと手に入らないのか？」と、ペティボックスがどなった。

工場長が首をふって何かいう。

ペティボックスは顔をしかめた。「……流銀《りゅうぎん》が足りん！　もし手に入らなければ、〈日暮の君〉は――」身をのりだし、工場長の顔に向かってどなり、工場長がちぢみあがってうなずく。

そのあとペティボックスは急に向きを変え、機械の間の薄暗《うすぐら》い通路を大股《おおまた》でこっちにもどってきた。おれはあわてて、先に外に出た。外は曇《くも》っていたが、暗い工場のあとだから明るく感じる。

ペティボックスはさっきの急な坂道にもどり、こんどはのぼりはじめた。おれも離れないようにしてついていった。ペティボックスが角を曲がった。〈日暮《ひぐれ》の君《きみ》〉の〈夕暮屋敷《ゆうぐれやしき》〉の方角だ。追いつこうと急いだが、やつはずんずん進んでいく。

ペティボックスがはるか先でまた角を曲がったのを見て、早足で追いかけて角を曲がったら、なんと待ちぶせされていて、腕《うで》をつかまれてしまった。

「つかまえたぞ！」つけていたのがおれだとわかったとたん、ペティボックスは不愉快《ふゆかい》そうに目を細めた。「おまえか！」

そのまま、路地《ろじ》の奥《おく》へ乱暴《らんぼう》におされた。後ろをうかがうと、つきあたりはレンガの壁《かべ》。行きどまりだ！

「ネバリーのところの小僧《こぞう》だな」おれはつかまれた腕をふりはらい、ひと息つこうと一歩下がった。が、すかさず間をつめられ、さらに奥へ追いこまれた。「ずっとつけていただろう。こそ泥《どろ》めが、よけいなことに首をつっこみおって。〈黒鳥〉に首を咬《か》みきられないよう、せいぜい気をつけるんだな」

〈黒鳥〉というのは、〈日暮の君〉の通り名だ。

ペティボックスはぴかぴか光る白い歯をむきだして、意地悪くにやりとした。「スパイ小僧が行方知れずになったら、ネバリーはどう思うだろうな？」

ネバリーはおれが逃《に》げたと思って、捜《さが》しはしないだろう。ペティボックスにつかまって〈日暮の君〉の前へ引きずりだされるのは、ぜったいいやだ。とじこめられて、二度と逃げられなくなる。

ペティボックスがつかみかかろうとした瞬間《しゅんかん》、おれはその手をかいくぐって地面につっぷし、そのまま路地からころがりでた。ペティボックスがわめきながらこっちを向いたが、おれはもう石畳《いしだたみ》の道を走りだしていた。角をつぎつぎと曲がって急な階段《かいだん》を駆《か》けおりる。しまいには肺《はい》がはちきれそうになり、足ががくがくして力が抜《ぬ》けてきた。

なんとか逃げきって、ようやく服と靴《くつ》を隠した脇道《わきみち》にたどりつき、荒《あら》い息をつきながらレンガの壁に寄りかかった。あんなやつにつかまりかけるなんて、おれはばかだ、大ばか野郎だ！もっと気をつけないと……。

「見つかったか？」その晩《ばん》おそくにお茶を運んでいったとき、ネバリーにたずねられた。

おれは首を横にふった。「あのさ、ネバリー、〈たそがれ街《がい》〉でペティボックスを見かけたんだけど……」

「小僧、そんなことより、お茶にハチミツが入っておらんぞ」

おれは無言でお茶を持ち帰り、ハチミツを入れてまた運んだ。ネバリーは上《うわ》の空で礼をいっただけだった。分厚い本を読みふけっている。魔術《まじゅつ》大学校の図書室から借りてきた、はるか昔の魔《ま》術師《じゅつし》が書いた魔術書だ。ほかのやっかいごとはいっさい受けつけない、という顔をしてる。

静かに書斎《しょさい》を出て、屋根裏《やねうら》部屋に引っこみ、ろうそくの明かりでミクヌーの論文《ろんぶん》を読んでいるうちに、夜がふけた。ろうそくを吹《ふ》きけして、毛布《もうふ》にくるまったが、頭がさえて眠《ねむ》れなかった。

期限《きげん》まで、あと九日。八日。七日。六日。

来る日も来る日も一日じゅう魔導石《まどうせき》を探《さが》して、〈たそがれ街《がい》〉のじめじめした冷たい通りを歩きまわった。歩いているうちに、ぐうぜん石をけとばしたらぴんときて、ひろってみたらそれが魔導石で、おれは魔術師だと証明《しょうめい》され、ネバリーとずっと〈やすらぎ邸《てい》〉で暮《く》らせるようになる――なんてことが起きてくれるといいのに。

けれど時間だけが過ぎていき、はだしの足の爪先《つまさき》が痛《いた》くなるだけで、収穫《しゅうかく》はぜんぜんなかった。

期限まで、あと五日。

夜おそく、秘密《ひみつ》のトンネルから〈やすらぎ邸〉へもどってきた。すっかりよごれて冷えきり、腹《はら》ぺこだった。大木の鳥たちにさわがれるのがいやで、起こさないように気をつけながら庭をつっきった。夜の闇《やみ》にぬっと浮《う》かぶ屋敷《やしき》の影《かげ》はひときわ暗かったが、窓《まど》からもれる金色の光はあたたかい。

体の芯《しん》までつかれきり、のろのろと足を引きずるようにして台所に上がった。

台所にはベネットがいた。テーブルには、黒い毛糸が置きっぱなし。本人はネバリーが買った調理用コンロのとりつけに追われていた。煙《けむり》を窓の外にうまく逃《に》がすために、煙突《えんとつ》の角度を調節している。窓ガラスははずしてあった。冷風が吹《ふ》きこまないよう窓枠《まどわく》と煙突の間のすきまをふさぐために、イスにのぼって作業中だ。そんなベネットを猫《ねこ》のレディーが尾《お》っぽをくるんと体に巻きつけて見物し、暖炉《だんろ》では火があかあかと燃《も》えている。

台所に入ったら、ベネットはすぐにちらっとこっちを見た。「あったか?」

おれは首を横にふった。

ベネットは「うーん」とうめくようにいい、また窓のほうを向いた。

おれはイスにすわり、テーブルの上で腕《うで》を組み、少し休もうとつっぷし――。

ベネットに腕《うで》をつつかれて目が覚めた。首ががちがちになっている。ベネットは天井《てんじょう》を指さしていた。「お茶」

はいはい、わかりましたよ。体を起こして目をこすった。おそい時間だし、そろそろネバリーがお茶を待っているころだよな。

ベネットにわたされたお盆《ぼん》には、カップが二つとティーポット、マフィンとバターの皿がのっていた。おれはぽかんとして、二つ並んだカップを見つめた。「あのさ、ベネット、ネバリーはおれとお茶を飲む時間なんてないよ」

「おまえのじゃない」ベネットがぶっきらぼうにいう。

おれのじゃない？　じゃあ、だれの？

「秘書《ひしょ》のだ。魔術《まじゅつ》大学校の学生。助手だ」

へえ、秘書か。

お茶のお盆《ぼん》を持って階段《かいだん》をとぼとぼとのぼり、書斎《しょさい》に入った。そこにはネバリーと新しい秘書が……。

げっ、あのキーストンかよ！

ぎょっとして足が止まった。キーストンとネバリーは、本と書類だらけのテーブルに向かっていた。暖炉《だんろ》では火が燃《も》えている。なんだかすごく楽しそうだ。

キーストンが顔を上げ、意地悪くにやりとした。「召使《めしつか》いがお茶を運んできましたよ」

おれはぎくしゃくと歩き、気をつけて本をどかし、テーブルにお盆を置いた。「おれは召使いじゃない」ちくしょう、いい子ちゃんのごますり野郎《やろう》め！

ネバリーは何もいわないかと思ったのに、顔を上げ、わざわざ注意してくれた。「キーストンよ、コンはわしの弟子だ」

「え、ええ、もちろんです」キーストンは少し青ざめ、あわてている。

部屋を出ていこうとしたら、「待て、小僧《こぞう》」とネバリーに呼《よ》びとめられた。ふり返ると、ネバリーはキーストンにいいつけた。「キーストン、あとでまたお茶がほしいとベネットに伝えてこい。今日は夜おそくまで仕事だ」

「あっ、はい」キーストンははじかれたように立ちあがり、そそくさと出ていった。

書斎のドアがしまると同時に、ネバリーがおれを見つめた。「何かいいたいことがあるのか？」

「あいつ、ペティボックスの弟子なのに、なんで……」用がないはずの〈たそがれ街《がい》〉をうろつくなんて、ペティボックスは、ぜったい〈日暮《ひぐれ》の君《きみ》〉の手先だ！

「その話は前にしただろうが。ペティボックスは、わしと同じ魔術師《まじゅつし》だ。しかも、弟子を貸《か》してやろうといってくれたのだぞ」ネバリーはおれをにらみつけた。「ともにウェルメトの危機《きき》を救おうとしておるのだ」

「〈日暮の君〉がからんでるんだよ！」

ネバリーはいらついた顔をした。「この件《けん》は、〈日暮の君〉とはなんの関係もない」

〈日暮の君〉と、〈夕暮屋敷《ゆうぐれやしき》〉の地下作業場にいたペティボックスは、ぜったいつながっている。でもネバリーはちっとも耳を貸してくれない。おれもくたくたで、それ以上いい返す気になれなかった。頭がさびついているみたいだ。

「さあ、小僧」と、ネバリーはドアを指さした。「つかれた顔をしとるぞ。早く寝《ね》ろ」

そうだ、寝よう。よろよろとドアのほうへ向かいかけて、足を止めた。「キーストンと話すときは気をつけてね」

「小僧、ばかにするな。それに、キーストンはなかなか役に立つぞ」

どうせおれは役に立ちませんよ！　ふん！

もういいや、今日は寝《ね》よう。

期限《きげん》まで、あと四日。

魔導石《まどうせき》は、まだ見つからない。

町の地図を貸してもらえないかと校長のブランビーにたずねるために、魔術《まじゅつ》大学校に立ちよることにした。〈たそがれ街《がい》〉は探《さが》しつくしたので、川の反対側、つまり女公爵《おんなこうしゃく》が治める〈あけぼの街〉で探そうと思ったからだ。

鍵石《かぎいし》を使って門を通りぬけ、トンネルに入った。なかは冷えてじめじめしていた。壁《かべ》からどろっとした液体《えきたい》がたれ、床《ゆか》はぬらぬらしてすべりやすい。ヘビの肌《はだ》の上でも歩いてるみたいだ。

魔術大学校の門に着いたとたん、暗がりにだれかがひそんでいることに気がついた。地上へ出る階段《かいだん》のいちばん下の段にすわっている。

ローアンだ。腕《うで》を組み、いらついた表情《ひょうじょう》で、ぎごちなく立ちあがった。「ちょっと、コンウェア、何やってるのよ?」

どのくらいすわってたんだ? だいぶ前から? ここはずいぶん寒いと思うけど。「やあ、ローアン」

「何が『やあ』よ」ずいぶんご機嫌斜《きげんなな》めだ。「ずっとさぼってたでしょ? 毎朝待ってたのに、ちっとも来やしない」

おれはうなずいた。「今日はブランビー校長に話があるんだ」

「魔術大学校にもどる相談？」

「ううん」ローアンの脇《わき》を通りぬけようとした。「魔導石探しの相談」

ローアンがすっと行く手をふさいだ。「校長から話は聞いてるわ。もうすぐ時間切れなんでしょ？」

ずばりいわれて胃がきゅっとちぢみ、一瞬《いっしゅん》息が苦しくなる。

顔から血の気《け》が引いたにちがいない。ローアンがあわてて続けた。「ねえ、魔導石探しがそんなに大事なの？」

「うん、大事だよ」

ローアンは腰《こし》に手をあてて目をむいた。「コン、あなた、ばかよ。魔導石はいずれ見つかるわ。それまでネバリー魔術師に仕えていればいいじゃないの」

「それはできないよ」

「なんで？　どう見ても、それがいちばんの解決策《かいけつさく》だと思うけど」

他人に命令されるだけの召使《めしつか》いなんて、どうしてもたえられない。おれは首をふった。

「あっそ、じゃあ、好きにすれば」薄暗《うすぐら》がりのなか、ローアンの赤毛が灰《はい》にうまった炭火のように見えた。目もいらついて燃《も》えている。

ローアンはおれに背《せ》を向け、つかつかと階段《かいだん》をのぼっていった。

魔力《まりょく》が減少《げんしょう》した町の先例を見つけた。秘書《ひしょ》が魔術《まじゅつ》大学校の図書室でたまたま見つけてきたぼろぼろの古い文献《ぶんけん》に、フィアス山脈の町アリオンバールの滅亡《めつぼう》の事例が書かれていたのだ。

その文献によると、アリオンバールは強大な魔力の集合点の上に位置する交易《こうえき》の町として栄えていたが、突然魔力が消失したために、生命の源《みなもと》を失って消滅《しょうめつ》した。アリオンバールの滅亡はけっして自然現象《げんしょう》ではない、というのが文献の結論《けつろん》だった。なやましいことになった。

まだ緊急事態《きんきゅうじたい》にまではいたっていないが、もっと警戒《けいかい》すべきではないのか。小僧《こぞう》の意見にも一考の価値《かち》があるのかしれない。ウェルメトの魔力の減少は人為的《じんいてき》なものかもしれない、という意見だ。もっとも、小僧のように〈日暮《ひぐれ》の君《きみ》〉のしわざだなどと決めつける気はないが。〈日暮の君〉は魔術師ではないし、魔力が消失してもなんの得《とく》もないからだ。しかし考えてみる価値はある。

あの秘書はなかなか使える。まじめだし、字もきれいだし、いわれたとおりに動く。わしを質問攻《しつもんぜ》めにすることもない。

19

とうとう期限《きげん》の最後の日が来た。

朝、台所でいつものようにベネットににらまれ、「じたばたするな」と、すごみのある声でいわれた。「さっさとけりをつけてこい」

おれは答えず、だまってバケツをつかみ、水を汲《く》みにいった。台所にもどって、バケツを暖炉《だんろ》の前に置いてから、薪《たきぎ》をとりにまた階段《かいだん》を下りていった。もどってみるとベネットはもう、ネバリーとキーストンの朝飯《あさめし》を用意していた。二つのカップと湯気を立てているティーポットに、マフィンの入ったバスケットだ。ベネットが階段を指さし、おれはお盆《ぼん》を持ってあがった。ネバリーもキーストンも書斎《しょさい》にいなかったので、仕事部屋に上がってノックした。

「ネバリー、朝飯だよ」

しばらくして、ネバリーのきつい声がした。「そこに置いて、とっとと行け」

お盆を床に置き、がっくりきてドアに額《ひたい》をおしあてた。ネバリーは、おれの魔導石《まどうせき》の期限のことなど、すっかり忘《わす》れているにちがいない。きっとそうだ。今日が最後の日だと気づいていない。

出かける前に話をしたかったが、キーストンとの研究のじゃまをするわけにはいかないし――。

とぼとぼと台所へ下りていった。

猫《ねこ》のレディーが暖炉《だんろ》の前でゴロゴロとのどを鳴らしていた。魔導石《まどうせき》を探《さが》しにいく前に、レディーのとなりにしゃがんであたたまった。本音をいえば、もう一度眠《ねむ》りたい。もう、つかれた。魔導石は見つからない気がする。やっぱりおれは、魔術師《まじゅつし》なんかじゃなかったのかもしれない。

暗いことばかり考えていたら、「おい、ほら」とベネットが声をかけてきた。顔を上げてみると、ベネットはマフィンの生地《きじ》を大量にこねながら、粉まみれの指でテーブルをさしていた。

見にいくと、黒のタートルネックのセーターが置いてあった。ベネットお手製《てせい》のあたたかそうなセーターだ。……えっ、ひょっとして、おれの？

「着ろ」

コートを脱いで着てみた。ぶかぶかで、手が袖《そで》にすっぽりと隠れてしまうが、あったかい。その上にコートをはおり、マフラーを巻《ま》いた。

「ありがとう、ほんとに」

「うーん」と、うめくような返事が返ってきた。「マフィンをひとつ持っていけ」

「ありがとう、ベネット」また礼をいって、焼きたてのマフィンひとつとチーズをコートのポケットにつっこみ、「じゃあ、あとで」と声をかけて屋敷《やしき》を出た。

あとで、というのは、もし魔導石が見つかったらあとでもどる、という意味だ。もし見つからなかったら……そのときは、もう二度ともどらない。

秘書《ひしょ》のキーストンは、行動力も自分の考えも魔術への興味《きょうみ》もない。いわれたことはやるが、それだけだ。

魔術大学校の図書室へ資料《しりょう》をとりにいかせた。魔力《まりょく》を判定する魔標尺《まひょうじゃく》の目盛《めも》りが正確《せいかく》ではないので、資料《しりょう》で確認《かくにん》する必要がある。

キーストンが出かけてしばらくすると、ベネットがお茶とマフィンを運んできた。

それで思い出し、「小僧《こぞう》がもどってきたら、話があると伝えてくれ」と、ベネットに告げた。

消失した町アリオンバールに関する論文《ろんぶん》を読ませ、意見を聞きたくなったのだ。

するとベネットがあきれたように目をむいた。「もどってくるかどうかわかりませんよ、ネバリー様」

キーストンがもどってきてしのび足で階段《かいだん》をのぼり、ドアの外で聞き耳を立てているのがわかった。「もう下がってよいぞ、ベネット」

ベネットと入れかわりに、キーストンが入ってきた。

こそこそと盗《ぬす》み聞きするとは、けしからんやつだ。

キーストンがテーブルの前にすわってマフィンをとった。「ネバリー魔術師、たまたま聞こえたので、お知らせしておきますね。興味《きょうみ》をお持ちになるかもしれないので。コンは、このところ魔術《まじゅつ》大学校に来ていません。ずっと〈たそがれ街《がい》〉に出かけていると聞いてます。こそ泥《どろ》にもどったんじゃないでしょうか」

「うるさい！　出ていけ！」

「えっ、でも……」キーストンがかん高い声でいう。

「失《う》せろ！」立ちあがってドアを指さすと、キーストンはあわてて出ていった。

しまった、すっかり忘れていた！　なんということだ。日記をめくると、今日が小僧《こぞう》を魔術師《まじゅつし》たちに紹介《しょうかい》して三十日目、魔導石《まどうせき》を見つける期限《きげん》の日だった。ベネットのいうとおり、小僧は〈やすらぎ邸《てい》〉にもどるつもりはないのかもしれん。

小僧も小僧だ。天気は下り坂で、昨晩《さくばん》は雪が降《ふ》ったし、今日はもっと降るはずだ。町のどこかでつらい思いをしておるのではなかろうか。

20

〈やすらぎ邸《てい》〉を出たあと、鍵石《かぎいし》を使ってトンネルの門を通りぬけ、〈闇夜橋《やみよばし》〉に出て川の東側に向かった。ちょうど昼どきで、橋から〈あけぼの街《がい》〉に入ったとたん、にぎやかになった。

通りは泥《どろ》と馬の糞《ふん》だらけだった。きのうの夜に降《ふ》った雪とぐちゃぐちゃにまざり、雪がとけかかってぬかるんでいる。ちょっと歩いただけで足がぬれてきた。ベネットお手製《てせい》のセーターとコートを着ていても、風がつきささる。顔を隠せば、町の衛兵《えいへい》の目につきにくいかもしれない。マフラーを引きあげ、顔をうずめ、〈あけぼの街〉の奥《おく》へ入っていった。

〈あけぼの街〉は灰色《はいいろ》の石でできた建物が多く、道には黒い丸石が敷《し》きつめられていた。通りには店が並《なら》び、道の上につきだした看板《かんばん》が、風に吹《ふ》かれてキイキイと音を立てる。厚手《あつで》のコートにくるまった人々が足早に行きかっているが、金持ちは馬車か辻馬車《つじばしゃ》に乗っている。空気はひどく冷たく、軽快《けいかい》に馬車を引く馬たちの息が白い。

川沿《かわぞ》いから町の中心へ、女公爵《おんなこうしゃく》の〈あかつき御殿《ごてん》〉が立つ丘《おか》へと、進んでいった。

一日じゅうずっと、〈あけぼの街〉の表通りと裏道《うらみち》を歩きまわった。魔導石《まどうせき》のかすかな呼《よ》びか

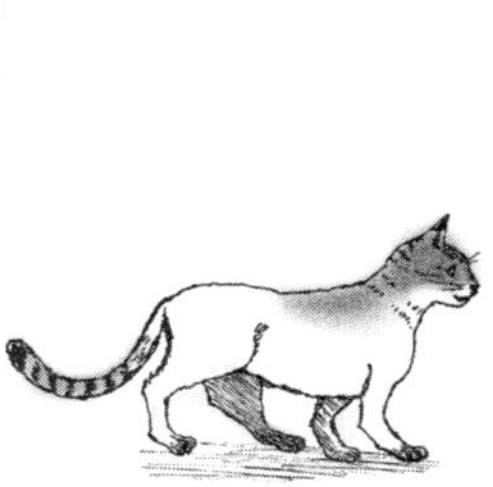

けも聞きのがさないよう、神経《しんけい》を張《は》りつめていたが、何も感じない。そもそもどう感じるものなのかさえ、わからない。耳をすませばわかるのか？　それともぴんとくるもの？　ブランビーがいっていたように、巨大《きょだい》な魔力《まりょく》の波にさらわれる感じ？

足がしびれ、靴《くつ》をはいているのに靴下までぐしょぐしょになった。川風が背中《せなか》にひどく冷たい。とぼとぼと歩きつづけるうちにあたりが暗くなり、魔術師《まじゅつし》たちが通りに魔光《まこう》を灯《とも》すころ、地下に石炭置場のある家を見つけた。そこで、靴からナイフをとりだして地下室の入口をこじあけ、石炭置場にもぐりこみ、暗いすみで横になった。

でも眠《ねむ》れなかった。震《ふる》えながら闇《やみ》を見つめ、ついあれこれ考えながら、ひと晩《ばん》じゅううつらうつらしていた。コートのポケットにまだマフィンとチーズが入っていたが、食べる気がしない。うっすらと夜が明けかけたころ、石炭の粉にまみれて外にはいだし、とりあえず町のなかへ出ていった。

ふたたび、とぼとぼとあちこちを歩きまわった。石畳《いしだたみ》は氷のかたまりのように冷えきり、風が冷たい指を首筋《くびすじ》にすべりこませてくる。頭上には雲が低くたれこめ、雪が降《ふ》りはじめた。冷たい粒《つぶ》のひとつひとつが針《はり》のようにつきささる。体のなかが空っぽになった気分だ。いま、だれかになぐられたら、空っぽの体のなかに音がガンガン響《ひび》くだろう。

夕方にかけて雪が激しくなり、おれは町の中心へと丘《おか》をのぼりはじめた。

マフラーに顔をうずめてうつむき、雪の積もった石畳《いしだたみ》に目を落として歩いていたら、ふいに大きな手が肩《かた》にのびてきた。

「おい、おまえ」

顔を上げると衛兵《えいへい》だった。おれは、マフラーをほんの少し引きさげていった。「使いの途中なんです」

「使いだと？　運ぶものを見せてみろ」と、衛兵が手袋《てぶくろ》をはめた手をさしだす。

「このなかです」おれは自分の頭を指さした。

「行き先は？」衛兵が疑うようにたずねる。

「〈あかつき御殿《ごてん》〉」

あっ、しまった！　でも、空っぽの頭に浮かんだのはそれだけだった。

衛兵が顔をしかめた。「おまえのようなやつは入れないぞ」

「でも、それがとどけ先なんで」実際《じっさい》、〈あかつき御殿〉、と口にしてみたら、本気で行ってみたくなった。丘の上の御殿。そうだ、行ってみよう！

衛兵はなんとか信じてくれたらしく、肩をすくめ、「じゃあ、行け」とおれの肩から手を放した。おれは、〈あかつき御殿〉をめざして足を早めた。

きのうから何も食べていない。ポケットのなかのマフィンとチーズもそのままだ。どっちもぼろぼろにくだけていた。最近はまともに眠っていない。きのうの晩もほとんど眠れなかった。ろくに食べても寝《ね》てもいないのに、なぜか急に力がわいてきた。この三十日間、ずっとつきまとっていたなやみがすっと抜《ぬ》けて、どこかへ消えていったみたいだ。ああ、すっきりした！

〈あかつき御殿《ごてん》〉へと坂道をのぼるうちに日が暮《く》れて、魔術師《まじゅつし》が魔導石《まどうせき》で通り沿いにつぎつぎと魔光《まこう》を灯しはじめた。濃《こ》くなる闇《やみ》のなかで輝《かがや》く魔光が、雪の積もった通りと灰色《はいいろ》の建物をピンク色に染《そ》める。馬車が数台、追いこしていった。馬の息は白く、ひづめがぬかるみを踏《ふ》んで泥をはねあげ、車輪が石畳《いしだたみ》の上でカタカタと音を立てる。

ようやく丘《おか》をのぼりきり、〈あけぼの街《がい》〉の主《あるじ》である女公爵《おんなこうしゃく》の〈あかつき御殿〉にたどりついた。さっきの馬車もみな、御殿の前に並んでいた。女公爵のパーティーのお客が乗っていたらしい。

〈あかつき御殿〉の正面にはおれの背丈《せたけ》の半分ほどの低い塀《へい》があり、その上に黒く高い鉄柵《てっさく》がとりつけてあった。その鉄柵をつかんで、のぞいてみた。御殿は石造《いしづく》りの四角い巨大《きょだい》な建物で、夜明けのようなピンク色に塗《ぬ》ってあり、建物の正面全体に柱と飾《かざ》りの彫刻《ちょうこく》が並んでいる。ぱっと見は、仕上げに砂糖《さとう》をまぶしたピンク色のケーキみたいだ。また数台の馬車が雪におおわれた車道を走ってきて、御殿の前でとまった。

正面玄関の前には幅《はば》の広い階段《かいだん》があって、両脇《りょうわき》にピンク色の石像《せきぞう》が並んでいる。階段の上の燭台《しょくだい》には魔光が灯り、高そうな毛皮を着た貴婦人《きふじん》と礼装《れいそう》の紳士《しんし》があたたかい馬車をすばやく降《お》りて冷たい階段をのぼり、あたたかい御殿のなかへと入っていくさまを照らしだす。

魔術師の弟子でいられる三十日間は、もう終わってしまった——。魔導石はついに見つからなかった。もうおれはネバリーの弟子じゃない。魔術師には永遠《えいえん》になれない。

となると、泥棒《どろぼう》にもどるしかない。

着飾《きかざ》った貴婦人と紳士のいるところなら、宝石《ほうせき》と金《かね》と真珠《しんじゅ》があるはずだ。しのびこんで、どれかちょうだいしてやろう。

御殿の正面には、深緑色《ふかみどりいろ》の制服《せいふく》と革《かわ》の長靴《ながぐつ》をつけた衛兵《えいへい》たちがいた。車道に面した門のところにもさらに数名いて、鉄柵の外をうろつくおれを警戒《けいかい》しはじめている。

さりげなく門を離れ、坂《さか》を少し下ったところにある脇道《わきみち》に隠れて、夜がふけるのを待つことにした。

壁《かべ》に寄りかかって数時間待った。たまに突風《とっぷう》が吹《ふ》くと、地面に積もった大粒《おおつぶ》の雪がもうもうと舞《ま》いあがり、あたりがまっ白になる。体を上下にゆすったり、ひとりごとをいったりして寒さをまぎらわし、いらいらしながら待った。

「まず裏《うら》にまわろう。窓《まど》からのぞきこんで、ようすをうかがうんだ。たぶん衛兵には気づかれないですむ。宝石をつけた客を見つけるぞ。で、その客がよそ見している間に盗《ぬす》んでやれ」

うん、いいぞ、名案だ！

もう待てない！　たぶんもう真夜中近くになっているはずだ。パーティーは最高潮《さいこうちょう》だろう。

脇道からそっと抜けだし、坂をのぼって〈あかつき御殿〉へと引き返した。

塀は正門から離れるにしたがって高くなっていた。てっぺんにとがった金属《きんぞく》がついているが、雪をかぶっている。塀《へい》に沿って角を曲がったら、静かな路地《ろじ》があった。御殿《ごてん》の塀と、窓のない建物にはさまれた路地で、二歩分くらいの幅《はば》がある。あたりに衛兵《えいへい》は見あたらない。しのびこむには絶好《ぜっこう》の場所だ。御殿の塀は石のかたまりを組みあわせたもので、足場となるでこぼこがあちこちにある。おれは靴《くつ》を脱ぎ、靴ひもを結びあわせて首からぶらさげ、よじのぼった。

塀のてっぺんで柵《さく》につかまってしゃがみこみ、しばらく塀の内側を偵察《ていさつ》した。まばたきをして、まつげについた雪をはらい、手入れのよさそうな庭園を見わたした。あちこちにこんもりとした雪のかたまりがある。たぶん、生け垣《がき》と花壇《かだん》だ。その間には小道でも通っているんだろう。庭園の向こうに御殿があって、すべての窓《まど》にこうこうと明かりが灯っている。雪の積もる大地に浮かびあがった御殿は、白く泡立《あわだ》つ海を行く明るい船みたいだ。

柵をまたぎこえ、塀の縁《ふち》にぶらさがってから手を放し、雪をかぶった庭園の茂《しげ》みのなかに落ちた。枝《えだ》の折れる音がする。雪をはらいながら、あわてて茂みの裏《うら》にしゃがみこんだ。靴をはいて靴ひもを結び、態勢《たいせい》をととのえてようすをうかがう。御殿からもれてくるかすかな音楽と声をのぞけば、あたりは静かだ。

前方には低い石壁《いしかべ》に囲まれた、だだっ広《ぴろ》いテラス。そこに面した扉《とびら》は、小さなガラスを組みあわせたガラス戸ばかりで、直接《ちょくせつ》テラスに出られるようになっている。ガラスが白く曇《くも》っているので、光と色と人の動きしか見えないが、窓《まど》のなかはあたたかそうだ。いいな、うらやましい。

よく見ようと、足音をしのばせて近づいた。

と、ガラス戸が少しあいた。明るい楽しげな音楽がもれてくる。だれかが外にすべりでてドアをしめたとたん、また音は消えた。

ん？　あれはローアンじゃないか？

ローアンはおれには気づかなかった。薄《うす》い室内ばきしかはいていないのに、雪を踏《ふ》みしめながらテラスの低い石壁のところまで来ると、雪をはらい、ため息をついて壁にすわりこんだ。長袖《ながそで》の袖口と襟《えり》にレースがついた深緑色のビロードのドレスを着ていて、髪《かみ》には緑のビロードの太いヘアバンド、真珠《しんじゅ》の首飾《くびかざ》りとイヤリングもつけている。

ローアンの宝石《ほうせき》を盗《ぬす》もうとは、さすがに一瞬《いっしゅん》たりとも思わない。

おれは石壁を飛びこえ、テラスの雪だまりに着地した。

「やあ、ローアン。よく似合《にあ》ってるね」

ローアンは一瞬《いっしゅん》ぎょっとしたが、いつもの小ばかにしたような笑みを浮かべておれを見た。

「あら、コンウェア。会えてうれしいわ」

実はおれもローアンに会えてちょっとほっとしていたので、にやりと笑い返した。

「でも、ここでいったい何をしてるの、と訊《き》くべきよね」凍《こご》えそうな夜の空気に、ローアンの息が白い。

おれは肩《かた》をすくめ、ローアンのとなりに腰を下ろした。「こっちも同じ質問《しつもん》をしたいんだけど」

「ま、そうでしょうね」

「ずいぶん豪華《ごうか》なパーティーだね」

ローアンは明るい窓のほうを見た。「ええ、すごーく豪華よ」

「お金持ちがたくさん来てるみたいだし」

ローアンは鋭い目つきでさっとおれを見た。「ちょっと、何を考えてるの？」

「べつに。おもしろそうだなと思っただけさ」

「あら、そう。のぞいてみる？」

おれはうなずいた。もちろん！

ローアンは立ちあがった。炎《ほのお》のように赤い髪《かみ》と深緑色のドレスには、もう雪がついている。

「こっちよ」

ローアンのあとについてテラスをつっきり、ほかのガラス戸ほど曇《くも》っていない端《はし》のガラス戸のところへ行き、なかをのぞかせてもらった。シャンデリア、踊《おど》るカップル、鉢植《はちう》えの植物、飾《かざ》られた花――。

そのとき、舞踏室《ぶとうしつ》の奥《おく》のあるものに、急に目が吸《す》いよせられた。緑色に光り輝《かがや》く宝石《ほうせき》。彫刻《ちょうこく》の飾りのついた派手《はで》なイスにすわった女性《じょせい》がつけている、首飾《くびかざ》りの石。世界一完璧《かんぺき》な宝石だ！

仕事部屋で秘書《ひしょ》といっしょに魔標《まひょう》尺《じゃく》を調整しているが、集中できない。小僧《こぞう》のいまいましい猫《ねこ》がニャアニャア鳴きながらうろちょろして、うっとうしいことこのうえない。

やることが多すぎて、まったく時間が足りぬ。魔力《まりょく》の減少《げんしょう》が自然現象《げんしょう》なのかどうか、つきとめねば。

仕事に集中できるよう、猫をだまらせるために、ベネットに小僧を捜《さが》しにいかせた。

〈ごめんよ、ネバリー。コンより〉

21

外から部屋のずっと奥《おく》をのぞいているのに、その宝石《ほうせき》ははっきり見えた。おれの手のひらほどの大きさで、色も形も木の葉そっくりで、全面がきれいにカットされていて、光を浴《あ》びてきらきらと輝《かがや》いて――。

「ねえ、コン、魔術《まじゅつ》大学校にもどってくる気はないの？」

その宝石は、首飾《くびかざ》りの中心にすえられていた。ダイヤモンドと小ぶりな緑の宝石に囲まれているが、まん中の宝石以外はどうでもいい。大切なのは、木の葉の形をしたおれの宝石だけ――。

「ちょっと、コン、聞いてるの？」

えっ？　ああ、魔術大学校か。「さあ、どうかなあ。ねえ、あそこにいる女の人、見える？」

その女性《じょせい》ははでなイスにすわって、まわりの人たちと話していた。ローアンのとよく似《に》た深緑色のドレスを着ていて、おれの宝石はドレスの緑色に負けない光を放っている。まるでおれに、おいでおいで、こっちだよ、と呼《よ》びかけているように――。

ローアンが身をのりだし、おれの指の先を目で追った。「ええ、見えるけど」

「あの人がどこに住んでるか、知ってる?」家にしのびこんで、あの人が眠《ねむ》ったあとに、あの宝石をいただこう。おれには朝飯前《あさめしまえ》だ。

「ここだけど?」ローアンは、薄《うす》く笑いながらおれを見た。「あれは女公爵《おんなこうしゃく》。わたしの母よ」

へえ、ローアンは女公爵の娘《むすめ》だったのか! 女公爵なら、遠くまで追いかける手間がはぶけた。パーティーが終わるのを待ってしのびこめばいい。危険《きけん》だが、あの宝石が手に入るのならやるっきゃない。

テラスの向こう端《はし》でガラス戸があいた。「ローアン様?」パーティーの軽《かろ》やかな音楽と笑い声にまじって、太い声がした。

おれはそいつに姿《すがた》を見られる前にすばやくローアンの陰《かげ》に隠れ、石壁沿《いしかべぞ》いの暗がりにうずくまった。

ローアンはテラスを足でさっとこすって、おれの足跡《あしあと》を消した。「ここよ、アージェント」むっとしたような声を出している。「外の空気を吸《す》いたいの」

「おもどりください。今夜はことのほか冷えますので」

そこまで寒くないって。

ローアンは何かぶつぶつと返事をして、声をかけてきた衛兵《えいへい》といっしょになかに入った。ガラス戸が静かにしまる。

急にあたりに人気《ひとけ》が感じられなくなった。雪はふわふわと降《ふ》りつづけ、ガラス戸からもれるパーティーの明かりが暗い庭園に光を投げかけている。

あそこにいる全員が家に帰り、〈あかつき御殿《ごてん》〉が眠りにつくまでひそんでいられる、暗くて静かな場所を見つけないと。

そうだ、ここに来るときにのりこえた塀《へい》。あの塀の下なら、うってつけだ。

庭園の暗がりを選んで塀までもどり、木立の陰《かげ》に隠れた。

闇《やみ》が濃《こ》くなった。雪はやみ、雪雲も消えた。黒いビロードのような空のところどころに星が光っている。体の芯《しん》まで冷えていたが、気にしてはいられない。パーティーの照明がひとつずつ消え、かすかな音楽と笑い声も少しずつ消えていく。立ちあがり、塀に手をついて体を支えながら、木立の陰を行ったり来たりした。気が高ぶって、針《はり》でつつかれてるみたいに全身がちくちくする。髪《かみ》が逆立《さかだ》ち、指がぴくぴくする。

よし、そろそろ、いけそうだ！

ベネットが編《あ》んでくれた黒いセーターだけのほうが闇に溶けこみやすいので、コートとマフラーははずして置いていくことにした。静かにすばやく木立の後ろから出て、庭園をさっと駆《か》けぬける。テラスに上がってガラス戸に近づき、いったんうずくまってようすをうかがった。庭園に人の気配はない。頭上では星がまたたき、御殿の向こうの東の空はうっすらと明るい。夜明けはそう遠くないが、かまうものか。ものの数分で片《かた》づけられる。おれにはあの木の葉の宝石《ほうせき》のありかが感じとれるんだから。

ガラス戸には鍵《かぎ》がかかっていたので、ナイフをとりだし、鍵穴《かぎあな》にさしこんだ。金具が、溶けたバターのようになめらかに回転し、鍵がカチッとあく。戸をあけ、なかにすべりこんで、またしめた。

舞踏室《ぶとうしつ》は暗くて広く、音が響《ひび》く。花の香《かお》りと汗《あせ》のにおいが残っている。靴《くつ》と靴下を脱《ぬ》ぎ、帰りに回収《かいしゅう》できるようにガラス戸のそばに置くと、はだしで壁《かべ》ぎわに沿って入口のドアへと向かった。おれの宝石はこの方角にある。立ちどまって耳をすました。

物音ひとつしない。

暗闇に沈んだ廊下《ろうか》に出て、御殿の奥《おく》へ進み、角を二つ曲がって階段《かいだん》をのぼり、二階に上がった。だれにも会わないし、明かりも見えない。また廊下を進み、角からのぞいたら、またまたじゅうたんを敷《し》いた長い廊下がのびていた。明かりは、ぼうっとした魔光《まこう》がひとつだけ。廊下の途中《とちゅう》にドアがあり、緑の制服《せいふく》を着た大柄な衛兵《えいへい》が槍《やり》を持って警護《けいご》していた。もう一度ちらっとのぞいた瞬間《しゅんかん》、衛兵がこっちを見たので、ぎょっとして顔を引っこめた。

ちくしょう！　あの衛兵は、錠前《じょうまえ》よりもやっかいだ。

でも木の葉の宝石はあのドアの向こうにあるはずだから、何がなんでも入りこまないと。窓《まど》を見つけて外から侵入《しんにゅう》する？　衛兵の気をそらす？　昼間までどこかに隠れて、ドアの前に衛兵がいなくなるのを待つ？

いいや、もう待てない。あの宝石がおれに、とりにきてくれと呼《よ》びかけている。早く来い、いますぐ来い、と。

あの石さえ手に入れれば、すべてきれいに解決《かいけつ》だ。

そのとき、屋敷《やしき》の外から、衛兵《えいへい》のさけび声がかすかに聞こえてきた。すぐに屋敷のなかから「なんだ？」という声があがる。

角からのぞいたら、ドアの前の衛兵もぎくっとし、槍《やり》をにぎりなおすのが見えた。下の階《かい》がさわがしくなった。どなり声に続き、鐘《かね》が鳴りだす。廊下《ろうか》の奥《おく》から別の衛兵が顔をのぞかせ、ドアの前の衛兵に声をかけた。「ジャス、そちらはだいじょうぶか？」

衛兵がドアから離れ、声をかけてきた衛兵のほうへ向きなおった。「ああ、問題ない。メリクか？　何があった？」

おれは角の手前でうずくまり、いつでも飛びだせるようにかまえた。あいつがあと一歩離れてくれれば、ドアの前があいて、なかへすべりこめる。あとちょっと、ほんの一歩、離れてくれれば——。

もうひとりの衛兵が答えた。「門番が、庭園《ていえん》の雪の上に不審《ふしん》な足跡《あしあと》を見つけたんだ。ケルン隊長が警報《けいほう》を出した。屋敷の内外を捜索中《そうさくちゅう》だ」

しまった！　足跡まで気がまわらなかった。ちくしょう！

ドアの前の衛兵がさらに数歩、仲間《なかま》のほうへ移動《いどう》して、ドアから離れた。「だいじょうぶ、ここは静かで――」

よし、いまだ！

即座《そくざ》に角から飛びだし、ドアへ突進《とっしん》した。衛兵がふりむいた瞬間《しゅんかん》、ナイフを鍵穴《かぎあな》につっこむ。カチッ。あいた！　衛兵が飛びかかってきたが、おれはいち早くナイフを鍵穴から抜《ぬ》いて部屋に飛びこみ、ドアを勢《いきお》いよくしめて鍵をかけた。

息を切らしながら、部屋全体を見まわした。カーテンがしまっていて薄暗《うすぐら》い。床《ゆか》は石。豪華《ごうか》な絵が数枚《すうまい》。ふかふかのイスがいくつかと、机《つくえ》がひとつ。

そして、天蓋《てんがい》つきのベッドの横に女公爵《おんなこうしゃく》が立っていた。白髪《しらが》まじりの赤毛を二つに分けてしばり、片手《かたて》に火のついたろうそく、もう片方の手にナイフを持って、じっとこっちを見ている。

「何者？　何をしにきた？」きつい声が飛んできた。ろうそくの炎《ほのお》がゆらめき、壁《かべ》と天井《てんじょう》で影《かげ》がゆれる。

さらに何かいっているが、おれの耳には入らなかった。宝石《ほうせき》の呼《よ》びかけが大きすぎて、聞こえない。

だが、背後《はいご》で衛兵たちがドンドンとドアをたたく音は聞こえた。応援《おうえん》を呼ぶ声もする。

部屋の向こうのテーブルへ、その上の彫刻《ちょうこく》がほどこされた木の箱へと、目が吸《す》いよせられた。あそこだ！　打ちよせる波のように、宝石の呼びかけがわっとせまってくる。

部屋をつっきって箱に近づいた。箱には鍵がかかっていたが、こじあけている時間はない。

「鍵《かぎ》はどこ?」

女公爵《おんなこうしゃく》はベッドの横に立ったまま、さげすむようにおれを見た。「だれがわたすものですか」

しかたない。いつものように箱の鍵穴《かぎあな》にナイフをつっこんだら、ナイフをろくにまわしもしないうちに鍵がはじけるようにあき、ふたが勢いよくひらいた。この宝石《ほうせき》も、おれに負けないくらい強く、おれのところへ来たがっていたのか? 背後《はいご》では衛兵《えいへい》たちが力ずくで部屋に入ろうと、ドアをがたがたゆさぶっている。

深緑色のビロードが貼《は》られた箱のなかには、あの首飾《くびかざ》りがしまわれていた。緑の木の葉の宝石が光を放って輝《かがや》いている。ナイフでネックレスを切り、そこだけとりはずしたら、宝石はおれの体の一部のようにぴたっと手のなかに納まった。やっぱり、おれのものだ!

背後《はいご》でドアがけやぶられ、衛兵たちがわめきながらなだれこんできた。

「ナイフを持ってるぞ!」と、だれかがさけぶ。

はっとしてふり返った瞬間《しゅんかん》、重いものがぶつかってきて、床《ゆか》にたおされた。ひとりの衛兵がのしかかってきて、ナイフと宝石は吹っとばされ、みがきあげられた石の床《ゆか》をすべっていく。おれは手足をばたつかせ、体をよじって大あばれし、衛兵の手に噛《か》みついて、力がゆるんだすきに脱けだした。

次の瞬間、目の前がぱっと光り、頭に痛《いた》みを感じて、意識《いしき》が遠のいた――。

22

気がついたときには、宝石《ほうせき》の呼《よ》びかけはかぼそくて、よく聞こえなくなっていた。気配は近くに感じるから、まだ〈あかつき御殿《ごてん》〉のなかにいるらしい。たぶん、ちがう部屋だろうけど。

硬《かた》いイスにすわらされていた。手は背中《せなか》にまわされ、手錠《てじょう》をかけられている。頭がずきずきする。目をあけると、しめった灰色《はいいろ》の石壁《いしかべ》が見えた。窓《まど》はない。金属製《きんぞくせい》のランプに灯《とも》された魔光《まこう》が、部屋全体に影《かげ》をゆらめかせている。そして、手ごわそうな衛兵《えいへい》が二人。

えらいことになっちまった！

衛兵のひとりが、おれが意識《いしき》をとりもどしたことに気づいた。ごわごわのあごひげに白いものがまじる、がっしりとした男だ。「起きたぞ。例の薬を飲ませるから、ケルン隊長を呼《よ》んでくれ」

「了解《りょうかい》」と、もうひとりの衛兵が出ていく。

ひげの衛兵はテーブルのところへ行き、カップに水を注ぎ、そこに小瓶《こびん》から粉をふり入れ、指でかきまぜて持ってきた。

「飲め」

おれは水を見つめた。油っぽい。表面に粉が浮いて膜《まく》になっている。のどはかわいていたが、さすがにこれは飲みたくなくて、首を横にふった。

すると胸《むな》ぐらをつかまれ、どなられた。「いいから飲め！　さもないと流しこむぞ」

結局、無理やり流しこまれた。飲み終えたときにはむせ返って、セーターの前がびしょびしょになっていた。あばれたついでに衛兵《えいへい》の向こうずねをけとばしてやったけど。

毒みたいな苦い味がするのかと思ったが、ただの水の味しかしなかった。

ドアの錠《じょう》をじっくりと観察し、手錠をはずせないかと指で探《さぐ》っていたら、まもなく隊長がやってきた。

女性《じょせい》の隊長で、ケルンという名らしい。背《せ》が高く、金髪《きんぱつ》を編《あ》んで背中《せなか》にたらしている。衛兵はそろって背が高い。きっと身長が何センチ以上とか決まっているんだろう。ケルン隊長の灰色《はいいろ》がかった青い目は、氷のように冷たかった。ほかの衛兵と同じ深緑色の制服《せいふく》を着ているが、片袖《かたそで》に一本、金の線の刺繍《ししゅう》があるところがちがう。隊長が衛兵にたずねた。「飲ませたか？」

おれはドアのほうへあごをしゃくって話しだした。「あのね、その錠くらい、おれなら針金《はりがね》二本であけられるよ。針金はいつもシャツの襟《えり》に隠してあるんだ」

ん？　おれ、なんでぺらぺらしゃべってるんだ？

衛兵と隊長がおれを見た。「効《き》いてきたようだな」と、ケルン隊長。「外で待ってろ」この人のしゃべり方は、なんだか変だ。くぐもった声で、シューシューと空気が抜《ぬ》けるような音がまじる。

衛兵がうなずき、部屋を出て外から鍵《かぎ》をかけた。

ケルン隊長は腕《うで》を組んで立ち、おれをにらみつけている。

「好きなだけにらめば。おれ、慣れてるから。いつもベネットににらまれてるし」

「名前は？」

「コン」あれ？　さっさと答えちゃった。「正確《せいかく》にはコンウェア。黒い鳥の名前なんだよ。ふだんはここまで教えないんだけどね」疑問がわいてきて、隊長をじっと見た。「なんだこれ？　べらべらしゃべっちゃうのは、薬のせい？」

「質問《しつもん》はこっちがする」と、ケルン隊長。「おまえは答えろ。なぜ公爵《こうしゃく》様を暗殺しようとした？　だれに命じられた？」

おれはまばたきをして、隊長を見つめた。「えっ？　なんでおれが女公爵を殺さなきゃいけないわけ？」

「だからそれを訊《き》いてるんだ」とケルン隊長は身をのりだし、すごみのある低い声で続けた。

「なぜ公爵様を殺そうとした？」

はあ？　何それ？　「なんかよくわかんないけどさ。おれの頭がどうかしちゃったら、殺そうとするかもね。でなきゃ、女公爵が正真正銘《しょうしんしょうめい》の悪人なら、殺そうとするかなあ」やっぱりちがう、と首をふった。「ううん、だとしても、殺そうなんて考えもしないね」

ケルン隊長は不審《ふしん》そうにまゆをひそめた。「じゃあ、公爵様を殺そうとしたわけじゃないのか」

「まさか！　なんでそう思うわけ？」

隊長はちょっと安心したようすで、テーブルに手をついた。「公爵様《こうしゃくさま》の部屋にナイフを持っておし入っただろうが」

おれはうなずいた。「うん、そうだよ。あの宝石《ほうせき》を手に入れなきゃならなかったんだ」

ケルン隊長は背筋《せすじ》をのばした。「公爵家の家宝《かほう》のことか」

「ううん」イスが硬《かた》くなったような気がしたので、すわりなおした。「あの宝石だよ。日の光を浴びた木の葉みたいに緑色に輝《かがや》く宝石。すっごくきれいなやつ。どれのことかわかる？」

「ああ、わかる。で？」

「あれはね、おれのものなんだ」

「ちがう。あれも公爵家の家宝の一部だ」

「ちがうって。おれのものなんだ」

「だれに盗《ぬす》めといわれた？　おまえは〈日暮《ひぐれ》の君《きみ》〉の手下か？」

「だから、だれにもいわれてないってば。おれのものなんだから」おれはいらついて、首をふった。「この薬はほんとうのことをしゃべらせるんだろ。だったら信じたら？」

ケルン隊長はまゆをひそめた。「まったく、妙なことばかりいうやつだ」せまい独房《どくぼう》を行ったり来たりし、「まだ薬が効《き》いていないようだな」と、ひとりごとをいう。

「ちゃんと効いてるって。そっちが正しい質問《しつもん》をしてないだけだろ」

ケルン隊長は大股《おおまた》で部屋をつっきってきて、おれのセーターの胸《むな》ぐらをつかんだ。「じゃあ、正しい質問とやらをいってみろ」

ケルン隊長が手を放し、腕《うで》を組んで待っている間に考えてみた。おれに訊《き》くべき正しい質問って――？

「ええっとね、おれもさ、自分に正しい質問をしてなかったことがわかったよ」ゆっくりといい、「おい、コン」と自分に問いかけた。「なぜ〈あかつき御殿《ごてん》〉にしのびこんだ？」

「あの宝石を見つけるため」と自分で答える。

「でも、なぜだ？」また自分に訊く。

すると、まるで強烈《きょうれつ》な日ざしが部屋じゅうにあふれ、しめった黒い部屋のひびわれまで照らしだしたみたいに、ほんとうの答えがぱっとひらめいた。決まってるじゃないか！　なぜ、わからなかったんだ？　大ばか野郎《やろう》！　わきあがってくる感動をおさえて、ケルン隊長を見あげた。

「あのさ、ケルン、おれはあの宝石を見つけなくちゃならなかったんだ。だって、おれのものだから。おれは魔術師《まじゅつし》で、あれはおれの魔導石《まどうせき》だから！」

ブランビーがやってきて、いっしょに夕食をとることになった。小僧《こぞう》が学校にまったく来ないことを心配して、訪ねてきたという。

やがてベネットがもどってきた。〈闇夜橋《やみよばし》〉まで伝言を持ってきた衛兵《えいへい》と、会ってきたという――「少年は〈あかつき御殿《ごてん》〉で逮捕《たいほ》された。ネバリー魔術師《まじゅつし》の来訪《らいほう》を乞《こ》う」。

小僧《こぞう》が死んでいないとわかって、ひとまずほっとした。いったい何をやらかしたのかと、ブランビーがベネットにたずねた。

「公爵家《こうしゃくけ》の家宝《かほう》の宝石《ほうせき》を盗《ぬす》もうとして逮捕されたそうです」ベネットが答えた。

「ああ、なんてことだ。とても残念だよ、ネバリー」と、ブランビー。

わしはブランビーを見つめた。「何が残念なのだ?」

ブランビーはうろたえた。「いや、その、コンは泥棒《どろぼう》にもどってしまったのだろう?」

泥棒? ありえん。小僧がそのようなことをしたのなら、もっとまともな理由があるはず。

「ブランビーよ。わが弟子はようやく魔導石《まどうせき》を探《さが》しあてたのだ。いっしょに来るか?」

こうしてブランビーも同行することになった。

23

ケルン隊長は最初の薬が効《き》かなかったと思ったらしい。ちゃんと効いているといったのに、さらに飲まされた。

今回は足までしばられたが、おれは歯を食いしばって抵抗《ていこう》した。それでも結局、口をこじあけられて飲まされた。くちびるからは血が出るし、セーターの前もまたびしょびしょになるし、そのうえこんどは、衛兵《えいへい》をけることもできなかった。

そのあと、ケルン隊長とごわごわのあごひげ男の衛兵が交代でおれを質問《しつもん》攻《ぜ》めにし、同じ質問をえんえんと何時間もくり返した。あごひげ男の名前はファーンだ。

まったく、うそなんかついていないのに、いつまでたっても信じてもらえない。

でも、どうでもいい。魔導石《まどうせき》が見つかったんだから！　「おれ、ほんとうに魔術師《まじゅつし》なんだよ」と二人にいった。きっとすぐにネバリーがやってきて、すべて説明してくれる。そうしたら魔導石をとりもどして、〈やすらぎ邸《てい》〉に帰ろう。魔術大学校にもまた通おう。ブランビーも大喜びしてくれるだろう。猫《ねこ》のレディーも、きっとのどを鳴らしてむかえてくれる。ローアンとまた友

だちになれるし、ベネットはマフィンを焼いてくれるし——。

「ああ、もう、マフィンの話はたくさんだ」と、衛兵《えいへい》のファーンがケルン隊長にぶつぶついった。

「隊長、こいつからは、これ以上何も聞きだせませんよ。ネバリー魔術師《まじゅつし》を呼《よ》んだらどうですか」

ケルン隊長はうなずいた。「では、ファーン、この子の襟《えり》から針金《はりがね》を抜《ぬ》いておけ。念のため、見張《みは》りは続けるんだぞ」こうしてケルンは独房《どくぼう》から出ていき、ドアを勢《いきお》いよくしめた。

最初、衛兵のファーンは何もいわなかったが、シャツの襟に縫《ぬ》いこんである針金のありかを教えてやったら、少しはしゃべるようになった。ここにとじこめられてどのくらいになる、とたずねたら、一日半、という答えが返ってきた。御殿《ごてん》の衛兵には、やっぱりある程度《ていど》身長がないとなれないらしい。女公爵《おんなこうしゃく》の暗殺未遂《みすい》は絞首刑《こうしゅけい》だ、ともいわれた。おれは暗殺しようとしてなんかいないから心配ない、といったら、少しは心配しろ、という。

そのうち、おなかと背中《せなか》がくっついて、体がぺったんこになった気がしてきた。そういえば何日も食べてないし、寝《ね》てもいない。

気がついたら、またベネットのマフィンの話を始めていた。

「ああ、もう、わかった！　食いものを持ってくればいいんだろ！」ファーンはそういって立ちあがると、ドアのほうへ向かった。「おまえがその口をとじてくれるなら、なんだってしてやるよ！」

ファーンが出ていき、ドアがしまった瞬間《しゅんかん》、背中《せなか》にまわされていた両手をおしりの下にくぐらせ、前に持ってきた。これで手錠《てじょう》をじっくりと観察できる。錠は単純《たんじゅん》なひねる形のものだったから、針金であけられそうだ。ズボンの縫い目に隠しておいた別の針金を手探《てさぐ》りでとりだすと、鍵《かぎ》をあけて手錠をはずし、しばられていた足もほどいた。

イスから立ちあがり、ドアに近づいて耳をすました。だれもいないらしい。ドアをこじあけるのは手錠よりも簡単《かんたん》で、すぐにカチッと鍵があいた。さあ、おれの魔導石《まどうせき》をとりもどしにいこう。魔導石の声は、これまでよりも大きくなっていた。おれが近くにいることを知って、早く来いといっている。

ドアを少しあけ、外をのぞいた。

ドアの向こうの部屋には、衛兵のファーンの姿が見えた。食べものと水さしののった盆《ぼん》を持ったファーンがふり返る。背後《はいご》のアーチ形のドアから、ケルン隊長が入ってきた。さらにその背後から、ベネットと――。

「やあ、ネバリー！」おれはドアを大きくおしあけ、独房《どくぼう》の外に出た。

ネバリーはむっとした顔でこっちを見た。うわあ、おなじみのなつかしい表情《ひょうじょう》だ。ところがネバリーが口をひらく前に、衛兵のファーンが盆をはでに落とした。ケルン隊長が大股《おおまた》に近づいてきて、おれの襟をつかんで独房へ引きもどした。また手錠をはめてイスにつきとばし、にらみつけてくる。

ネバリーが独房の入口までやってきた。背後にベネットもぬっと顔を出した。今日はめずらしく、おれではなくケルン隊長をにらんでいる。

「来てくれると思ってたよ、ネバリー」イスから立ちあがろうとしたら、またつきとばされた。

「すわってろ！」と、ケルン隊長がすごむ。

おれはネバリーに、にっこりと笑いかけた。「この人たちは、あんたは来ないっていっていってたけどさ。おれ、ぜったい来るっていったんだ。おれの師匠《ししょう》はぜったいむかえにきてくれるってね」

「ほう、小僧《こぞう》、わしを師匠と呼《よ》ぶようになったのだな？」ネバリーはそういうと、ケルン隊長に向かっていった。「隊長、この者はわしの弟子だ。釈放《しゃくほう》してもらいたい」

「あのさ、ネバリー、おれが逮捕《たいほ》されたのは、女公爵《おんなこうしゃく》の首飾《くびかざ》りから宝石《ほうせき》をとろうとして――」

「小僧、だまっておれ」ネバリーはおれの手錠《てじょう》を指さし、「さあ、早くはずせ」と隊長に命令した。

ケルン隊長は首をふった。「公爵様の許可がないとはずせません」

「ねえねえ、ネバリー」と、おれは口をはさんだ。「おれをここから出さないほうがいいよ。だって、もし出してもらえたら、おれ、またとっちゃうから。女公爵の首飾りの宝石なんか、とっちゃいけないってわかってるけど、手に入れないではいられなくって」

「小僧、いったいどうしたのだ？」ネバリーは、けげんな顔でおれをしげしげとながめた。「今日はいつも以上にぺらぺらとしゃべりおって」

「薬のせいだ」と、ケルン隊長。

「あのね、ほんとうのことばかりしゃべっちまう薬なんだよ」

「ふむ、自白剤《じはくざい》か。いらんものを飲まされおって」

「えっ、どういうこと？」

「そんなものなど飲まなくても、おまえは真実しかしゃべらん」

「そんなことないよ。おれ、ネバリーにはうそばかりついてたよ」

「いいから、だまっておれ」ネバリーは背後《はいご》にいるベネットのほうをふり返った。「ブランビーが何を手間どっているのか、見てきてくれ」

「はい、ネバリー様」といったものの、ベネットはためらって、おれを見つめた。「無事か？」

「うん、ベネット、また会えて、おれ、すっごくうれしいよ」

「よけいな話をするな。いいから行け」と、ネバリー。

「ねえねえ、ネバリー、おれ、うそつきだよ」

「ああ、もう、うるさい！　では、うその例をひとつあげてみろ。考えつくまで口をとじておれ」ネバリーはドアを指さして、ベネットに命じた。「行け！」

ベネットが出ていくと、ネバリーはおれをちらっと見てから、杖《つえ》に寄りかかって床《ゆか》に視線《しせん》を落とした。ケルン隊長はドアの前に立っている。おれは、いままでネバリーについたうそを思い出そうとした。

でも、ひとつも思いつかなかった。〈たそがれ街《がい》〉にいたころのおれは、泥棒《どろぼう》だった。泥棒をやってたときは、うそばかりついていた。けれどネバリーと出会ってからは、打ちあけていないことはあるけど、うそは一度もついていない。うそをつく必要なんて、なかったからだ。

そのことをネバリーに説明しようとしたとき、ベネットが浮《う》かない顔のブランビーを連れてもどってきた。

「やあ、ブランビー先生！」

「や、やあ、コン。無事で何よりだ。ずっと心配していたのだよ」ブランビーはそういうと、ネバリーのほうを向いた。「女公爵《おんなこうしゃく》が全員部屋に来るようにとおおせだ。いちおう説明はしたのだが――」おれとネバリーにしか聞こえないように、声を落として続ける。「コンが自分の魔導石《まどうせき》だと主張《しゅちょう》していることは説明したが、信じてくれたかどうか」心配そうにちらっとおれを見る。

「ネバリーよ、わたし自身、信じきれんのだ。あんなに高価《こうか》な石が魔導石だといいだすとは……。そんな魔術師《まじゅつし》など聞いたことがない」

ネバリーは肩《かた》をすくめた。「女公爵が証明《しょうめい》せよとおおせなら、そうするまでのことだ」

なんだ、ネバリーはあれがおれの魔導石だってわかってくれてるのか。ならば話が早い。あの石についてしゃべろうとしたら、ネバリーに止められた。

「小僧《こぞう》、なるべくだまっておれ。女公爵にはわれわれが」と、ブランビーのほうへ腕《うで》をふる。「話をする。それと、おまえ」と、今度はケルン隊長を指さした。隊長がネバリーをにらみ返す。「何分かしたら小僧《こぞう》を連れてこい。だが、呼《よ》ばれるまでは部屋の外で待っていろ。さあ、行くぞ」

ネバリーは石の床《ゆか》にカッンカッンと杖《つえ》をたたきつけながら足早に出ていき、ブランビーとベネットがあとに続いた。

三人がいなくなると、ケルン隊長はおれをにらみつけた。腕《うで》を組んでドアの前に立っていた衛《えい》兵《へい》のファーンも、同じようににらんでいる。

おれは二人とも無視《むし》した。魔導石がこれ以上待たせないでくれとせつせつと訴《うった》えてくるので、そっちに気をとられていたからだ。魔導石はどんなふうに呼《よ》びかけてくるのかと、これまでいろいろ想像していたが、実際《じっさい》は呼びかけなんてものじゃなかった。ぐいぐいと引っぱられる感じに近い。足の太い骨《ほね》と頭蓋骨《ずがいこつ》のなかでドラムのような低い音が響《ひび》き、手と足の細い骨のなかでは軽い鈴《すず》のような音がシャンシャンと鳴りつづけている。

イスにじっとすわってるのが、もう、つらくてたまらない。

ありがたいことに、そう長くは待たされなかった。

「もういいだろう」と、ケルン隊長が口をひらいた。「ファーン、連れていくぞ」

勢いよく立ちあがったら、ファーンにセーターの後ろをつかまれ、ケルンのあとから部屋の外へ乱暴《らんぼう》におしだされた。魔導石の引力は強くなるいっぽうだし、ちょうど引っぱられる方向に進んでいるから、ひとりでも行けるのに。

すぐに、衛兵がひとり立っている両びらきのドアの前に着いた。魔導石の呼《よ》びかけはいっそう強まり、全身に震《ふる》えが走る。「ねえ、わかるだろ?」あいかわらずセーターをつかんだままの衛兵のファーンに訊《き》いてみたが、にらむだけで返事はしてくれない。

片方《かたほう》のドアがあき、ブランビーが顔をのぞかせ、「その子をなかへ」と、ドアを大きくあけた。

おれと衛兵《えいへい》のファーンは、ケルン隊長のあとからなかに入った。ここは女公爵《おんなこうしゃく》の仕事部屋？あちこちにイスと、レースのマットを敷いたテーブルと、鉢植《はちう》えがある。ケルン隊長が女公爵に敬礼した。女公爵はこげ茶色の木のイスにすわっていた。その前には、ぴかぴかにみがかれた机《つくえ》。机の上には本と書類の山。机の横にはローアンが立っていた。ネバリーは苦虫を嚙《か》みつぶしたような顔で杖《つえ》に寄りかかっている。ベネットとブランビーもいるし、背《せ》の高い衛兵も何人かいる。衛兵のファーンがおれを女公爵の前につきとばし、ひざの裏《うら》をけってひざまずかせた。おれは石の床《ゆか》にはいつくばって女公爵を見あげた。女公爵は机に身をのりだし、ばかにしたような目でおれを見おろしている。青白くて、氷のように冷たくて、とてもきれいな人だ。

女公爵は背筋《せすじ》をのばして何かいい、ネバリーがしわがれた声で何かいい返した。おれは聞きとろうとして頭をふったが、魔導石《まどうせき》の声がますます大きくなっているせいで聞こえない。立ちあがろうとしたが、ファーンに肩《かた》をおさえつけられた。魔導石は部屋のすみ、女公爵の衛兵のひとりの後ろにある。そう、あのあたりに――。もがいても、ファーンがさらに強くおさえつけてくる。

と、だれかの声がして、ファーンがおれを放した。

こっち、こっち、こっち！　と魔導石が呼《よ》びかけてくる。おれはよろめきながら立ちあがった。

「うん、わかった、いま行くよ」

部屋をつっきり、女公爵とローアンが見つめる前を通りすぎた。ネバリーとブランビーの前も通りすぎ、部屋のすみにいる衛兵をよけて進む。部屋のすみのあそこに、テーブルの下に、魔導石が――。

ひざまずき、房《ふさ》のついた敷きものの端《はし》をめくると、あった！　薄暗《うすぐら》いすみっこの床の上にあるのに、魔導石はきらきらと光っていた。そう、これだ！　木の葉の色と形で、きれいにカットされた光り輝《かがや》く石。手にとると、ずっしりとした硬《かた》いその石は、ようやく来てくれたね、と喜んでいるようだった。

立ちあがってふり返ると、全員がおれを見つめていた。ネバリーは、あごひげで目立たないが、笑いを噛《か》みころしているようだ。

「これで証明《しょうめい》されましたな」と、ブランビーがいった。

ケルン隊長が、いまにも怒《いか》りで爆発《ばくはつ》しそうな顔でさけんだ。「ペテンだ！　ネバリー魔術師《まじゅつし》がこのこそ泥《どろ》に合図して、宝石《ほうせき》のありかを教えたんです！」

全員の視線《しせん》が女公爵に向けられた。女公爵はだまったまま、部屋の向こうからおれをじっと見つめていた。プライドの高そうな顔は青白い。おれを頭のてっぺんから爪先《つまさき》までじろじろと見て、目の前の光景が気に食わないといわんばかりにくちびるをゆがめている。女公爵の目におれがどう映《うつ》っているかはわかる。もつれた髪《かみ》、はだしの足、石炭の粉まみれの体。手錠《てじょう》をはめられた手。その手のなかに自分の首飾《くびかざ》りの宝石があるなんて……。どう見ても泥棒《どろぼう》だ。

ところが、女公爵《おんなこうしゃく》はゆっくりと首を横にふった。「ネバリー魔術師《まじゅつし》は宝石《ほうせき》の隠し場所を知らなかった。この子は自分で見つけたのです」

「小僧《こぞう》とその石のつながりは、すぐに証明《しょうめい》できますぞ」ネバリーがいい、おれに向かってうなずいた。「何か魔術を使ってみよ」

ふーん、魔術か。ネバリーが魔術で光を灯すのは何度も見てきたから、あれをやってみよう。おれは魔導石《まどうせき》を高くかかげ、光を灯す呪文《じゅもん》をさけんだ。「ロスファラス！」

すると魔導石から魔力《まりょく》がどっと噴《ふ》きだし、うねりながらおれの体を通りぬけ、部屋に流れだして広がった。魔導石は稲妻《いなずま》のような閃光《せんこう》を発し、石をにぎった手の骨《ほね》が赤くすけて見える。手《て》錠《じょう》がはじけとび、大量の火花が散った。おれの体全体がまばゆい白の炎《ほのお》に包まれ、輝《かがや》いていた。炎はゆれているが、燃《も》えてはいない。みんな、あまりのまぶしさに顔をおおってひるんでいる。ネバリーが片手《かたて》で目をおおいながら、おれのほうへ一歩近づいた。

おれは、まともに息ができなかった。「ど、どうやったら、止められるんだ？」怖《こわ》い。声がうわずっている。

「止まれと念じろ」ネバリーは落ちついていた。

そうか！　まぶしすぎる炎と光に目をつぶり、魔力に、もどれと念じた。と、そのとおりになった。

目をあけたら、光は弱まっていた。手のなかの魔導石も、木の葉の形をした明るい緑色の宝石にもどっている。

ほかの人たちはまばゆい光が消えてもまだ、しきりにまばたきしながらおれを見つめていた。女公爵は驚きを隠せないようだ。ローアンは目を輝《かがや》かせている。

「ネバリーよ、これで疑《うたが》いは晴れたな」と、ブランビー。

ネバリーは奇妙《きみょう》な笑みを浮かべておれをながめ、「まさしく」とブランビーに答えてから、おれに向かっていった。「小僧、なかなかの腕前《うでまえ》だったぞ」

おれは、震《ふる》えるくちびるでネバリーにほほえみかけた。よし、これでおれも、晴れて魔術師の仲間入りだ！


小僧が魔導石を自分のものにした。あれはなかなかの見ものだった。

〈あかつき御殿《ごてん》〉からベネットと二人で小僧を連れ帰り、台所のイスにすわらせた。小僧は魔導石をにぎりしめたまま、あいかわらず、わしだけでなく猫《ねこ》やベネットにまでぺちゃくちゃとしゃべりつづけた。

ベネットがお茶を運んできた。「そのうち、だまりますかね？」

わしは小僧を見つめた。「ほっておけ」

小僧はマフィンにバターを塗《ぬ》って三個《こ》たてつづけに食べてから、勢いよく立ちあがり、ローアンが女公爵《おんなこうしゃく》の娘《むすめ》だなんて知らなかった、などとわしとベネットにいいながら、部屋のなかをせかせかと歩きまわった。と、突然、壁《かべ》に激突《げきとつ》でもしたかのように、ぴたっと足を止めた。びっくりしてわけがわからないというようすで、ぼうっとしている。

ベネットがちらっとこっちを見たので、うなずいて合図した。「かまえろ」

小僧《こぞう》が急にまぶたをとじ、立ったまま、ふらついた。すかさずベネットが、くずれおちる小僧を受けとめる。

「ベネット、寝《ね》かせてやれ」

24

朝、目が覚めたら、いつものように屋根裏《やねうら》部屋で毛布《もうふ》にくるまっていた。凍《こご》えるくらい寒い。吸いこむ息は氷の破片《はへん》のようだ。吐《は》きだす息は白い蒸気《じょうき》になる。鼻の先が冷たい。毛布にはうっすらと氷の膜《まく》が張っている。でも、もし〈たそがれ街《がい》〉で野宿《のじゅく》していたら、どこかの戸口で目が覚めても、寒さで動けず、ちぢこまったままだっただろう。下手をすれば、目を覚まさないままだったかも。家ってほんとうにありがたい。

外では、風がかん高いうなりをあげて屋敷《やしき》に吹《ふ》きつけていた。窓《まど》から見える空は曇《くも》っている。あれ、魔導石《まどうせき》は？　毛布のなかのどこかだ！　捜《さが》しまわって見つけてから、体に毛布を巻《ま》きつけ、上半身を起こして壁《かべ》に寄りかかり、魔導石を光にかざしてみた。石は内側から輝《かがや》いていた。あたたかい木《こ》もれ日のようにゆれうごきながら――。

こんな魔導石を持っている魔術師《まじゅつし》は、きっとほかにはいない。ネバリーによると、魔導石が宝《ほう》石《せき》の場合、ふつうは石がもっと小さいらしい。大きい宝石の魔導石は危険《きけん》だ、といってなかったっけ？　おれの魔導石はまちがいなく、ウェルメトでいちばん立派《りっぱ》な石だ。もしかしたらペニンシュラ公領《こうりょう》のなかでもいちばんかも。その石がなぜおれのもとに？　さっぱりわからない。

ネバリーなら知ってるかも。

とにかく起きよう。ふう、この数日は、ほんとうにいろいろなことがあった。毛布をとると、体ががちがちに固まっていて、痛《いた》いのなんの。女公爵《おんなこうしゃく》の衛兵《えいへい》になぐられた後頭部も少し痛い。でも、この程度ですんでよかった。

なぜかコートと黒いセーターが床《ゆか》にきちんとたたんであって、その横に靴《くつ》と靴下もそろってい た。靴と靴下は、たしか〈あかつき御殿《ごてん》〉にしのびこんだときに脱《ぬ》いだきりだったのに。ぶるぶる震《ふる》えながら服を着て、靴をはき、魔導石《まどうせき》をコートのポケットに入れて台所へ下りていった。

ベネットはまだ起きていなかった。調理用コンロと暖炉《だんろ》の種火をかきおこし、薪《たきぎ》をくべた。水を汲《く》みにいこうとバケツをつかんだ。マフラーを顔まで巻《ま》きつけ、コートの両袖《りょうそで》を引っぱって手を隠す。

外に出た瞬間《しゅんかん》、びゅうびゅう吹《ふ》きつけてきた冷たい風が体につきささり、たおれそうになった。小粒《こつぶ》の雪が風にあおられ、庭を飛びすぎていく。庭の大木では鳥たちが風に背《せ》を向け、つりあいを保ちながらとまっていた。羽を逆立《さかだ》てて、不機嫌《ふきげん》そうだ。

ほっとひと息ついて井戸《いど》へと歩きはじめたら、おれを見つけた鳥たちが、突然かん高い声をあげて枝《えだ》から飛びたった。羽根がばらばら落ち、風に飛ばされた。鳥たちは盛大に糞《ふん》を降《ふ》らせながら、雲のように固まって飛んできては、大声でせきたてるように鳴きわめく。やわらかい羽先をぶつけてくるので、バケツを落としてしまった。やがて鳥たちは、いっせいに渦巻《うずま》いてのぼっていった。そのようすは、風にはためく黒いぼろきれそっくりだ。そのまま鳥たちは、また大木の枝にもどった。

ぼーっと見あげてつったっていたら、鳥たちは静かに鳴いた。羽をふくらませ、見つめ返してくる。

鳥がこんなことをするなんて――。奇妙《きみょう》だ。鳥のいる大木に注意をはらいながらバケツをひろい、井戸に行って水を汲むと、屋敷《やしき》にもどった。台所では、起きてきたベネットがテーブルの前にすわっていた。今朝も髪《かみ》がつんつん立っている。

「おはよう」おれはあいさつして、バケツをコンロまで運び、やかんに水を入れた。

ベネットがいつもどおりおれをにらむのを見て、うれしくなった。コートを脱いで、お茶の用意にとりかかる。

するとベネットが、「見てもいいか?」と声をかけてきた。

魔導石のことだろう。コートから大きな宝石《ほうせき》をとりだしてテーブルに置き、またコンロにもどって、わかした湯をティーポットに注いだ。

お茶を入れて持っていったら、ベネットは魔導石には手をふれずに、しげしげとながめていた。

「危険《きけん》なものか?」

おれはイスをとってきて、となりにすわり、魔導石を手にとった。ひんやりとして、少しちくちくする。猫《ねこ》にたとえると、背中《せなか》を丸めて怒《おこ》って毛を逆立《さかだ》てているが、引っかいて攻撃《こうげき》してくるほどじゃない、という感じかも。「そんなに危険じゃないよ」前にネバリーの魔導石《まどうせき》を盗《ぬす》んだときは襲《おそ》われたから、おれの魔導石もだれかが盗もうとしたら、そいつに襲いかかるのだろう。まあ、おれの石がベネットを傷《きず》つけることはないと思うけど。

「うーん」ベネットはもごもごといい、髪《かみ》を指ですいてさらに立たせてから、お茶をひと口飲んでいった。「薪《たきぎ》」

あっ、そうだった。立ちあがって魔導石をポケットにしまい、ストーブと暖炉《だんろ》にくべる薪をとりにいった。運び終えたころには、ベネットはマフィン作りにとりかかっていた。焼きあがるのを待って、ジャムつきのマフィンを三つ、チーズといっしょに食べる。

そのあと、お茶とマフィンをネバリーのもとへ運んだ。

書斎《しょさい》をのぞいたら、ネバリーは目の前のテーブルに分厚い本を広げていた。

「ネバリー、朝飯《あさめし》だよ」と、テーブルにお盆《ぼん》を置いたら、ネバリーは顔を上げ、まゆをひそめた。

「体を洗《あら》ったか?」

いつもどおりなのがうれしくて、おれはにやっとした。「ううん」

ネバリーがドアを指さす。

屋根裏《やねうら》部屋で体を洗ってから、バケツを持って台所へ下りていった。

こんどはキーストンも台所にいた。イスに両足を上げ、ひざに本を一冊《さつ》立て、マフィンのバターを指につけたまま、コンロでベーコンとジャガイモをいためるベネットをながめている。

おれは台所に入り、バケツをドアのそばに置いた。

「水を汲《く》んでこなくていいのかよ？」とキーストン。

おれはベネットを見た。

「もうじゅうぶんだ」とベネット。

暖炉の横にすわったら、猫《ねこ》のレディーがのどを鳴らしてひざにのってきた。

「結局、もどってきたのか」キーストンが本をとじ、マフィンのかすだらけのテーブルに置いた。

「もともと、そのつもりだったし」と、おれは答えた。

「〈たそがれ街《がい》〉に行ったんだってな」

いったいどこで聞いたんだよ？　ペティボックスからか？　ちぇっ！　やっぱりキーストンはペティボックスのスパイにちがいない。師匠《ししょう》のペティボックスが見聞きしたことは、すべて〈日暮《ひぐれ》の君《きみ》〉に筒抜《つつぬ》けだ。

キーストンに答えるのはやめ、肩《かた》をすくめるだけにした。

するとベネットが、フライパンをコンロにはでに打ちつけた。顔を上げてみると、おれをにらみ、キーストンのほうへ乱暴《らんぼう》にあごをしゃくっている。

魔導石のことをいってやれ、という意味らしい。おれだってキーストンに見せびらかしたいし、キーストンが目をむいてうらやましがるのを見たい。でも、見せないほうがいい気がした。キーストンが知らなければ、〈日暮《ひぐれ》の君《きみ》〉にばれることもないわけだし。

「魔導石《まどうせき》を探《さが》しにいってた」

「へーえ、で、見つけたのかよ？」キーストンはおれにたずね、「ベーコンを持ってこい」とベネットに命令した。

おれがうなずくのを見て、キーストンは一瞬《いっしゅん》驚いて目をぱちぱちさせてから、ばかにしたような声で笑い、「はっ、どうせありふれた小石だろ」と自分の魔導石にふれた。師匠《ししょう》のペティボックスと同じように首から金の鎖《くさり》でぶらさげている、つやのある黒い石の破片《はへん》だ。「道端《みちばた》で見つけた小石だろうよ」

おれはだまって肩《かた》をすくめるだけにした。

ベネットがまたコンロにフライパンをたたきつけてから、ジャガイモとベーコンを三枚《まい》の皿に分け、一枚を暖炉《だんろ》のそばにすわっていたおれにくれ、一枚をキーストンの前に乱暴《らんぼう》に置き、もう一枚を持ってテーブルの席に着いた。

キーストンが皿にのっていたフォークをとってひと口かじり、「あちっ！　くそっ！」と悪態《あくたい》をついて吐《は》きだし、責《せ》めるようにベネットを見る。

ベネットは知らんぷりだ。

キーストンはフォークを置き、暖炉のそばにいるおれを見た。「ま、魔導石の小石を見つけられてよかったたな。たいした力はないだろうが、とりあえず師匠の役には立てるわけだし」

おれはうなずき、皿のベーコンを少しとりわけ、息を吹《ふ》きかけて冷ましてから猫のレディーの口もとへ持っていった。でもレディーはにおいをかいだだけで、体をのばし、ひざからとびおりてどこかへ行ってしまったので、その分も自分で食べた。

ふと見れば、ネバリーが入口に立っていた。「おい、小僧《こぞう》、ベーコンを食べつくす気か?」とがめるような口調《くちょう》ではない。

「あいかわらずよく食ってますよ」と、ベネットが低い声でいう。

キーストンは緊張《きんちょう》して、ぴんと背筋《せすじ》をのばしていた。「ネバリー魔術師《まじゅつし》、仕事を始めますか?」

ネバリーはキーストンを見つめ、何やら考えこんだ。キーストンはネバリーに見つめられ、体をこわばらせている。やがてネバリーがいった。

「今日は魔術堂《まじゅつどう》に用がある。おまえは屋敷《やしき》に残り、論文《ろんぶん》の読みくらべと、わしの覚え書きの整理を続けろ」そして、おれへと視線《しせん》を移した。

おれは、必死に朝飯《あさめし》をかきこんだ。ネバリーが待ってくれないのはわかっていたし、ベーコンはマフィンと同じくらい大好物だから残したくない。

「おい、小僧、この島のベーコンをすべて平らげたら、教科書を用意しろ。魔術大学校へ行くぞ」

25

ネバリーといっしょに屋敷《やしき》を出た。「小僧《こぞう》、キーストンに魔導石《まどうせき》の話をしなかったのだな」身を切るような寒風が吹《ふ》きつけてくる。ネバリーは雪の積もった地面に足をすべらせ、杖《つえ》で体を支えて帽子《ぼうし》をおさえた。

おれはうなずき、声がとどくようにマフラーを引きさげた。「教えないほうがいいと思って」

「まだペティボックスを疑《うたが》っておるのか」

おれはまたうなずいた。

「いったんこうと思いこんだら、がんとして考えを変えんな、おまえは」

お互いさまだろ！

トンネルへの階段《かいだん》を下りると、寒風から逃《のが》れられた。ネバリーと並《なら》んで〈やすらぎ邸《てい》〉の門まで来た。トンネルの入口からさしこむ地上のかすかな光に照らされ、足もとの彫刻《ちょうこく》が浮《う》かびあがる。翼《つばさ》のついた砂時計《すなどけい》だ。

ネバリーが、いつもの鋭い目つきでちらっとおれを見た。「前にわしが門をあけたのを見たであろう。呪文《じゅもん》を覚えておるか？」

おれはうなずいた。

「では、あけてみろ」と、杖で門をさす。

おれはポケットから魔導石をとりだした。トンネルは薄暗《うすぐら》いのに魔導石は輝《かがや》いていて、指と指のすきまから緑色の光がもれる。おれは魔導石をかかげ、門をあける呪文を唱《とな》えた。「セサメイ！」

ひと筋《すじ》の白い閃光《せんこう》が魔導石からほとばしり、緑の火花をたなびかせて門の錠《じょう》に激突《げきとつ》した。と、門がはじけるように大きくあき、トンネルの壁《かべ》にはね返ってばたんとしまった。きらめく青い火花が門の表面を行ったり来たりし、錠からもまばゆい火花がぱっと散る。

トンネルに反響《はんきょう》していた音がだんだん消えて静かになると、ネバリーはうなずいた。「うむ。もう一度」

おれは深呼吸《しんこきゅう》し、おとなしくしてくれよ、と心のなかで自分の力に祈《いの》りながら呪文を唱えた。また閃光、衝突《しょうとつ》、火花と続いたが、今回は、はね返った門がしまる前にネバリーが杖をはさんでとめた。

魔術《まじゅつ》大学校までの門を、片《かた》っぱしから勢いよくあけて進んだ。

魔術大学校に続く階段の下で、ネバリーは杖に寄りかかっておれを見た。「さあ、小僧《こぞう》。学校へ行ってこい。わしは魔術堂《まじゅつどう》で会議がある」

了解《りょうかい》。ネバリーは石の床《ゆか》にカッンカッンと杖《つえ》の音を響《ひび》かせながら去っていき、おれは魔術《まじゅつ》大学校への階段《かいだん》をのぼった。

階段のてっぺんで、ローアンがおれを待っていた。厚手《あつで》の黒のコートに身を包み、裾《すそ》から灰色《はいいろ》のローブがのぞいている。灰色と緑の縞模様《しまもよう》のスカーフで頭をくるんでいるが、鼻の先が冷えて赤くなっている。

「ローアン、おはよう」

ローアンはうなずき、おれと並んで歩きはじめた。魔術大学校の庭を凍《い》てつくような強風が吹《ふ》きぬけていく。中州《なかす》の周囲を流れる川では、黒い川面《かわも》のあちこちに氷のかたまりが浮《う》いていた。

おれもローアンもあごを引いて早足で進んだが、魔術大学校の玄関《げんかん》からなかに入るころには、手も顔もかちかちに凍《こお》りついたような気がしていた。

玄関ホールには、灰色のローブを着た生徒たちがひしめいていた。みんな、冷えきった庭ではなく、ここにたむろして、授業《じゅぎょう》開始を待っているらしい。数人がこっちを見たけど、話しかけてくる者はおらず、みんなまたおしゃべりにもどった。

ローアンがスカーフをはずしながら、「ねえ、あれ、持ってる?」と、小声でたずねてきた。

魔導石《まどうせき》のことだ。おれはうなずいた。

「使うつもり?」

いきなり、ずばりと訊《き》くなあ。「いや、隠《かく》しとく」

ローアンはうなずき、コートのボタンをはずした。

「あのさ、すごく怒《おこ》ってる？　お母さんのことだけど」とたずねたら、ローアンは目をそらした。

「さあ、どうかしら。母はときどき、何を考えているかわからなくなるの」

周囲《しゅうい》では生徒たちのかたまりがばらけ、玄関ホールから奥《おく》に進みはじめていた。もうすぐ授業が始まる。ひとりがローアンにぶつかってあやまった。こんな人ごみでできる話ではない。

ローアンは肩《かた》をすくめ、おれと並んで魔術師《まじゅつし》養成クラスへと向かった。

授業では、ペリウィンクルからろうそくを灯《とも》す呪文《じゅもん》を教わった。でもおれの場合、ろうを溶《と》かして焦《こ》がす気でもないかぎり、この呪文は使えそうにない。


教室を出ると、ブランビーが心配そうな顔で待っていた。女公爵《おんなこうしゃく》が使いをよこし、おれを呼《よ》んでいるという。

「ネバリーに連絡《れんらく》をとったんだが、魔術堂《まじゅつどう》でやることがあるからと、伝言をことづかった。第一の伝言は、わたしには意味がわからんのだが、女公爵はパズル錠《じょう》のようなもの、だそうだ」

つまりパズル錠みたいに複雑《ふくざつ》な人だから、油断《ゆだん》するな、気をつけろ、信用するな、という意味だ。ポケットにあるとわかっていたが、念のため、魔導石があるのをもう一度確《たし》かめた。

「第二の伝言、というか命令は、魔術を使うな。それから、女公爵には何も教えるな、ということだ」

「教えるも何も、おれ、なんにも知らないんですけど」

「ネバリーは、知っているとと思っているのだろう」と、ブランビーは不安そうに両手をこすりあわせた。「あとは、女公爵《おんなこうしゃく》の用がすんだら、さっさと〈やすらぎ邸《てい》〉にもどってこい、とのことだ」

ネバリーは、おれが〈あかつき御殿《ごてん》〉に長居《ながい》したら、女公爵にめった切りにされて夕飯《ゆうめし》のおかずにされるとでも思っているのか？

魔術堂《まじゅつどう》に到着《とうちゃく》し、会議に出席した。ペティボックスは欠席していた。あの男にはむだにいらいらさせられるので、かえって好都合《こうつごう》だ。

魔術師たちに、魔力《まりょく》の減少《げんしょう》に関する調査《ちょうさ》についてたずねられた。

そこで、前例とおぼしき町があることを伝えた。すでに消滅《しょうめつ》した山間部の町、アリオンバールだ。「過去《かこ》の事例を発見した。アリオンバールは魔力が急激《きゅうげき》に減少し、ほんの数週間で廃墟《はいきょ》と化《か》した」

町の魔力の量を測定《そくてい》し終えたら、現状《げんじょう》および対処法《たいしょほう》についてさらに報告《ほうこく》する、ともいっておいた。

それまでに、やらねばならんことが山ほどある。

宝石《ほうせき》の魔導石《まどうせき》は危険《きけん》だと、小僧《こぞう》にしっかりいいきかせておかねば。

〈いわれなくてもわかってるよ。コンより〉

26

〈あかつき御殿《ごてん》〉へと坂道をのぼりながら考えた。なぜ女公爵《おんなこうしゃく》は、おれに会いたがっているんだろう？

おれが魔力《まりょく》の減少《げんしょう》をとめるのに役に立つとでも思っているのか？　役立ちたいとは思うが、門をあけることと、光を灯《とも》すことと、変身の術《じゅつ》で猫《ねこ》になることしかできないのは、ネバリーに訊《き》けばすぐにわかるのに。変身の術だって、やってはみたいけど、自分で自分にかけられるかどうかわからないし。

〈あかつき御殿〉の正門を通りぬけ、固い雪を踏《ふ》みしめて歩いていたら、ふと別のことが頭をよぎり、ぎょっとした。なんといっても女公爵は、ネバリーをきらって二十年もの間ウェルメトから追放した張本人《ちょうほんにん》だ。もしかすると、またネバリーを追いだそうとしているのか？　ネバリーの仕事について、おれから何か訊きだす気か？

首をふり、〈あかつき御殿〉に意識《いしき》を集中した。ついこのまえ来たときは雪の降《ふ》る夜で、ゆらめく魔光《まこう》に、雪があわいピンク色に染《そ》まっていた。いま、正面階段《かいだん》に向かう車道は踏みかためられ、つるつるの氷の道になっている。雪かきをして砂をまいた正面階段をのぼって、両びらきのドアの前に来た。制服《せいふく》に革《かわ》の長靴《ながぐつ》をはいた二人の衛兵《えいへい》が、槍《やり》を持って立っている。

「こいつ、あのときの……？」片方《かたほう》の衛兵がいった。

ドアノブは、すんなりとまわった。ところがドアをおしあけて入ろうとしたら、衛兵のずっしりとした手に肩《かた》をつかまれた。

「おい、おまえ」

あらためてながめたら、背《せ》の高い衛兵だ。あごひげを生やしているが、御殿の地下の独房《どくぼう》で見た衛兵ではない。「あの、女公爵に呼《よ》ばれたんですけど」

「おれが連れていく」その衛兵がおれの肩をつかんだまま門番の衛兵に告げ、ドアをあけておれをなかへおしこんだ。「静かにしてろ」と、おれの腕《うで》を引っぱって玄関《げんかん》ホールをつっきり、じゅうたんを敷《し》いた左手の廊下《ろうか》から石の廊下へとつきすすんでいく。

この廊下には見おぼえがある。女公爵の部屋のある方向じゃないぞ！　やばい！　おれは、もがいて逃《のが》れようとした。

「おとなしくしてろ」衛兵はおれの肩をつかんだ手に力をこめた。「隊長から話がある」

くそっ、あの女隊長と話なんかしたくない。ぜったい、いやだ！

廊下を引きずられて金属製《きんぞくせい》のドアの前へ連れていかれ、衛兵がドアをあけておれをなかへおしこんだ。

衛兵《えいへい》の休憩室《きゅうけいしつ》みたいな部屋だ。壁《かべ》ぎわの棚《たな》に剣《けん》や槍《やり》が何本も立ててあり、部屋の端《はし》から端まである長いテーブルと、その両側に長いベンチがあった。衛兵たちがテーブルで、トランプをしたり、武器《ぶき》の手入れをしたり、長靴《ながぐつ》に油を塗《ぬ》ったりしている。あごひげ男のファーンがいた。ケルン隊長《たいちょう》もベンチにすわっている。

おれと衛兵が部屋に入った瞬間《しゅんかん》、全員が顔を上げ、おれだとわかるとそろって顔をしかめた。ファーンが立ちあがって反対側のドアの前に立ちはだかる。ケルン隊長は短剣と砥石《といし》を置いた。おれは部屋をざっと見まわした。残《のこ》る出口はいま入ってきたドアのみ。逃《に》げても背後《はいご》の衛兵につかまるだけだ。

ケルン隊長がベンチから立ちあがり、氷のように冷たい目を不快《ふかい》そうに細め、おれを上から下までじろじろながめた。「公爵様《こうしゃく》がお待ちだから手短にいう」空気が抜《ぬ》けたり、音がのどの奥《おく》にこもったりする、あの奇妙《きみょう》なしゃべり方だ。「きのうから、おまえについて報告《ほうこく》を受けてきた。公爵様や魔術師《まじゅつし》たちはごまかせても、わたしの目はごまかせない。おまえは、〈たそがれ街《がい》〉出身の有名なスリで泥棒《どろぼう》だ」

「以前はね」おれはあとずさりしながらいった。「いまはちがうよ」

「おまえのせいで、こちらは面目《めんぼく》まるつぶれだ。御殿《ごてん》にしのびこんで、公爵様の宝石《ほうせき》を盗《ぬす》むとは」

「そっちが、とろかっただけだろ」

ケルン隊長がテーブルをすばやくまわって向かってくる。おれはドアのほうへさらにあとずさったが、ドアに行きつく前に隊長にコートをつかまれ、顔を近づけてどなられた。「こそ泥、よく聞け！　おまえの正体は、町じゅうの衛兵が知っている」ケルン隊長にゆさぶられて、歯がガチガチと鳴る。「少しでもしっぽを出したら、また引っつかまえてやるからな！」

ケルン隊長が手を放す。おれは後ろへよろめいて、おれを連れてきた衛兵にぶつかった。部屋じゅうの衛兵がここぞとばかりに怖《こわ》い顔で、いっせいににらみつけてくる。

はいはい、おっしゃりたいことは、いやというほどわかりましたよ。

ケルン隊長がそっぽを向いた。「連れていけ」

さっきの衛兵がおれのコートの襟首《えりくび》をつかみ、乱暴《らんぼう》に部屋から連れだした。そいつに引っぱられて廊下《ろうか》を抜け、階段《かいだん》をのぼり、つきあたりに両びらきのドアがある見おぼえのないじゅうたん敷《じ》きの廊下まで来た。

衛兵がドアをノックしてあけた。部屋のなかでは、女公爵が書類を積みあげた机《つくえ》の奥《おく》にすわっていた。おれが部屋のなかへおしこまれた瞬間《しゅんかん》、女公爵は顔を上げ、メガネをはずし、まゆをつりあげておれの顔を見た。

衛兵がおじぎをしたが、おれのコートの襟首を放すそぶりは見せない。

机の向こうにいた女公爵が立ちあがり、「放してあげなさい」と衛兵に声をかけ、ドアのほうへ腕《うで》をふった。「下がりなさい」

衛兵《えいへい》が抗議《こうぎ》の声をあげた。「しかしケルン隊長《たいちょう》から、この者が部屋を出るまで見張《みは》るように命じられております」

「かまいませんよ。いいから、行きなさい。それと、相談役にすぐにここへ来るように伝えてちょうだい」

「かしこまりました」衛兵はもう一度ぎごちなく頭を下げて、出ていった。

女公爵《おんなこうしゃく》はまた腰《こし》を下ろした。「さて。コンだったわね？」

おれはうなずいた。おれのことをどう思っているんだろう。ケルン隊長と同じように、泥棒《どろぼう》だと思っている？　それとも、力を証明《しょうめい》したわけだから、魔術師《まじゅつし》だと思ってくれている？

女公爵は机《つくえ》の前のすわり心地《ごこち》のよさそうなイスへと、優雅《ゆうが》に手をふった。「どうぞ、すわって」

おれはコートを脱《ぬ》いで腰を下ろした。

女公爵はまるまる一分ほどかけて、おれをじろじろ観察した。だからおれもじっくりと観察させてもらった。これまで数回しか見かけたことがないし、そのときも魔導石《まどうせき》の呼《よ》びかけに気をとられて、まともには見ていない。

あらためて見てみると、ローアンとよく似《に》ていた。背筋《せすじ》がぴんとのびていて、青白い面長《おもなが》の顔はととのっているが、目と口のまわりにはしわがある。白髪《しらが》のまじった赤毛を編《あ》んで頭に巻きつけ、その上に頭飾《あたまかざ》りをつけている。緑のビロードの襟《えり》がついた深緑色のドレス姿で、袖口《そでぐち》には、木と葉の家紋《かもん》が刺繍《ししゅう》してあった。長い指はインクでよごれ、首から金の鎖《くさり》でメガネをぶらさげている。

女公爵はおれを観察し終えると、イスの背《せ》にもたれた。「わたくしの宝石《ほうせき》は？　そこに持っているのかしら？」

おれはうなずいた。

「そう」夫人は小ばかにしたような目でこっちを見た。「ネバリーは、まだあなたを身内とみとめていないようね」

はあ？　なんの話？

「あなた、ネバリーの家紋をつけていないもの」

「でも、おれがネバリーの身内かっていうなら、そうですよ」

「もしわたくしがあなたの立場だとしたら、ネバリーをそう簡単には信じないわね」夫人はぴしゃりといった。「気をつけたほうが賢明《けんめい》ですよ。ネバリーは危険《きけん》人物で、だれからも信用されていないのだから」

ネバリーも女公爵について同じことをいってた、といってやったら、どうなるかな？

「コン、あなた、この町の歴史を知っている？　学校で習ったかしら？」

「学校なんて、ほとんど行ってませんけど」

「そう。ネバリーはね、二十年前、魔術を使った花火の実験で、〈やすらぎ邸《てい》〉を吹《ふ》きとばしたのよ。この〈あかつき御殿《ごてん》〉まで被害《ひがい》を受けたわ。そのことは知っているかしら？」

おれは首を横にふった。もっと聞きたい。でも女公爵《おんなこうしゃく》は、「ネバリー本人に訊《き》いてごらんなさい」とだけいって、壁《かべ》のほうを向き、房《ふさ》のついたひもを引っぱった。「お茶はいかが」

おれはうなずいた。

すぐに背後《はいご》のドアがあき、召使《めしつか》いが入ってきた。「お茶とマフィンを」女公爵は命じ、召使いが出ていってドアがしまると、わずかに目を細めた。ひょっとして、おれにほほえんでるのか？

「あなた、マフィンが好物《こうぶつ》だそうね」

「あっ、はい」好物だし、ちょうど腹《はら》ぺこだ。もしかしたらそんなに悪い人じゃないのかも。なんといってもローアンのお母さんなんだし。

女公爵は机《つくえ》にほおづえをついた。「コン、あなたに興味《きょうみ》があるの。うちの娘《むすめ》はなかなか友だちを作らない子なのに、あなたのことを友だちだといっているわ」

またドアがあき、さっきの召使いが、銀のティーセットとふわふわのマフィンの皿をお盆《ぼん》にのせて静かに入ってきた。マフィンは軽くあたためて、バターをたらしてある。うわあ、おいしそう！　召使いはそのお盆を女公爵の机に置いて、おじぎをし、また音も立てずに出ていった。

女公爵はティーカップにお茶を注ぎ、身をのりだしておれにカップをさしだす間も、ずっとしゃべっていた。「ねえ、コン、わたくしはね、公爵家の家宝《かほう》が実は魔導石《まどうせき》だったという事実が、とても気になっているの」女公爵はお盆の上の小さな入れものから、自分のお茶にミルクを数滴《すうてき》たらした。「無視《むし》できない事実だということは、あなたにもわかるわよね？」

おれはうなずき、バターのかかったマフィンにかぶりついた。女公爵の次の言葉は予想がつく。

「なぜ、よりによっておれのものだったのかって、思ってるんですよね」

女公爵はカップの縁《ふち》ごしにおれを見た。湯気で表情《ひょうじょう》がやわらいで見える。「ええ、そのとおりよ。公爵家の家宝のなかでも最高の石が、なぜあなたのもとに行ったのかしら？」

「さあ、そういわれても……」ほんとうにわからない。なぜそうなったのか、ちゃんと考えないといけないようだ。

おれはお茶をちょっと飲み、気を引きしめた。ネバリーが注意したように、女公爵はたしかにパズル錠《じょう》に似《に》ている。お茶とマフィンを出してくれたし、一見やさしそうだけど、見た目と中身はちがうかもしれない。

女公爵がティーカップを下ろした。「わたくしの宝石《ほうせき》があなたの魔導石だったという事実は、魔術《まじゅつ》と和解《わかい》せよ、という公爵家へのお告げではないかと思うの。ねえ、コン、知っているかしら。その昔、ウェルメトを支配《しはい》していたわが公爵家には、お抱《かか》えの魔術師がいたの。〈あかつき御殿《ごてん》〉に部屋を与えられた魔術師がね。お抱えの魔術師は、公爵家と強い絆《きずな》で結ばれていたのよ」

ん？　なんの話だ？

「あなたの師匠《ししょう》のことはよく知っているわ。ネバリーは、あなたを弟子にする気など、これっぽっちもなかったはずよ。あなたの世話から解放《かいほう》されたら、さぞ喜ぶことでしょうね。あなた、すきま風の入るじめじめしたあの屋敷《やしき》を出て、ここに住んだほうが賢明《けんめい》じゃないかしら」

つまり、おれを監視《かんし》できるようにここに住め、ってことか。まあ、女公爵《おんなこうしゃく》がネバリーについていったことはだいたい正しい。たしかにネバリーは、最初はおれを弟子にする気などこれっぽっちもなかった。でも、〈やすらぎ邸《てい》〉を離れる気はないので、首を横にふった。

「そう、わかったわ」

おれはマフィンの皿を見つめた。これ以上食べるのはよしておこう。それより、女公爵に訊《き》くべきことをちゃんと訊いておかないと。「あのう、公爵様」この呼《よ》び方で合っている？　それとも、ほかの呼び方のほうがよかった？

女公爵が何かしら、というように、まゆをつりあげる。

「ウェルメトの魔力《まりょく》は、どうしてこんなことになったんだと思いますか？」

いきなり話題が変わったのに、女公爵はまばたきひとつしなかった。「うちの相談役からは、自然現象《げんしょう》で、いずれもとにもどると聞いているわ。ウェルメトにはなんの危険《きけん》もないと確信《かくしん》していますよ」

ほんとうにそうかな？　おれの魔導石《まどうせき》はとびきり上等の宝石《ほうせき》だ。そんなめったにない魔導石がちょうどいまあらわれたのは、何か大変なことが起きているというしるしなんじゃないか？

「でも、魔力がへってることは知ってますよね？　魔力がすっかりなくなったら、ウェルメトの町は死んじゃうんです」いままでそんなふうに考えたことはなかったけど、こうして声に出していってみると、そのとおりだとひしひしと感じた。もし魔力がなくなったら、ウェルメトの町は死んでしまう。あっというまに。

女公爵はおれをじっと見つめた。「あなた、ネバリーの人さわがせな説をくり返しているだけね」

「ちがいますって！」いらついてきた。「ネバリーもあなたと同じ意見で、ウェルメトが危険《きけん》にさらされているとは思ってません。でも、あなたもネバリーもまちがってます！」

「あら、そう」女公爵はやれやれというように首をふった。「じゃあ、あなたはいったい何が起きていると思うの？」

「それは……わかりませんけど」

女公爵はおれの背後《はいご》のドアへと目をやりながら、「わからないのね」とくり返した。「では、うちの相談役の魔術師《まじゅつし》の意見を聞いてみましょう」

えっ、だれのこと？　すわったままふり返ったら、ペティボックスが入口に立っていた。背《せ》が高く、がっしりしていて、親指の爪《つめ》のような形をした魔導石が黒いベストとは対照的な白い光を放っている。

ペティボックスは、つかつかと部屋に入ってきた。おれはとっさにコートをつかみ、ポケットのなかの魔導石へ手をのばしたが、とりだしはしなかった。

「どうかしら、ペティボックス魔術師？」と、女公爵。

ペティボックスは「ご機嫌よう、公爵様」と声をかけておじぎをすると、おれのほうは見ずに続けた。「ネバリーのできそこないの弟子が、ここで何をしているのです？」

「帰るところだよ」おれはすばやく立ちあがり、女公爵《おんなこうしゃく》を見た。「魔力《まりょく》がへっても心配ないといってる相談役は、この人ですか？」

女公爵は答えなかったが、顔にそうだと書いてあった。

おれはペティボックスににらまれながらさっさと部屋をあとにし、衛兵《えいへい》たちが守っていない〈あかつき御殿《ごてん》〉の出口を見つけ、魔光《まこう》の灯《とも》る外に出た。

さあ、〈やすらぎ邸《てい》〉にもどろう。それにしても、なんてことだ！　女公爵はぜったいペティボックスにおれの魔導石《まどうせき》のことをしゃべるだろう。そうしたら、ペティボックスはきっと〈日暮《ひぐれ》の君《きみ》〉に伝えちまう。あーあ、ネバリーにあまりいい報告《ほうこく》はできそうにないな。

魔術堂《まじゅつどう》から〈やすらぎ邸〉にもどった。トンネルには、勢いよく開閉した結果、はずれてしまった門はひとつもなかった。とすると、小僧《こぞう》はまだ女公爵のところからもどっていないようだ。〈やすらぎ邸〉にたどりつき、台所に上がった。ベネットの姿《すがた》はない。

仕事場に上がったところ、屋根裏《やねうら》の小僧の部屋から何かを打つような音がする。こわれかけたはしごをのぼって、のぞきにいった。

屋根裏にいたのはベネットだった。床《ゆか》にランプを置き、その明かりをたよりに、木で枠《わく》らしきものを作っている。窓枠《まどわく》だろう。ガラスとパテとネジも脇《わき》に置いてある。ベネットは上がっていったわしに会釈《えしゃく》して、いった。「まえまえからふさごうと思ってたもので」

屋根裏部屋は凍《こご》えるほど寒い。窓にガラスをはめてやろうと考えていたとは。気のいい男だ。

小僧の部屋を見まわした。壁《かべ》ぎわには、ぐちゃぐちゃに丸めたぼろの毛布《もうふ》。その横にきちんと重ねられた本の山。短くなったろうそくを立てた皿。壁《かべ》に立てかけられた竜《りゅう》の絵。床《ゆか》の上には、がらくたの焦《こ》げた水晶玉《すいしょうだま》と、さびた金属《きんぞく》の箱と、ワニの剝製《はくせい》が並べてある。

暖炉《だんろ》の床《ゆか》を観察し、なかから煙突《えんとつ》を見あげた。煙突は枝《えだ》と鳥の糞《ふん》でつまっている。鳥が巣を作っているらしい。

「あいつは？」と、ベネットがたずねてきた。窓枠の角に金づちで釘《くぎ》を打っている。

「女公爵に呼《よ》びだされておる」

ベネットは、とくに何もいわなかった。

書斎《しょさい》に下りて火をおこし、書類を読むことにした。秘書《ひしょ》はわしの指示《しじ》どおり、覚え書きをまとめていた。まじめに仕事をしている。

ようやく小僧が凍えてつかれきった顔でもどり、暖炉にあたりにきた。

「おい、小僧、どうだった？」読んでいた書類を横に置いて、たずねた。

小僧は少しの間だまって考えていた。「ネバリーのいうとおりだった。油断《ゆだん》ならない人だね」

「何をいわれた？」

小僧《こぞう》は一瞬《いっしゅん》にやっとした。「ネバリーは危険《きけん》人物で、だれからも信用されてないって」

しゃくにさわる女だ。「おまえになんの用だったのだ？」

小僧は暖炉《だんろ》の前にあぐらをかいてすわったまま、またしばらくだまっていた。猫《ねこ》が入ってきて、のどを鳴らしながら小僧のひざにのぼる。「ペティボックスがいたよ。魔力の減少《げんしょう》について、ずっと女公爵《おんなこうしゃく》に助言してるんだって」

またしてもペティボックスを持ちだすのか。「よいか、小僧、ペティボックスは女公爵の魔術《まじゅつ》の相談役なのだ。魔力の減少について助言するのは、それが仕事だからだ。それより、女公爵はおまえになんの用があったのだ？」

小僧はあくびをし、目をこすった。「ひとつ質問《しつもん》されたよ。なぜあの宝石《ほうせき》はおれのもとに来たのかって」

おお。ずばりたずねるとは、いかにもあの人らしい。「で、なんと答えた？」

「わからないって答えた」

それはそうだろう。しかし、もし小僧がわしの思っているとおりの者だとしたら、知恵《ちえ》が足りなくてわからないのではあるまい。

「ほかには？」

「うーん、とくには」

「おい、小僧、ちゃんと考えろ」

小僧は首をふっただけだった。

27

翌日《よくじつ》の朝、朝飯《あさめし》を食べに台所へ下りたら、ネバリーとキーストンがもう席に着いて食事をしていた。ベネットはイスを後ろにかたむけて壁《かべ》に寄りかかり、赤い毛糸で何か編《あ》んでいる。キーストンは、師匠《ししょう》のペティボックスからおれの魔導石《まどうせき》のことを聞いたにちがいない。おれがセーターをかぶりながら台所に入り、髪《かみ》を手でとかすようすを、じろじろ見ている。

ベネットがコンロのほうを指さした。見ると、マフィンとベーコンのあたたかい皿がある。ポケットに魔導石を入れたコートとマフラーをドアの横のフックにかけてから、皿をとってテーブルに着いた。そんなおれの動きを、キーストンはずっと目で追っている。

「ネバリー、おはよう」ベーコンとマフィンを食べながら、あいさつした。

ネバリーは空っぽになった皿の横に本をひらいて読んでいたが、顔を上げ、「ふうむ」とおれを上から下までながめまわした。「ベネットのいうとおりだな。その頭をなんとかせねば」

「では、夕食後にでも」と、ベネット。編み針《ばり》がカチカチと軽快《けいかい》な音を立てている。

キーストンの好奇心《こうきしん》まるだしの視線《しせん》を無視《むし》し、考えごとをしながら朝飯を食べた。たしか今朝、

何かが気になって目が覚めたような――。「あのさ、ネバリー、〈あかつき御殿《ごてん》〉の衛兵隊《えいへいたい》の隊長の女の人だけどさ。ケルンだっけ？」

ネバリーはまた本に目を落としながらうなずいた。

「あの人、なんであんな変わったしゃべり方をするのかな？」

ネバリーが顔を上げた。「どういう意味だ？」

「声がくぐもっているし、空気が抜《ぬ》けるような音がまじって、聞きとりにくいんだけど」

「ああ、そういうことか」と、ネバリーはうなずいた。「それは、ケルンがペニンシュラ公領《こうりょう》の外、南方のヘルバという町の出身だからだ」

ん？　どういうこと？　「その町の出身だと、なんで変わったしゃべり方になるわけ？」

「ヘルバではヘルバ語を使うので、こっちの言葉をしゃべるときにはヘルバ語のなまりが出るのだ」

こっちの言葉？　「ヘルバ語って？　ぜんぜんちがう言葉ってこと？」

「そうだ」ネバリーはまた本に目をもどした。いつまでもばかばかしい質問《しつもん》につきあってはおられん、なんて考えているのだろう。でもおれは、ちがう言葉をしゃべる人に会ったことがない。まあ、ウェルメトでは町から出ていく人ばかりで、やってくる人はあまりいないから、ちがう言葉をしゃべる人に会ったことがなくてもおかしくはないけど。

そうか、言葉だ！　言葉がちがうなら、使う単語もぜんぜんちがうはず――。新たな考えが波のようにおしよせてきた。「呪文《じゅもん》っていうのは……」そうだ！　そうに決まってる！

「小僧《こぞう》、なんだ？」ネバリーがつっけんどんに訊《き》いてきた。

「呪文も意味のある言葉なんだ！　『ロスファラス』って呪文は、魔術語《まじゅつご》で『光』っていう意味の単語なんだよ！」

部屋の向こうで、おれの魔導石《まどうせき》が呪文に反応《はんのう》して突然輝《かがや》きだし、コートのポケットのなかからまばゆく光を放った。キーストンがちぢみあがる。

「小僧、消せ！」ネバリーが目をしばたたきながらいう。

はいはい、消します！

「いまの話だが」と、ネバリーが続けた。「とっぴな説を唱《とな》える前に、まずは魔術の学説を読め。呪文とは、意味のない音を並べたものにすぎん。呪文は、魔術師が魔術を使うとき、意識《いしき》を集中させるために唱える音のつらなりにすぎないことは、すでに証明《しょうめい》されておる」

おれは首を横にふった。「ちがうよ、ネバリー。呪文はちゃんと意味のある言葉で、魔力《まりょく》にどうしてほしいか伝えるために使うんだ」ぜったいそうだ！

なのにネバリーは、顔をしかめて首をふった。「何をたわけたことを。まずはジャスパーズの評論《ひょうろん》を読め。そうしたら、また話を聞いてやる」ネバリーは本を勢いよくとじ、「これから〈闇《やみ》市《いち》広場〉の市場に行って流銀《りゅうぎん》を買ってきてくれ」とベネットに話しはじめた。

おれは二人の話には耳をかたむけず、マフィンを食べ、お茶を飲みながら、魔力と言葉、魔力の集合点とウェルメトの現状について考えた。もし呪文がほんとうに意味のある言葉だとしたら、だれが使っていた言葉？　呪文が語りかける相手は何？　それとも、だれ？　魔力の集合点というのは、「大気的な力の集中」でも、魔力がわきあがってくる地点でもなく、呪文の言葉を理解し、考える力を持っているものなのでは……？

こんなことをいったら、ネバリーはまたおもしろくない顔をするだろう。がみがみと文句《もんく》をいって、論文《ろんぶん》や書物を読め、適当なことをほざくな、っていうに決まっている。

でもおれの直感は、この考えは正しいといっていた。

「おい、小僧？」というネバリーの声に、はっとした。目をぱちぱちさせて顔を上げたら、ネバリーとベネットとキーストンが、テーブルの横に立っておれを待っていた。いっぽうおれは、片《かた》手《て》にティーカップ、もう片方の手にマフィンを持って、ぼうっと壁《かべ》をながめていた。

ネバリーがやれやれと首をふる。「おまえとキーストンは、ベネットといっしょに市場へ行け。荷物持ちをするのだ」

おれはうなずいて、残りのお茶とマフィンをのみこんだ。キーストンがローブをはおり、おれはコートを着てマフラーを巻《ま》き、いっしょに階段《かいだん》を下りて、先に下へ行っていたベネットと合流した。ベネットも上着をはおり、ベルトにこん棒《ぼう》を一本はさんでいる。

外に出たら、風が氷の牙《きば》をむき、おれたちの服を引きさこうとした。全員で震《ふる》えながら庭をつっきった。庭の大木では鳥たちが興奮《こうふん》し、しきりに声をあげながら枝《えだ》で飛びはねている。

ベネットが先頭に立ってトンネルへの階段《かいだん》を下りた。寒さのせいで、キーストンの耳の先が赤くなっている。

門の前で立ちどまり、ベネットが灰色《はいいろ》の小さな鍵石《かぎいし》をとりだすのを待った。ところがベネットは、だまって腕《うで》を組んで待っている。

キーストンが、そわそわとおれを見た。「おまえ、魔術《まじゅつ》であけたいんじゃないの？」

ああ、そういうことか。「やれっていうならあけるけど、おれ、鍵《かぎ》をあける魔術はあんまり得意じゃないんだよ」

「じゃあ、得意なやつがやれ」と、ベネットがうなるようにいう。

キーストンがローブの上に金の鎖《くさり》でぶらさげていた魔導石《まどうせき》を錠《じょう》のほうへ向け、目をとじて集中し、門をあける呪文《じゅもん》を唱えた。が、何も起きない。魔導石をきつくにぎりしめてもう一回唱えると、気まずい間のあと、錠がなんとか回転し、門がきしみながらあいた。

じめじめした肌寒《はだざむ》いトンネルを通りぬけ、階段をのぼって〈闇夜橋《やみよばし》〉に出た。

おれは横目でちらっとキーストンの鎖と魔導石を見た。「それ、しまったほうがいいよ」

「はあ？　何いってんだよ？」キーストンは魔術を使えたのですっかり得意になり、いつもの人を見くだしたような口調《くちょう》にもどっていた。

「あっそ、じゃあ、好きにすれば」〈たそがれ街《がい》〉に行けば、どうせわかる。

〈闇夜橋〉から〈たそがれ街〉へと進んだ。凍《こお》った雪におおわれた〈さすらい通り〉が、目の前の丘《おか》をくねくねとのぼっていっている。通りの両側には汚《きたな》いおんぼろアパートとゴミがぎっしりと並び、煙《けむり》と下水溝《げすいこう》のにおいが漂《ただよ》い、ぼろぼろのかっこうをした住人が暗い戸口からこっちをうかがっている。

キーストンはぎょっとしたようすで鎖と魔導石をシャツのなかにつっこみ、ローブのボタンを首もとまでとめた。

冷たい向かい風を受けながら、丘をとぼとぼとのぼっていった。先頭はベネット、次がキーストン、おれはいちばん後ろだ。ベネットは用心のためにベルトのこん棒《ぼう》に手をかけている。おれはあごを引き、両手をポケットにつっこんでいた。

おれの頭のなかではあいかわらず、ぼんやりとした考えや疑問《ぎもん》が渦巻《うずま》いていた。もし呪文が、ウェルメトの「魔力《まりょく》」の言葉だとしたら、魔導石を通じて町の魔力に話しかけることもできるのでは？　町の魔力は、おれの呪文を聞いてくれる？　返事をして、いま、町で何が起きてるか、教えてくれる？

きのう、女公爵《おんなこうしゃく》に質問《しつもん》されたことを思い出した。なぜ公爵家の宝石《ほうせき》が、浮浪児《ふろうじ》で泥棒《どろぼう》のおれなんかのもとに来たりしたのか？

前にネバリーは、〈たそがれ街〉でどうやって生きのびてきたのか、とおれにたずねたことがあった。そのときは、手先が器用《きよう》だからスリができたし、運もよかったし、母親が死んだときにはひととおりのことができるようになっていたからだ、と答えたが、実はそれだけではなかったのかもしれない。

もしかしたら、〈たそがれ街《がい》〉で暮《く》らしていたときから、おれが病気をしたり、工場であくせく働かなくちゃいけなくなったり、じめじめした地下室で〈闇喰《やみくい》ヘビ〉に襲《おそ》われたり、どこかの路地《ろじ》で凍え死《こご》んだりしないよう、ウェルメトの「魔力《まりょく》」がずっと助けてくれていたのかも。おれを守りつづけ、おれがある程度成長するのを待ってネバリーに引きあわせ、この魔導石《まどうせき》へと導いてくれたとか？

だとしたらそいつは、なぜそこまでしたんだろう？

それは、おれを選んだからだ。おれの助けが必要だから、まず助けてくれたってことか。だとしたら、弱っていく「魔力」を助けるために、こんどはおれが動かないと――。

そのとき、キーストンが話しかけてきた。「えっ、何？」〈首つり通り〉に入り、風は弱まっていた。氷の張《は》った路面のくぼみをさけて歩く。

「どうして師匠《ししょう》にあんな口がきけるのかって、訊《き》いたんだよ」と、キーストン。

「あんな、って？」おれがネバリーを名前で呼《よ》ぶのが気に食わないのは知っているが、この件《けん》はけりがついたはずだ。

「師匠の読書のじゃまをして怒《おこ》られても平気だし、口答えまでしてただろ。ちがうよ、ネバリー、なんて、なれなれしい調子で」キーストンは、ごくりとつばをのみこんだ。「おれがそんな口をきいたら、骨《ほね》がきしむまでなぐられる」

おれは肩《かた》をすくめた。「ネバリーはなぐったりしないよ」

「なぜ、そういいきれるんだ?」キーストンは本気で知りたがってるらしい。「ネバリー魔術師《まじゅつし》はみんなから恐《おそ》れられてるんだぞ。仲間の魔術師たちからもだ。なにせ……」ここでキーストンは声をひそめた。「金目当ての用心棒《ようじんぼう》をやとってるし、自分の屋敷《やしき》を吹《ふ》きとばして追放されたわけだし、何よりおっかないじゃないか」と、ぶるっと身ぶるいする。

「ネバリーはなぐらないよ」おれはまた肩をすくめた。「おれのことも、おまえのことも、なぐったりしないって」

キーストンが信じられないといわんばかりに首をふる。

「ベネットも悪い人じゃないよ」と、おれはつけくわえた。

おれたちの少し先を歩いていたベネットが、軽くふり返ってフンと鼻を鳴らす。

おれたちが襲われたのは、その直後だった。

昨晩《さくばん》、魔力のレベルを測《はか》る測定器《そくていき》が完成し、さっそくためしに測定してみた。結果は、ほぼ予想どおりだった。ウェルメトの魔力は下げどまっていた。もっとも数値《すうち》はかなり低いままだ。危《き》険《けん》を感じるレベルだ。

ミクヌーの論文《ろんぶん》を再読《さいどく》した。この魔力の数値の低さは、極端《きょくたん》な低温と関係している可能性《かのうせい》があるようだ。ウェルメトの地下にある魔力《まりょく》の集合点が氷結《ひょうけつ》したのか。もしそうならば、春の雪どけの季節になれば、ふたたび魔力は流れだすはずだ。

しかし、アリオンバールの例を無視《むし》するわけにはいかない。

春の雪どけまで魔力の使用をひかえるよう、魔術師《まじゅつし》たちに提案《ていあん》するのも一案だ。

〈まちがってるよ、ネバリー。コンより〉

28

〈闇市《やみいち》広場〉に抜《ぬ》ける脇道《わきみち》に入ったとたん、がっしりとした四人の男に行く手をはばまれた。〈日暮《ひぐれ》の君《きみ》〉の手下だ！　そろって図体《ずうたい》がでかく、目つきが悪く、こん棒《ぼう》やナイフを持っている。

しまった、油断《ゆだん》した。おれはいまだに〈日暮の君〉のおたずね者だし、宝石《ほうせき》の魔導石《まどうせき》を手に入れたせいで、よけいにねらわれやすくなったのに。きっと〈たそがれ街《がい》〉にいる〈日暮の君〉の手下が、こぞっておれを捜《さが》していたんだ！

先頭のベネットが立ちどまり、背後《はいご》にいるおれたちに小声で「逃《に》げろ」といった。

無理だ。肩《かた》ごしにふり返ったとたん、ぎょっとした。さらに二人が、脇道の出口をふさいでいる。袋《ふくろ》のネズミだ。「後ろにも、二人いる」

ベネットが舌打《したう》ちし、ベルトからこん棒を引きぬいた。

六人の手下が同時に襲《おそ》ってきた。ベネットが前に出て、敵《てき》のこん棒をよけながらひとりのあごをなぐった。別の手下がキーストンを雪の積もった地面につきとばし、残り四人がおれに飛びかかってくる。おれは手下たちをけって咬《か》みつき、もがいて必死にあばれたが、敵のほうが強かった。「ベネット！」脇道《わきみち》から引きずりだされそうになって絶叫《ぜっきょう》したら、口をおさえられた。手に咬《か》みついてやったが、相手は悪態《あくたい》をつき、おれのこめかみをなぐりつけた。

ベネットが大声をあげながら二人の手下をおしのけ、おれをつかまえていた敵《てき》の顔をなぐってくれた。おかげで手をふりほどけたが、別のやつにまた腕《うで》をつかまれた。

キーストンは口をあんぐりとあけ、目を丸くして、地面にすわりこんでいる。おれは敵の鼻をひじでこづき、キーストンにさけんだ。「何か魔術《まじゅつ》を使え！」キーストンがローブのなかから魔《ま》導石《どうせき》を引っぱりだし、震《ふる》える手でにぎる。おれはまたさけんだ。「早く！」

「お、おれ……呪文《じゅもん》を……思い出せない」キーストンは泣きそうな声でいい、手下のひとりが向かってくると悲鳴《ひめい》をあげて逃げだし、雪の吹《ふ》きだまりへとつっこんだ。

ベネットが、おれの腕をつかんでいた敵の手をこん棒《ぼう》でなぐりつける。おれは身をよじってそいつから離れ、ポケットのなかの魔導石を探った。「ベネット、目を隠して！」ベネットが腕で目をおおうのを確かめてから、大声で呪文を唱えた。「ロスファラス！」

ポケットから魔導石をとりだした瞬間《しゅんかん》、魔力《まりょく》が一気に噴《ふ》きだした。まばゆい白の閃光《せんこう》が波のように脇道に広がり、手下たちをたじろがせた。おれは光を消して、魔導石をポケットにつっこむと、荒《あら》い息でいった。「よし、成功」手下たちが目をぱちぱちさせている間に、ベネットがひとりの頭をたたきのめし、もうひとりに組みついた。

さっきひじでこづいてやった手下が鼻血をぬぐいながらおれをおしのけると、ナイフをベルトから引きぬき、ベネットの腕に切りつけた。ベネットは痛《いた》みにうめき、おれといっしょに脇道の出口へとあとずさりした。ベネットがなぐりつけた三人のうち、ひとりはうめいて地面にたおれたままだったが、二人は立ちあがろうとしている。雪の積もった地面に血が飛びちっていた。

「二人ともつかまえろ」手下のひとりが顔の血をぬぐいながら怒《いか》りくるった声でいい、連中はふたたび襲《おそ》いかかってきた。

ベネットがこん棒をふりまわし、ズン、ガツンという音が響《ひび》いた。棒を持っていないほうのこぶしも、金づちで釘《くぎ》を打つみたいに、敵をつぎつぎとたたきつぶしていく。ひとりが盛大《せいだい》に鼻血を噴きだしながらおれの横でつんのめり、もうひとりもうめきながら地面にたおれたが、敵の攻《こう》撃《げき》はいっこうにやまない。

おれが知ってる呪文は、あとひとつだけ。できれば使いたくないが、しかたない。ベネットの背後《はいご》に走りこみ、変身の術《じゅつ》の呪文を唱えながら魔導石をにぎりしめた。「タンブリルタンブリルウラルタンベ……」敵が飛びかかってきたのでよけたら、雪で足がすべったが、呪文は唱えつづけた。

こん棒が一本、ベネットのほうへひゅっと飛んできた。ベネットにはあたらなかったが、おれは胸《むね》を直撃《ちょくげき》され、息がつまってひざをついてしまった。それでもなんとか呪文を唱えつづけ、心のなかで魔力に呼《よ》びかけた。ベネットはクマがきらいだから、クマに変えるのはやめてくれよ。ううん、たのむから、ベネットもキーストンもそのままで、敵だけを変えてくれ！

「リロタ―コリロタ―ケナン!」最後までひと息でいい終えた。

バチバチッと青い火花が飛んで、魔力が一気にはじける。おれはレンガの壁《かべ》にたたきつけられ、凍《こお》った石畳《いしだたみ》にころがった。魔力《まりょく》が敵《てき》に襲《おそ》いかかり、敵のまわりの空気がピシッと鋭《するど》い音を立てて割《わ》れた。にぶい轟音《ごうおん》とともに、あたりの空間がちぢんだ感じがする。青い火花が激しく渦《うず》を巻《ま》き、四本のこん棒《ぼう》と一本のナイフが音を立てて地面に落ちる――。

手下たちが立っていた場所には、うろこだらけで毛のない尾《お》を持つ三匹《びき》のネズミと、一羽のオンドリと、一匹《ぴき》の黒へビと、長い尾のある毛むくじゃらの小人がひとりいた。小人は震《ふる》えながら、ぼうぜんとあたりを見まわしている。ネズミの一匹が牙《きば》をむきだしベネットの足に飛びついたが、けとばされ、キーキーと鳴きながら脇道《わきみち》を走りでていった。仲間たちもあとを追った。

ベネットは変身せず、壁《かべ》に寄りかかっていた。片手《かたて》であばら骨《ぼね》をおさえ、もう片方の腕《うで》はだらんとたらしていた。その指先から白い雪へ、赤い血がぽとぽとたれている。キーストンは両手で魔導石《まどうせき》をにぎりしめてつったったまま、地面をずずっとすべっていく黒ヘビをながめていた。

おれはあばら骨に痛《いた》みを感じながら、やっとのことで立ちあがった。「ごめんよ。ほかに呪文《じゅもん》を知らなくて」

「いや、いい」ベネットは、ネズミたちが去っていったほうへあごをしゃくった。「それより、連中はもっと来る」

まずは、〈たそがれ街《がい》〉から逃《に》げだすのが先だ。ベネットはしかめ面《つら》で刺された腕をちらっとながめ、傷口《きずぐち》をおさえて血を止めると、低い声でいった。「行くぞ」

風に背中《せなか》をおされながら丘《おか》を下り、〈闇夜橋《やみよばし》〉からトンネルへと階段《かいだん》を下りた。歩くたびにあばら骨が痛むので、そろそろと歩いた。敵になぐられた顔もずきずきする。ようやく最初の門にたどりつき、魔導石をとりだして呪文を唱えると、門は閃光《せんこう》とともに勢《いきお》いよくあいた。壁にはね返ってしまる前に、ベネットがすきまに足をつっこんでとめた。

おれが〈やすらぎ邸《てい》〉までの門をつぎつぎにすさまじい勢いであけるたびに、キーストンはぎょうてんして目を丸くした。〈やすらぎ邸〉の門のなかに入ると、おれはキーストンにたのんだ。「先にネバリーのところへ行って、おれたちのことを伝えてくれ」

キーストンはためらうことなく駆けだした。

地面に上がる階段の下で、ベネットの足がとまった。顔が青ざめ、指と指の間から血がしみだしている。

しばらくするとベネットがだいじょうぶだとうなずいたので、いっしょにまた階段をのぼった。

魔力の減少《げんしょう》についての調査《ちょうさ》の結果を書斎《しょさい》でまとめていたら、階下のドアが勢いよくあく音がして、秘書《ひしょ》が階段を駆けのぼり、目をむいて息を切らしながら飛びこんできた。〈たそがれ街〉で襲《おそ》われたという。

少ししてベネットと小僧《こぞう》も階段《かいだん》を上がってきた。小僧は問題なさそうだが、ベネットは腕を負《ふ》傷《しょう》して血を流し、小僧の肩《かた》を借りている。

ベネットの腕の切り傷《きず》を消毒して包帯を巻《ま》き、卵《たまご》ほどにふくれあがったこめかみのこぶも見てやろうとしたが、ベネットはわしの手をふりはらい、小僧を指さした。

「こん棒《ぼう》でやられました。あばら骨《ぼね》を」

小僧はだいじょうぶだといったが、セーターとシャツを脱《ぬ》がせてみたところ、たしかに皿くらいの大きさのひどいあざができていた。だがあばら骨は折れておらず、ひびも入っていない。小僧がセーターとシャツを着ている間に湯をわかし、痛《いた》み止めのハーブティーをいれて飲ませた。

ちなみに秘書《ひしょ》は、かすり傷《きず》ひとつ負っていなかった。

29

翌日《よくじつ》——。

「あのさ、ベネット」

「じっとしてろ」

おれは台所のまん中でイスに腰《こし》かけ、ベネットに髪《かみ》を切ってもらっていた。キーストンは、ネバリーから読むようにいわれた書類の山をテーブルに積みあげて、とりくんでいる。

「きのうのあれってさ、なんだったのかな?」おれとしてはわかってるつもりだったが、ベネットも同じことを考えているかどうか知りたかった。

「〈日暮《ひぐれ》の君《きみ》〉の手下に襲《おそ》われ、おまえの魔術《まじゅつ》で全員逃《に》げた」と、ベネット。

うん、まあ、たしかに。おれはうなずいた。

「じっとしてろ」ベネットがうなるようにいい、しばらくはさみを動かした。

「あんまり短くしないでくれよ」チョキン、チョキン、チョキン。「あのさ、ベネット、連中はおれをつかまえたがってたんじゃないかと思うんだけど」

「ふうん」

「どうかな？　そう思う？」

「まあな」

テーブルにいたキーストンが書類から顔を上げた。「コン、おれもそうじゃないかと……」

ベネットがうなり声をあげてさえぎった。キーストンがいっしょに戦わなかったことに腹を立てているらしい。

ベネットににらまれ、キーストンはびくっとした。「れ、連中のうち、二人はあんたに襲《おそ》いかかって、四人はコンをつかまえようとしたんだ。おれになんて、だれも見むきもしなかったから……」

おれはうなずいた。おれの記憶《きおく》でもそうだった。

そのとき、はっとした。そうだ、キーストンは何もかも、師匠《ししょう》のペティボックスに報告《ほうこく》するんだっけ。あーあ！　キーストンのことを前ほどきらいじゃなくなってきたのに。キーストンのそばではしゃべることに注意しないと。

〈日暮《ひぐれ》の君《きみ》〉の手下は、やっぱりおれを捜《さが》してたようだ。キーストンでさえ、そういっている。もっともネバリーは信じないだろうが。とにかく、わかったことが二つある。ひとつは、ペティボックスがおれの魔導石《まどうせき》について〈日暮の君〉に話したこと。もうひとつは、〈日暮の君〉が何をする気かは知らないが、おれがじゃまになると思い、できれば消えてほしいと思っていることだ。

やつらが何をたくらんでいるのか、つきとめないと。それと、〈日暮の君〉の手下がおれを捜しているから、〈やすらぎ邸《てい》〉を出るときは、とにかく気をつけないと――。

「そろってないよ」と、キーストン。

おれとベネットが、は？　という目で見ると、キーストンはおれを指さした。「髪《かみ》だよ。左のほうが右より長い」

ベネットがまたうなり、キーストンがびくっとして書類へ視線《しせん》をもどす。

結局ベネットは、おれの左側の髪をもう少し切った。


同じ日、おれはネバリーの書斎《しょさい》のテーブルに本をたくさん積みあげて、つぎつぎに読んだ。ネバリーから消えた町の論文《ろんぶん》を読め、といわれていたが、それどころじゃない。呪文《じゅもん》の正体についてほかの魔術師《まじゅつし》が何か書いていないか、確かめたかった。

キーストンはテーブルの反対側にすわって、またネバリーの覚え書きを整理していた。ネバリー本人は調査《ちょうさ》結果の報告《ほうこく》の準備《じゅんび》で魔術《まじゅつ》堂《どう》に行っている。何を報告するのかまでは知らないけど。外《こ》は凍《こ》え死にしそうなくらい寒い。背《せ》の高い窓《まど》には氷の結晶《けっしょう》が張りつき、強風が屋敷《やしき》のまわりでうなりをあげている。キーストンがそばにいても、心のなかがなぜかすかすかし、さびしくてたまらない。町の魔力《まりょく》はもうほとんど消えてしまった。魔力のあたたかさみたいなものが、これっぽっちも感じられないのだ。震《ふる》えが止まらず、体をくるむ毛布《もうふ》をふやした。

ベネットが階段《かいだん》をのぼってくる足音がしたので顔を上げたら、ベネットのあとからローアンが入ってきた。

「やあ、ローアン」

キーストンは、はじかれたように立ちあがった。「ローアン様！」

「こんにちは、キーストン、コン」ローアンはコートとローブを脱《ぬ》いでマフラーをはずし、手をあたためようと暖炉《だんろ》へ近づいた。「衛兵《えいへい》に船を出してもらったの。川は凍《こお》りかけてるわ。あとどのくらい寒くなるのかしらね」

天気の話をしにきたわけじゃないはずだ。おれは本をとじて毛布をとり、そうっと立ちあがった。なぐられたあばら骨《ぼね》がまだ痛《いた》いし、顔にはあざができている。ローアンがまゆをつりあげた。

「何があったか、話してくれるわよね」

「おれの屋根裏《やねうら》部屋、見たくない？」

「まあ、ぜひ」ローアンが明るくいう。キーストンもついてくる気で立ちあがりかけたが、ローアンがこういってくれた。「キーストン、お仕事のじゃまをしてごめんなさいね。どうか続けていて。すぐにもどるから」

ローアンといっしょに書斎《しょさい》を出て、階段をのぼって四階へ行き、さらにはしごをのぼって屋根裏に上がった。

「へーえ、ここがあなたの部屋？」

おれはうなずき、ローアンに毛布をわたして自分も毛布にくるまり、壁《かべ》にもたれて床《ゆか》にすわりこんだ。ローアンもとなりに腰《こし》を下ろした。

「で、何があったの？」と、ローアン。

「〈たそがれ街《がい》〉でベネットといたら、襲《おそ》われたんだ。なんとか逃《に》げきったけど」

「そうだったの」

お互い、しばらくだまっていた。

「コン、この町で何が起きてるの？」

おれは肩《かた》をすくめてだまっていた。

「何かが起きてるわよね」と、ローアンがつぶやく。

「何かって？」

ローアンは斜《なな》めにかたむいた天井《てんじょう》を見あげた。「母がね、あのいけすかない魔術師《まじゅつし》と毎日何かひそひそやってるの」

それは聞きずてならない。「どんな話をしてるか、わかる？」

ローアンは目をきらりと光らせておれを見た。「ちょっと、コンウェア、このわたしが自分の母親のいうことを盗《ぬす》み聞きしてるとでも思ってるの!?」

うん、まあ。おれはうなずいた。

「あらそう」ローアンは毛布《もうふ》を肩まで引きあげた。「ここ、寒いわね。凍《こお》りつきそう」

そこまで寒くないって。ベネットが窓を修理《しゅうり》してくれて、前よりましになっているんだから。

おれはローアンが話を続けるのを待った。

「ペティボックスは母を見張《みは》ってるんだと思う。母が何をする気か探《さぐ》るつもりなのよ。でなきゃ、母が何もできないようにするために。母だってばかじゃないわ。何かが起きてることくらい、わかってる」

おれはうなずいた。

「で、なんなの?」ローアンはいらいらした調子でいった。「何が起きてるの? わたしはくわしいことは知らないけど、あなた、その件《けん》に深くかかわってるんでしょ。目のあざも、そのことと関係があるんじゃないの?」

おれは深呼吸《しんこきゅう》し、少し考えた。ローアンの母親の女公爵《おんなこうしゃく》が、ペティボックスや〈日暮《ひぐれ》の君《きみ》〉と組んでいないとはいいきれない。でも、ローアンは信用できる。「あのさ、ローアン、魔力《まりょく》ってなんだと思う?」ローアンは魔術師《まじゅつし》養成クラスで勉強しているんだから、考えたことがあるはずだ。

「そうねえ……」ローアンは、おれを見て目をそらした。「魔力は危険《きけん》なものだって昔からずっといわれてきた。わたしが魔術の勉強をしてるのは、町の平和を保つために、魔力をどう制御《せいぎょ》したらいいか知りたいからよ」身ぶるいし、毛布をさらにきつく体に巻《ま》きつける。「魔力の集合点に関するミクヌーとキャロンの論文《ろんぶん》も、もちろん読んだわ。魔力というのは、ミクヌーやキャロンのいうとおり、一カ所に集中した自然の力だと思う」

「ちがう。そうじゃない。魔力は生きてるんだ。ウェルメトの魔力は……魔力は……」おれは首を横にふった。「いま、死にかけてるんだ」

ローアンは目を見ひらいて、おれを見つめた。

おれは早口で続けた。「〈魔力〉は助けを求めて、おれを選んだ。おれに木の葉の宝石《ほうせき》を見つけさせたのもそのためだ」ポケットから宝石の魔導石《まどうせき》をとりだした。ほこりだらけの薄暗《うすぐら》い部屋で、魔導石が春の緑の光を放つ。「だからおれは、助けなくちゃいけないんだ」

「助ける？　あなたのいう生きてる魔力を？」ローアンはそういうと、まさかと首をふった。

「うん、救うんだ」

ローアンはおれから少し体を離し、まゆをひそめ、まじまじと見つめてきた。

信じてもらえないとは思うが、どうせだから、すべて話してしまおう。「ネバリーは魔力が自然にへってるだけだっていうけど、おれは〈日暮の君〉が魔力に何かしてるんだと思う。実はおれ、ペティボックスを〈夕暮屋敷《ゆうぐれやしき》〉と〈たそがれ街《がい》〉で見かけてるんだ。ペティボックスは〈日暮の君〉に手を借してる。やつらが何をしていて、どうしたらとめられるか、考えなくちゃいけないんだ」

「へーえ、そうなの。ふーん」

ちぇっ！　ローアンに、ばかじゃないの、といわれたみたいでしゃくにさわる。そのましばらくお互いだまったまま、すわっていた。部屋はいちだんと冷えてきて、吐《は》く息が白い。霜《しも》におおわれた窓《まど》の外では、空が暗くなりつつある。

ようやくローアンが口をひらいた。「ペティボックスは、母にあなたのことを訊《き》いてたわ」

あっそ。たぶん女公爵《おんなこうしゃく》は、公爵家の首飾《くびかざ》りからいちばん大きい宝石《ほうせき》を盗《ぬす》んだ泥棒《どろぼう》だ、とでも答えたんだろう。

ローアンがくちびるをゆがめ、皮肉まじりの笑みを浮かべた。「母はあなたに、公爵家のお抱《かか》え魔術師《まじゅつし》になってくれってたのんだんですってね」

うん……本心からじゃないと思うけど。おれは肩《かた》をすくめた。

「いい？　コンウェア」ローアンはいらついていた。「うちの母が……魔術が大きらいなあの母が、よりによってあなたに」と、おれを指さす。「まだ子どもで、泥棒《どろぼう》あがりで、宿敵《しゅくてき》の弟子のあなたに、自分の魔術師になってくれってたのんだのよ。さっきもいったように、母はばかじゃない。何かが起きていて、それにあなたが関係してるとわかっているのよ」

そうかなあ。ま、どうでもいいけど。「魔力《まりょく》が生きてる、ってことは信じてくれる？」

ローアンは、さあ、と首をふった。「どうかしら。でも、あなたらしいわ。すごく独特《どくとく》な発想よね。ちょっと考えさせて」

もちろんかまわない。

「で、あなた、これからどうするつもり？」

とくに決めていないが、何かが起きるのをじっと待っているわけにはいかない。ネバリーがもどってきたら、いっしょに町に行って、何が起きているのかつきとめるべきだ、と説得しよう。

今夜の報告《ほうこく》の準備《じゅんび》に追われている。覚え書きを整理し、前例を並べ、図表を書いてはみたが、結論《けつろん》にはまだ迷《まよ》いがある。魔力のレベルは、あいかわらず極端《きょくたん》に低いままだ。

魔力のレベルと比例《ひれい》するように気温も下がりつづけ、天候も悪化の一途《いっと》をたどっている。こんな寒さは初めてだ。川はほぼ全面凍《こお》りついてしまった。

しかし寒さは、魔力のレベルが低下している説明にはならない。この魔力の減少《げんしょう》が自然現象《げんしょう》なのかどうか、確信《かくしん》が持てなくなってきた。

〈魔力を救《すく》わなくちゃ。コンより〉

30

窓《まど》ガラスをはめてもらったのに、屋根裏《やねうら》部屋は凍《こご》えるように寒い。煙突《えんとつ》から冷風が吹《ふ》きこんで、部屋のなかで渦《うず》を巻《ま》く。ありったけの服を着こんで毛布《もうふ》にくるまっていても、どうにも寒くてたまらない。おまけに、心のなかがなんだかすかすかして眠《ねむ》れない。とうとうがまんできなくなり、あたたかい暖炉《だんろ》の前で眠《ねむ》ろうと、毛布を抱《かか》えて書斎《しょさい》に下りた。

真夜中に、ネバリーに軽くけとばされて目が覚めた。弟子になった初日と同じだ——あのときは、まだ正式な弟子じゃなかったけど。ずいぶん昔のことのような気がする。

ネバリーが帽子《ぼうし》とローブを脱いでイスに投げ、おれの体をよけるようにして暖炉にシャベル一《いっ》杯《ぱい》の石炭を放りこむ。石炭がパンとはじけて燃《も》えだした。

おれはあくびをし、毛布を体に巻いたまま起きあがって、暖炉脇《わき》の壁《かべ》にもたれかかった。ネバリーは魔術堂《まじゅつどう》での会議からもどったばかりらしい。顔つきからすると、うまくいかなかったようだ。「魔術師《まじゅつし》たちに、なんて説明したの？」

ネバリーはイスに近づき、帽子とローブを乱暴《らんぼう》にどけてすわった。「小僧《こぞう》、おまえが、そのようなことを訊《き》くとはな。会議の中身をわたしから訊きだして、いったいだれに教えるつもりだ？」

えっ？　おれは目をぱちぱちさせた。「べつに、だれにもいう気はないけど」体に巻きつけていた毛布をほどき、ぎくしゃくと立ちあがった。

「小僧、おまえがあれほどさかんに、ペティボックスが〈日暮《ひぐれ》の君《きみ》〉の手先だなどといっていた理由が、ようやくわかった」

「ほんとうのことだからじゃないか」

ネバリーはまゆをひそめ、けわしい顔をしている。どうやら怒《おこ》っているらしい。「先ほどの会議で、ペティボックスからおもしろいことを聞いたぞ」

まさか――。胸《むね》に恐怖《きょうふ》がじわじわとこみあげてきた。ネバリーが続けた。

「ペティボックスは〈たそがれ街《がい》〉に通っていることをみとめた。しかしそれは女公爵《おんなこうしゃく》にいわれて、〈日暮の君〉のようすを探《さぐ》りにいっていたにすぎん。そんなことより、ペティボックスから別の話を聞いたぞ」

長い沈黙《ちんもく》が流れた。暖炉では小さな炎《ほのお》が石炭の山をなめるようにしてちろちろと燃え、外では風がうなり声をあげている。

とうとうネバリーが口をひらいた。「おまえの名前……本名だ」

おれはうなずいた。おれの本名はコンウェア。黒い羽とあざやかな黄色の目を持つ鳥の名前だ。

「下の名前はクロウだそうだな」

胸《むね》から手足へ寒気《さむけ》が広がり、体がたがたと震《ふる》えはじめた。「ネ、ネバリー……」声まで震えている。

ネバリーはおれをにらみつけて立ちあがった。「ペティボックスによると、〈日暮《ひぐれ》の君《きみ》〉クロウは、だいぶ前に甥《おい》のおまえを後継者《こうけいしゃ》に選んだそうだな。かつておまえはクロウの屋敷《やしき》に住んでいた。スパイと泥棒《どろぼう》の方法をおまえにたたきこんだのもクロウだと聞いた。どうだ、そうではないといえるか？」

おれはうなだれた。そのとおりなので、否定《ひてい》できない。

ネバリーはおれをにらんだまま、ドアを指さした。「出ていけ。おまえなんぞ、もはや弟子ではない！」

「ううん、弟子だ！」こぶしをにぎりしめていい返した。

「失《う》せろ！」ネバリーがどなる。

おれは部屋を飛びだし、ドアをバタンとしめた。

暗い階段《かいだん》を下りる途中でひざが震えていることに気づき、階段にすわって両手に顔をうずめた。

おれと〈日暮の君〉の血のつながりを、とうとうネバリーに知られてしまった。この事実を持ちだすだけで、ペティボックスはおれがうそつきでスパイだと、ネバリーをいいくるめることができただろう。クロウの屋敷にいた時期はあまり長くないのだが、そんなことといってもたぶん信じてもらえない。ウェルメトの危機《きき》のことも、もうおれが何をいおうと、ネバリーと魔術師《まじゅつし》たちは魔力《まりょく》の状態《じょうたい》を調べ、数値《すうち》が上がるのをひたすら待ちつづけるだけだろう。でも、数値は上がらない。事態《じたい》はきっと、すぐにもっと悪くなる――。

足音がしたので顔を上げた。いつのまにかほおが涙《なみだ》でぬれていたので、あわててぬぐった。

ベネットがお盆《ぼん》とろうそくを持って上がってきたところだった。「どうした？」

おれはベネットが通れるように階段の端《はし》に寄《よ》ったが、ベネットは二段下で立ちどまった。

なんていったらいいんだ？　ベネットのことは心から信頼《しんらい》しているけど、やっぱりネバリーの召使《めしつか》いだし……。

「あのさ、おれ……しばらく出かけてくるよ」ネバリーには何をいっても信じてもらえない以上、〈日暮の君〉とペティボックスのたくらみの証拠《しょうこ》を見つけるしかない。〈日暮の君〉の屋敷にしのびこんでみよう。クロウとペティボックスは、あの屋敷で何かやっているんだから、探れば、きっと証拠が手に入る。

「出かける？　町にか？」

おれはうなずいた。

ベネットがおれをにらみつける。「ばかなまねはするなよ」

「気をつけるよ」

ベネットはやれやれと首をふり、階段をのぼっていった。

魔導石《まどうせき》でトンネルの門をあけたら、魔力《まりょく》の光は錠《じょう》まで弧《こ》を描《えが》き、パチパチと音を立てた。門はきしみながらあいたが、火花は散らなかった。勢《いきお》いあまって門がしまることもない。

暗いトンネルのなかで、魔導石をしげしげとながめた。ふだんよりも輝《かがや》きがにぶい気がする。魔力のレベルがそうとう下がっているにちがいない。いつもよりも寒い、すかすかの夜。ウェルメトが死んでしまうまで、残された時間はあとわずかだ。

〈たそがれ街《がい》〉の通りは暗く、人影《ひとかげ》はなかった。凍《い》てつく風がかん高いうなり声をあげ、人気《ひとけ》のない急な坂道の雪を吹《ふ》きとばし、川沿《かわぞ》いの工場は静まり返っている。〈夕暮屋敷《ゆうぐれやしき》〉へと続く曲がりくねったせまい裏道《うらみち》をしのび足でたどりながら、目も耳もとぎすましたが、変わったことはとくになかった。風の音しかしない。

ようやく、〈夕暮屋敷〉のすぐ近くまで来た。屋敷のそばに、ゴミだらけでつるつるに凍《こお》った行きどまりの脇道《わきみち》があった。冷気の痛《いた》みを感じつつ、素手《すで》でその行きどまりのよごれた雪だまりに穴《あな》をほり、コートのポケットから魔導石をとりだして穴に入れる。

だれもいないのを確かめて、魔導石に片手《かたて》を置き、変身の術《じゅつ》の呪文《じゅもん》をささやいた。

魔導石から魔力がしみだし、おれの手へじわっとしみこみ――ポンと音がして――目の前がまっ暗になり――。

目をあけたら、脇道がぐんと大きくなっていた。震《ふる》えながら四本足で立ちあがった。凍《こお》った石畳《だたみ》の道が足先に冷たい。風で体の毛がくしゃくしゃになる。魔導石は？　魔術の熱でとけた雪の水たまりのなかにあった。みるみる凍っていく水たまりを足で軽くたたいてから、黒猫《くろねこ》になったおれは脇道を出て、〈日暮《ひぐれ》の君《きみ》〉の屋敷へと向かった。

わしを裏切《うらぎ》り、〈日暮〉のスパイをしていたことについて問いつめたところ、小僧《こぞう》はとっとと逃《に》げだした。思ったとおりだ。とうとうばれたと〈日暮〉に報告《ほうこく》しにいったにちがいない。そもそも弟子などいらなかった。最初からやつのほんとうの姿《すがた》を——泥棒《どろぼう》で、うそつきで、スパイという本性《ほんしょう》を——肝《きも》に銘《めい》じておくべきだったのだ。忘れていたとは、なんたる不覚《ふかく》。いまいましい小僧め!

31

闇《やみ》にまぎれて脇道《わきみち》を駆けぬけ、〈夕暮屋敷《ゆうぐれやしき》〉にたどりついた。

真夜中なのに、格子《こうし》のはまった窓《まど》にはこうこうと明かりが灯《とも》っていた。まわりの空気はすきとおった針《はり》のかたまりみたいにちくちくし、低い音を立てながら脈打っている。体の毛が逆立《さかだ》った。屋敷のなかで、まちがいなく何かが起きている。

そっと門に近づき、鉄格子の間をすりぬけ、車寄せの砂利《じゃり》の端《はし》に沿って屋敷の裏《うら》にまわったら、せまくて汚《きたな》い庭に物置がごちゃごちゃと並んでいた。屋敷の裏庭のドアが開閉《かいへい》し、凍《こお》った雪を踏《ふ》む足音に続いて、別のドアがきしむ音がする。だれかが便所にでも行ったらしい。こっそり近づいてみると、ベルトにナイフをはさんだ手下が凍った雪を踏みながら裏口へもどるところだった。ついていって、屋敷のなかにもぐりこむ。手下には気づかれずにすんだ。

あいているドアを通りぬけ、暗い廊下《ろうか》を進んだ。毛が黒くて闇に溶《と》けこめるのは便利だ。書棚《しょだな》と隠し階段《かいだん》のある例の部屋まで来た。ネバリーが〈日暮《ひぐれ》の君《きみ》〉をおとずれたときに、おれがあちこちかぎまわってペティボックスを見かけたあの部屋だ。部屋は空っぽ、書棚はあけっぱなし。

地下への暗い入口がぽっかりとあいている。

せまくて暗い階段《かいだん》のてっぺんで、いったん足をとめた。ひげがぴくぴくする。何かよくないもの、邪悪《じゃあく》なもののにおいがするようだ。本物の猫《ねこ》なら正体がわかるのかもしれないが、ニセ猫のおれには尾《お》っぽの毛が逆立ち、警戒心《けいかいしん》から耳が後ろにたおれたことしかわからなかった。危険《きけん》は感じるが、この階段を下りなければ始まらない。尾をぴくぴくさせ、階段の縁《ふち》ぎりぎりにうずくまって下をのぞいたが、暗闇しか見えなかった。ぴょんぴょんぴょんと三段下りて、またとまる。下から金属《きんぞく》と金属がぶつかる音と歯車のきしむ音が聞こえた。男たちのさけび声がし、空気がどくんと脈打つ。続いてゴウゴウという大きな音が響《ひび》いた。さらに、ドカーンと雷《かみなり》が落ちたような音。足の下で石段が小きざみに震《ふる》える。ん、なんだ？　下で何をしている？　何がなんでも下りていって、つきとめてやる！　さらに数段下りて、下の暗闇をのぞきこんだ。

と、気づいた。階段の底のほうから見つめ返す、二つの赤い点――。おれは全身の毛を逆立てて、さらに一段下りた。

下の闇のなかから、体を引きずるようにして、一匹の巨大《きょだい》なネズミがぬっとあらわれた。おれよりもでかく、尾はうろこ状《じょう》で毛がない。灰色《はいいろ》の毛はぼうぼうで、とがった牙《きば》を生やしている。頭を低くし、さかんに息を吐《は》き、赤い目をぎらつかせている。

こいつは、〈日暮の君〉の手下のひとり。〈たそがれ街《がい》〉の脇道《わきみち》でおれとベネットを襲《おそ》った、あの手下のなれのはてだ！　ひょっとして、おれの正体を知っているのか？　自分をネズミに変身させた張本人《ちょうほんにん》だとわかっているのか?

ネズミは一段《だん》、また一段とのぼり、おれのすぐ下の段まで来てうなると、牙《きば》をむきだして飛びかかってきた!

おれはとっさにあおむけになり、ネズミに向かって四本の足のかぎ爪《づめ》をつきだした。互いに切りつけ、咬《か》みつきながら、もつれあって二段落ちた。鼻をなぐりつけたが、息を吐《は》いてまた飛びかかってくる。おれはすばやく飛びのくと、尾《お》を上下にしならせ、うなりをあげてうずくまった。

ネズミがまた飛びあがり、鋭い牙でおれの脇腹《わきばら》を裂《さ》こうとする。おれはすばやく身をかわし、ネズミの尾を咬みきった。げっ、変な味! ネズミはすばやく体を回転させ、今度はかぎ爪で襲《おそ》ってきた。おれはちぎれた尾をふりすててネズミの背中《せなか》に飛びのり、かぎ爪で赤い目をひっかいて飛びおりた。ネズミはキーキーと鳴きながら首をふり、目をつぶったままあとずさった。

おれはネズミを警戒《けいかい》しつつ、ゆっくりと距離《きょり》をとった。ネズミはさかんに息を吐き、前足で目をさすりながらうずくまっている。おれは足音をしのばせてネズミの脇を通りぬけ、一段、また一段と下りていった。

最初の踊《おど》り場まで来ると、逆立《さかだ》っていた毛が落ちついた。ネズミは追いかけてこなかった。静かに角を曲がり、次の踊り場まで階段《かいだん》を下りた。金属《きんぞく》と歯車の音がどんどん大きくなり、鼓膜《こまく》が破れそうになる。階段にすわり、下をのぞきこんだ。

このまえと同じように、だだっ広くて明るい部屋と、男たちと、ぴかぴかの歯車が見えた。顔を引っこめてまばたきをし、こんどは目を細めてじっくりと観察した。

洞窟《どうくつ》のように巨大《きょだい》な作業場は、地下の岩をくりぬいて作ったものらしい。壁《かべ》と天井《てんじょう》にとりつけられた魔光《まこう》に照らされている。長いテーブルでは男たちが設計図《せっけいず》らしいものの上にかがみこみ、ほかの男たちは一本の脈打つ太いホースと格闘《かくとう》していた。壁ぎわにもテーブルが並んでいて、ガラス瓶《びん》や小瓶、銅製《どうせい》の部品類、管《くだ》、針金《はりがね》、ネジの入った箱などがぎっしりのっている。

作業場の中央には、巨大《きょだい》な歯車のついた機械がそびえていた。機械のまん中には巨大なタンクがひとつ。タンクの本体には、あちこちに管と目盛《めも》りがとりつけられている。タンクの片側《かたがわ》では一連の歯車がきしみながら噛《か》みあい、反対側には銅線《どうせん》と、ふくらんだホースと、流銀《りゅうぎん》がつまった大量のガラス管。タンクはふくらんだりへこんだりしている。

手前にある一本の長いピストンがミシミシと上下に動くと、巨大《きょだい》な歯車が回転した。男たちが大声で合図しあい、蒸気《じょうき》がもわっと上がる。猛烈《もうれつ》な風とともに何かが機械に吸《す》いこまれた。機械の横にある管の先が大きくあいて、歯車がきしみ、雷鳴《らいめい》がとどろき、魔光がぱっと消える――。

その瞬間《しゅんかん》、胸《むね》が空っぽになったみたいにすかすかし、痛《いた》みが走った。

魔光がまたたきながらふたたび灯《とも》った。数人の男がタンクの目盛りを確かめにいき、残りの男たちは設計図を見にいく。風がやみ、機械が低い音を立てる。

踊り場からあとずさって数段のぼり、暗い階段に震えながらうずくまった。連中のしていることがわかった。あの機械でウェルメトの魔力をどんどん吸いこんでいるのだ。あの機械のほうがはるかにでかいが、あれは〈やすらぎ邸《てい》〉で見つけた溶《と》けかかった機械と同じもの――そう、魔《ま》力《りょく》をとじこめる魔封装置《まふうそうち》だ！　魔力を吸《す》いつくして、どうする気だ？　町の魔力を消滅《しょうめつ》させるつもりか？

足をなめ、顔とひげをこすって考えた。これ以上、ここでなやんでいてもしかたない。必要な証拠《しょうこ》はつかんだ。あとはここから脱けだし、もとの姿《すがた》にもどって、だれかに伝えるだけだ。いまなら、まだまにあう。

さっきネズミと戦った場所を通りすぎ、階段《かいだん》を駆《か》けあがり、部屋を半分つっきったそのとき、包囲されていることに気づいた。

顔から血を流したさっきのネズミが、牙《きば》をむいて待ちかまえていた。ほかにも二匹《ひき》いる。敵《てき》は三匹、こっちは一匹。戦っても勝ち目はない。おれは足をとめずにドアへと大きく飛んだ。敵はキーキーと鳴きながら、床《ゆか》をひっかくようにして追いかけてくる。

脇目《わきめ》もふらずにひた走り、すべりながら角を曲がった。が、その先の廊下《ろうか》に面したドアはしまっていた。まずい、行きどまりだ！　三匹のネズミはいったんとまると、尾《お》をゆらしながらせまってきた。一匹が牙をむいて飛びかかり、残り二匹も咬《か》みついてくる。前足を牙で裂《さ》かれたが、身をよじってころがり、一目散《いちもくさん》にもと来たほうへ、別の廊下へと逃《に》げだした。

つかまりそうになりながら、ひたすら駆けぬけた。ようやく玄関《げんかん》ホールにたどりつき、石の床《ゆか》に足をすべらしながら玄関をめざす。

ちょうど手下がひとり入ってきたところだった。玄関がしまりかけている。突進《とっしん》してその股《また》をくぐり、ドアから寒い闇夜《やみよ》へ飛びだすと、手下は目を丸くした。背後《はいご》でドアがしまる。ようやくふりきれた。

正面階段を一気に駆けおりて、凍《こお》った地面にうずくまり、震《ふる》えながらひと息ついた。牙で裂かれた前足がひりひりする。背中《せなか》と脇腹も咬《か》まれている。

おれは足を引きずりながら、闇のなかへ歩きだした。

夜おそくまで魔力のレベルを測《はか》っていると、何度かレベルが大きくがくんと下がった。さすがにこの数値《すうち》は不安だ。数値を見るかぎり、町にはもう魔力がほとんど残っていない。

調査《ちょうさ》結果の覚え書きを確かめに書斎《しょさい》へ移動《いどう》し、朝方まで読んだ。新たな結論《けつろん》はひとつも出てこない。つかれはてたところへ、ベネットがお茶を持って上がってきた。

「コンがまだもどりませんが……」

小僧《こぞう》は二度ともどらない、と伝えたところ、理由を訊《き》かれたので、〈日暮《ひぐれ》〉のスパイなのだといってやった。

「いいえ、ネバリー様、それはちがいます」

とベネットがいうので、証拠《しょうこ》があると伝え、小僧と〈日暮の君〉は血がつながっていて、下の名が同じなのだと教えた。

ベネットは興味《きょうみ》を持ったようだったが、「そうですか」といって肩《かた》をすくめた。「だとしても、コンは〈日暮《ひぐれ》〉のスパイじゃないですよ」

「なぜそういえる？」

「スパイのはずがないんです」ベネットは書斎《しょさい》の入口に腕《うで》を組んで立ち、きっぱりといいきった。「襲《おそ》ってきたのは〈日暮〉の手下たちでした。コンは追われてたんです」

なぜクロウは、わざわざ手下に自分の身内を襲わせたりしたのだ？　さっぱりわけがわからん。

32

魔導石《まどうせき》を隠しておいた暗い脇道《わきみち》へまっすぐ引き返した。穴《あな》が凍《こお》っていたので、ほりださなければならなかった。ようやくとりだした魔導石に前足をのせ、変身の術《じゅつ》の呪文《じゅもん》を頭のなかで逆さまに唱える。

暗闇《くらやみ》のなか、魔導石がかすかに光った。ウェルメトの魔力《まりょく》はほぼすべて、〈日暮《ひぐれ》の君《きみ》〉のあの機械に吸《す》いこまれてしまったらしく、光がひどく弱い。もう一度呪文を逆さまに唱えたら、体がゆっくりと変化しはじめ、一部は人間にもどったが、一部は猫のままだ。かぎ爪《づめ》とひげがすべて失《う》せ、尾《お》っぽも消えてなくなるまで、何度も呪文を逆さまにくり返さなければならなかった。

もとの姿《すがた》にもどって顔を上げたら、すでに朝になっていた。腕《うで》が一カ所ざっくりと切れて血が出ている。ネズミにやられた傷《きず》だ。ひりひりするが、血はそれほどひどくない。ずっと四つんばいになっていたので体が痛《いた》い。立ちあがり、魔導石をコートのポケットにしまった。頭上には灰《はい》色《いろ》の雲がたれこめ、脇道を出た表の通りでは雪がちらちらと風に吹《ふ》かれて舞《ま》っている。脇道の出口からようすをうかがったが、通りにはだれもいなかった。

これからどうしよう？　いちばんいいのはネバリーのもとにもどって、〈夕暮屋敷《ゆうぐれやしき》〉の地下で魔力《まりょく》を吸《す》いとる巨大《きょだい》な魔封装置《まふうそうち》を見たことを伝え、信じてもらうことだ。でも、ネバリーは――。震《ふる》えながら息を吐《は》きだした。ネバリーはおれが大うそつきのスパイだと思いこんで激怒《げきど》している。何をいっても信じてくれないだろう。信じてくれるまで待っているひまもない。

じゃあ、ブランビーは？　でも、ブランビーに何ができる？　両手をもみあわせてなやんだあげく、魔術師《まじゅつし》たちを集めて会議をひらいて、ああでもない、こうでもないといいあうだけだ。しかもペティボックスが魔術師たちに、おれが〈日暮《ひぐれ》の君《きみ》〉のスパイだ、などといったあとだし。ちくしょう！

そのとき、ふとローアンの言葉を思い出した――「母だってばかじゃないわ。何かが起きてることくらいわかってる」。女公爵《おんなこうしゃく》なら、〈日暮の君〉の魔封装置の話を聞いてくれそうな気がする。

よし！　〈あかつき御殿《ごてん》〉へ向かおう。

全速力で〈たそがれ街《がい》〉を出て〈闇夜橋《やみよばし》〉をわたり、〈あかつき御殿〉へと坂をのぼった。ときどきとまって荒《あら》くなる息をととのえながら、走りに走った。

朝早くて薄暗《うすぐら》く、通りは空っぽだ。いや、さすがに静かすぎる。魔力のレベルがあまりにも下がりすぎ、魔術師ではない住人もさすがに何か感じるのか、不気味に思って家にこもっているらしい。

ようやく〈あかつき御殿〉に着いた。白い息を吐き、車寄せの氷を踏《ふ》みしめながら近づくと、正面玄関《げんかん》の衛兵《えいへい》二人がおれに気づいた。

ひとりは、独房《どくぼう》でおれに薬を飲ませたファーンだ。正面階段《かいだん》を下りてくる。

おれは立ちどまった。

ファーンは後ろにいるもうひとりの衛兵に、「ケルン隊長《たいちょう》に魔術師の泥棒《どろぼう》が来たと伝えろ」と声をかけると、階段を駆けおりてきて、おれをつかまえようとした。

そうか、今回は女公爵にまねかれたわけじゃなかった。二度ともどってくるな、もどってきたらまた独房にとじこめる、とケルン隊長に警告《けいこく》されていたんだった！　つかまったら、きっとまた鎖《くさり》でつながれ、無理やり薬を飲まされる。すんなり女公爵と話をさせてもらえるわけがない。

のびてきた手をかわしたら、ファーンはおれをつかまえそこなって、氷に足をすべらせて転倒《てんとう》し、うめきながら立ちあがった。「おい、おまえら、来い！」

正面玄関からさらに二人の衛兵が飛びだし、階段を駆けおりてくる。

おれはあとずさってさけんだ。「〈たそがれ街〉に衛兵を送るように、女公爵にいってくれよ！〈日暮の君〉がウェルメトの魔力を盗《ぬす》んでるんだ！」

ファーンがまた飛びかかってきた。ほかの衛兵たちも階段を下りてくる。もう、お手上げだ。

衛兵たちがわめきながらおれを追って正門を飛びだし、坂道を駆けおりてくる。ひとりが集《しゅう》団《だん》から離れて別の道に曲がり、先まわりしようとする。

おれは全速力で坂道を駆けおり、つぎつぎと角を曲がって脇道《わきみち》を走りぬけた。衛兵《えいへい》たちの声がまだ聞こえる。連中は大勢だし、ここは向こうのなわばりだ。

ようやく衛兵たちをふりきって、地下の石炭置場にもぐりこみ、息をととのえながら暗闇《くらやみ》にうずくまった。ずっと走っていたせいで、足ががくがくする。

やがて、衛兵たちの声は遠ざかっていった。

しばらくしてから、だれもいない脇道へとはいだした。やっぱり、〈やすらぎ邸《てい》〉にもどるしかない。もしかしたら、ネバリーが少しは話を聞いてくれるかも。

マフラーにあごをうずめ、神経《しんけい》を張りつめながら、しまった店が並ぶ通りを進み、角を曲がったそのとき――。

頭に袋《ふくろ》をかぶせられ、目の前がまっ暗になった。


仕事に集中できぬ。ベネットは、小僧《こぞう》はスパイではないといいきった。ベネットは信用できる。そう簡単にだまされる男ではない。

水晶玉《すいしょうだま》で小僧の行方を捜《さが》すことにした。きっと〈日暮《ひぐれ》の君《きみ》〉のもとにいるにちがいない。

水晶玉は魔力《まりょく》に敏感《びんかん》に反応《はんのう》する。小僧が持っている魔導石《まどうせき》とあいつ自身の魔術《まじゅつ》の才《さい》のおかげで、夜空を走る流れ星のようにくっきりと水晶玉に姿《すがた》が浮かびあがるはずだ。大きい水晶玉を絹《きぬ》の布《ぬの》でみがき、ぬるま湯を張《は》った鉢《はち》に入れ、呪文《じゅもん》を唱えた。

だが、何も映らなかった。町の魔力が足りないのだ。水晶玉は暗いままで、役に立たん。

33

ちくしょう、つかまっちまった！　でも、相手はケルン隊長《たいちょう》じゃない。ケルン隊長の部下なら、黒い袋《ふくろ》をかぶせたりしない。

もがいて逃《に》げようとしたら、二発なぐられた。袋ごとロープできつくしばられ、肩《かた》にかつぎあげられる。さけんでみたが、袋のせいで声がこもった。通りも空っぽだし、きっとだれの耳にもとどいていない。

連中が足早に進むので、頭ががくがくした。顔に袋が貼《は》りついて、何も見えない。袋はかび臭《くさ》く、かすかに腐《くさ》ったジャガイモのにおいもする。

おれをかついでいた男が、一瞬《いっしゅん》立ちどまってから階段《かいだん》をのぼりだした。ドアをあける音がする。

「代わろうか？」だれかの低い声がした。

おれをかついでいる男が答えた。「いや。たいして重くない」

「すぐにお見えになるぞ」また別の声がした。

全員立ったまま、だれかを待っているらしい。もがいたら床《ゆか》に下ろされ、立つことができたが、

両肩をきつくつかまれたままだ。

だれかが部屋に入ってきた。重たい足音。沈黙《ちんもく》。袋をかぶせられているのに、視線《しせん》が顔につきささる。

「まちがいなく、やつか？」声の主《ぬし》はすぐにわかった。このかん高い声はペティボックスだ！ひとりが答えた。「はい。例のこそ泥《どろ》です。〈日暮《ひぐれ》の君《きみ》〉がお捜《さが》しの者ですんで、顔はわかってます」

「よし。さぞ、お喜びになるだろう」ペティボックスはひと息入れて続けた。「下の物置部屋のどこかに放りこんでおけ。あとでひと目見たいとおっしゃるだろう。逃《に》がすなよ。油断《ゆだん》するな」

喜ぶって、だれが？〈日暮の君〉クロウか？あいつにだけは会いたくない！肩の手を強引《ごういん》にふりきったが、ロープでしばられてるので、ひっくり返ってしまった。男の笑う声がする。またかつがれて階段を下り、足音の響《ひび》く廊下《ろうか》を進んだ。そのあとロープと袋をはずされ、立ちあがるまもなく、暗い場所へつきとばされた。背後《はいご》でドアが勢いよくしまり、鍵《かぎ》がかけられた。

少しして落ちついてから起きあがった。ポケットから錠前破《じょうまえやぶ》りの針金《はりがね》をとりだすと、手探《てさぐ》りでドアの鍵穴《かぎあな》を探す。あった！ざらついてるのは、さびているせいか？でも鍵穴があるなら、針金であけられる。

錠《じょう》をいじろうとしたそのとき、石をこする靴《くつ》の音がした。ドアの外に見張《みは》りがいるらしい。

針金《はりがね》をポケットにもどした。まっ暗で明かりひとつない。手をつきだして進むと、壁《かべ》につきあたった。ポケットの魔導石《まどうせき》をとりだしたが、魔導石は夜明けのあわい光のように手のなかでほのかにしか光らない。これでは、照明の代わりにはならない。

三歩行けば壁にあたるような、せまい部屋だ。天井《てんじょう》は低く、窓《まど》はない。石の壁はしめっていて冷気が伝わってくる。刺《さ》すような寒さではないが、体の芯《しん》まで冷えてきて、気がめいる。

魔導石をにぎりしめ、ときどき見張りの気配をうかがいながら、何時間もせまい部屋を行ったり来たりした。何がなんでも逃《に》げださなければ。魔力《まりょく》が死にかけているんだ。もしペティボックスと〈日暮《ひぐれ》の君《きみ》〉がほんとうに手を組んでいるのなら、いつ何が起きてもおかしくない。

壁にぶつかり、ドアのほうへ向きを変えてまた三歩進んだ。外では、二人の男が低い声でしゃべっている。ちょうどドアに手がふれたとき、鍵《かぎ》がさしこまれる音がした。

ポケットの魔導石をにぎりながらあとずさり、背後《はいご》の冷たいしめった壁に背中《せなか》をつけた。ドアがきしみながら大きくあき、暗い影《かげ》が入ってくる。

カチカチッ。カチカチッ、カチッ。

影の背後で、手下がランプをかかげる。

まぶしくて、片手《かたて》で目をおおった。まばたきするうちに目が慣《な》れて、入ってきた男が見えた。

〈日暮の君〉クロウだ。

見た目は以前と変わっていなかった。とくに特徴《とくちょう》はない。背《せ》は高くも低くもなく、顔もよくも悪くもなく、若《わか》くもなければ年寄《としよ》りでもない。ぱりっとした黒い上下に、襟《えり》が毛皮のマント。油できれいになでつけた黒髪《くろかみ》。鍵穴みたいにうつろな、薄《うす》い灰色《はいいろ》の目――。

クロウは無表情《むひょうじょう》のまま、まゆひとつ動かさず、おれをじっと見つめた。マントのポケットに片手をつっこみ、金属《きんぞく》の器具をカチカチと鳴らしつづけている。

壁の冷気が背中から骨《ほね》にしみこみ、おれは身ぶるいした。

「コンウェアだな」感情《かんじょう》のこもらない声だ。

おれはうなずいた。

クロウはおれを見つめたまま、入口に立っている手下にたずねた。「錠前破《じょうまえやぶ》り用の針金は、とりあげたのか？」

「あっ、いえ、まだです」手下がもぞもぞすると、ランプの光がしめった壁の上でゆらめいた。

「捜《さが》しておけ。髪、シャツの襟、靴《くつ》、服の縫《ぬ》い目も調べろ。魔導石にはさわるなよ」

「かしこまりました」

クロウはうなずいた。不気味な沈黙《ちんもく》。また、おれに話しかけてくる。「おまえの魔導石は特別な石だそうだな。ペティボックスによると、おまえはわれわれの仕事に興味《きょうみ》を示しているとか。このわたしに見つからぬよう、さんざん逃《に》げまわっていたというのに、自分から首をつっこんでくるとは、まぬけだな」

おれはだまっていた。できるならひとこともしゃべりたくない。

「新たな才能《さいのう》がくわわったおかげで、おまえの利用価値《かち》はますます上がった」

それでもおれは、だまっていた。

「あいかわらず、がんこなやつだ」クロウはいったん言葉を切った。カチカチッと音がする。「わたしのもとにもどる気はないのだな。ならば、しかたあるまい」クロウがわずかに近づいてくる。おれは離れようとして、冷たくしめった壁《かべ》に沿《そ》って部屋のすみに動いた。「おまえを手にかけるつもりはない。このまま放っておくだけだ」カチカチッ、カチッ、カチッ、カチカチッ。「気温にもよるが、四、五日もすれば、おまえにわずらわされることはなくなるだろう。おまえの母親のときと同じようにな」おどす口調《くちょう》ではない。たんたんと事実をのべるだけ。クロウは冷血そのもの。川から吹《ふ》きつける酷寒《ごっかん》の風より冷たい。

クロウはまたおれの全身に目を走らせた。鍵穴《かぎあな》みたいにうつろな目でおれを値踏《ねぶ》みし、救う価値はないと決めたらしい。

マントをはためかせて背《せ》を向け、「まかせた」と手下にいって立ちさった。

手下がランプを入口に置いて入ってきた。もうひとりの手下がドアの外に立ちはだかる。「じっとしてろ」といって手をのばしてきたが、おれはその手をよけて魔導石《まどうせき》をとりだした。

「石だ！　気をつけろ！」ドアの外にいた手下がさけぶ。おれは襟《えり》をつかまれ、壁にたたきつけられた。魔導石を持っていた手がゆるみ、石は吹っとんで床《ゆか》をころがっていく。ひろいにいこうとしたが、首を腕《うで》でしめられた。「じっとしてろ」とすごまれて、抵抗《ていこう》するのはやめた。

壁におしつけられて身体検査《けんさ》をされ、ポケットの針金《はりがね》はすぐに見つかってしまった。おれをおさえている手下がもうひとりの手下に「ほかも捜《さが》せ」と命令し、おれの顔をのぞきこんで、臭《くさ》い息を吹きかける。その間にもうひとりがおれのシャツの襟《えり》を調べ、髪《かみ》を手ですき、靴《くつ》を脱《ぬ》がせ、とうとうズボンの縫《ぬ》い目に隠しておいた針金も見つけてしまった。

二人の手下は無言のまま、ランプをとりあげ、部屋を出て鍵をかけた。

暗闇《くらやみ》のなか、おれは手探《てさぐ》りで魔導石をひろってポケットにしまった。魔導石はすでに光を失っている。靴も手探りでどうにか見つけた。

壁に背中《せなか》をつけてすわったら、どっとつかれが出た。前回、〈あかつき御殿《ごてん》〉でつかまったときはネバリーが助けにきてくれたが、今回は来てくれそうにない。針金がなければ、ドアをあけることもできない。

壁と床《ゆか》の冷気にくわえ、恐怖《きょうふ》がじわじわと体にしみいってきた。放っておくだけだ、とクロウはいった。つまり、死ぬまでここにとじこめられるという意味だ。ただし、死ぬまでに四、五日はかかる――。

のろのろと部屋のすみに移動《いどう》し、ひざを抱《かか》えて頭をのせた。

まっ暗で物音ひとつしない。時間だけが過ぎていく。体は冷えるいっぽう。ネバリーは来てくれない。〈日暮《ひぐれ》の君《きみ》〉はおれをここに置きざりにし、いまもウェルメトの魔力《まりょく》を盗《ぬす》んでいる。なのに、なんにもできずにここで死ぬだけなんて――。体ががたがたと震《ふる》えだした。

そのとき、頭のてっぺんに何かがふれた。歯を食いしばって震えをおさえ、顔を上げたが、何も見えない。静かだ。と、やわらかくてぞっとするほど冷たいものが、ほおをかすめた。目を見ひらいて飛びあがったが、やはり何も見えない。

ポケットから魔導石《まどうせき》をとりだし、「ロスファラス」とささやいた。ぱっと灯《とも》った光はすぐに弱くなったが、それでも周囲はぼうっと照らされた。その光で、頭上を漂《ただよ》うものが見えた。石の天井《てんじょう》のすぐ下に、大量の黒い影《かげ》がうごめいている。目を凝《こ》らすと、細長い影がひとつ、絹《きぬ》のスカーフのようにひらひらとほつれ、探るようにおれのほうへ下りてきた。あわてて身をかわしたが、そいつが放つ冷気と脅威《きょうい》は、はっきりと感じられた。

こいつは〈闇喰《やみくい》ヘビ〉だ。〈闇喰ヘビ〉の群《む》れが襲《おそ》ってくる！

「ロスファラス」さっきよりも大きな声で呪文《じゅもん》を唱えた。魔導石の光が点滅《てんめつ》し、〈闇喰ヘビ〉の群れは光にひるみ、天井全体に貼《は》りついてから、ざざっと移動した。二、三匹《びき》がくねくねと壁《かべ》をはって下りてきたが、残りは天井のすみに固まっている。

魔導石をにぎりしめても光は弱くなっていく。〈闇喰ヘビ〉の群れはあわい光の輪の外でのたうち、光が消えるのをいまかいまかと待っている。光がまた薄《うす》れてきた。「ロスファラス」恐怖で震え声しか出ない。魔導石はもうかすかにしか光らない。〈闇喰ヘビ〉の群れが、どんどん、どんどん、せまってくる。

ロスファラス。ロスファラス。ロスファラス……。

測定器《そくていき》を見ると、魔力《まりょく》のレベルは極端《きょくたん》に低いまま止まっている。不吉《ふきつ》だ。何かが起こりそうな、いやな予感がする。また水晶《すいしょう》をのぞいてみたが、やはり何も映《うつ》らない。小僧《こぞう》はクロウのもとへ行ったのか？　それとも、何かたくらんでいるのか？

日が暮《く》れてから、キーストンがやってきた。凍《こご》えて震え、まっ青な顔で歯をガチガチ鳴らしている。「お、おれ、見たんです。たぶん、あいつです」キーストンは身ぶるいし、ひと息入れて続けた。「いえ、ぜったいあいつです。袋《ふくろ》をかぶせられてたけど」

「なんのことだ？」

「あ、あの、ネバリー魔術師《まじゅつし》、うちの師匠《ししょう》がおれをここによこしたのは、あなたの動きをすべて報告《ほうこく》させるためだったんです。おれはいやだったんですけど、しかたなくて。ほ、ほんとうに、すみませんでした」

「おまえもスパイだったのか？」まったく、どいつもこいつも、なんてことだ！

キーストンはきょとんとした。「おまえも、って？」

「わが弟子も〈日暮《ひぐれ》の君《きみ》〉のスパイだったのだ」

キーストンは涙《なみだ》をぬぐっていった。「コンが？　いえ、コンはスパイなんかじゃありません」

「いや、そうなのだ。いまも〈日暮《ひぐれ》〉のもとにいるはずだ」

キーストンは首を横にふった。「いいえ、ちがいます。たとえスパイだったとしても、あいつはやりたくてやったんじゃない。信じてやってください。ペティボックス師匠《ししょう》が手下にコンをつかまえさせて、自分の屋敷《やしき》の物置にとじこめました。〈日暮の君〉を呼《よ》ぶといってました。このままだと、あいつは、こ……殺されちまいます」

なんということだ！　ベネットに続き、キーストンまでコンをかばうとは！　できることなら、二人の言葉を信じたいが――。こうなったら、直接《ちょくせつ》確かめるしかあるまい。

34

ああ、もう、こんなことをしている場合じゃないのに！

「ロスファラス」また呪文《じゅもん》を唱え、立ちあがった。魔導石《まどうせき》の光はさらに弱まり、いまではおれの手をあわい緑に染《そ》めるのがやっとだ。部屋じゅうに大量の影《かげ》がうごめき、一匹《ぴき》の〈闇喰《やみくい》ヘビ〉が天井《てんじょう》からぽとっと落ちて、おれのうなじに貼《は》りついた。肌《はだ》を刺《さ》す冷たい重みに身ぶるいし、魔導石をおしつけて床《ゆか》に落とした。が、床にいた別の〈闇喰ヘビ〉が足に巻《ま》きついてくる。そいつをけとばして、ドアへ突進《とっしん》し、魔導石のほのかな明かりで錠《じょう》を照らした。さびた錠のまん中に鍵《かぎ》穴《あな》がある。

魔導石を錠におしあて、もう片方の手で〈闇喰ヘビ〉を顔からふりはらいながらさけんだ。「セサメイ！」覚えてる開門の呪文を片っぱしから唱え、「ひらけ！」とさけんでもみた。だが、どれも正しい呪文ではないらしい。これでは、魔力《まりょく》におれの願いが通じない。おれに助けてほしいと思っているなら、たのむから、おれを〈闇喰ヘビ〉とこの物置から解放してくれ！

何も起きない。魔力の気配も光も感じられない。冷たくて重い〈闇喰ヘビ〉が、頭上からさらさら

に降《ふ》ってきた。床からもくねくねと足をのぼってくる。一匹のヘビが冷たいスカーフのように首に巻きつき、しめつけてきた。おれはもがきながら錠《じょう》に魔導石《まどうせき》をおしつけ、息もたえだえに呪文を唱えた。

そのとき、魔導石の光がふっと消え、〈闇喰《やみくい》ヘビ〉がいっせいに巻《ま》きつき――。

と、急に魔力が集まってきた。魔導石から盛大《せいだい》に火花が噴《ふ》きだし、すごい勢いで鍵穴《かぎあな》に流れこむ。やった！　おれは錠のはじけとんだドアのノブをまわして体あたりし、〈闇喰ヘビ〉を引きずりながら廊下《ろうか》に飛びだした。

ドアの向こうにはネバリーがいた。突然あいたドアに吹っとばされて、尻もちをついている。床には杖《つえ》と針金《はりがね》が落ちていた。あのネバリーが、おれを助けだすために、錠を破《やぶ》ろうとしてくれてたんだ！

ネバリーのとなりには、ランプを持ったキーストンが目を丸くしてつったっていた。おれはまだ大量の〈闇喰ヘビ〉に巻《ま》きつかれたままだった。

「まったく！　なんなのだ」と、ネバリー。

「〈闇喰ヘビ〉だ！」おれはさけんだ。おれにまつわりついていたヘビどもはランプの光におびえ、物置の入口に下がっていく。

ネバリーも群《む》れに気づき、杖をつかんで立ちあがった。「光があれば、こっちには寄《よ》ってこん。小僧《こぞう》、無事か？」

「う、うん、なんとか」おれは震《ふる》える声で答え、物置のドアからあわてて離れた。一匹の〈闇喰ヘビ〉がにょろにょろと探るように廊下に出てきて、キーストンをぎょっとさせる。

「キーストン、ランプをしっかり持て！」ネバリーがどなった。

もしランプを落として光が消えたら、全員やられる。

ネバリーがおれをにらみつけた。「まったく、なかにいたのなら、なぜ呼《よ》びかけに答えん？」

えっ、呼びかけ？　ドアの向こうから？　「聞こえなかったんだよ」〈闇喰ヘビ〉のせいだ。

「ふむ。とにかく急ぐぞ」ネバリーはそういうと、杖をついてさっさと廊下を歩きだした。おれとキーストンもあとに続く。ランプの光がおれたちを包み、守ってくれている。ようやく〈闇喰ヘビ〉とおさらばだ。

階段《かいだん》をのぼり、ペティボックスの屋敷《やしき》の一階に出た。来たときは袋《ふくろ》をかぶせられていたので、ようすを目にするのは初めてだ。がらんとして暗く、足音が響《ひび》く。

ランプを持ったキーストンが先頭に立った。ネバリーがおれと並び、「さて、と」と顔をしかめてこっちを見た。

「ネバリー、おれ、クロウの一味じゃないからね」

「そのようだな、小僧」

「正面玄関《げんかん》に出ます」キーストンがふりむきながらいう。

玄関ではベネットが、ペティボックスの手下二人を見張《みは》っていた。二人とも口に何かつめられ、ロープでしばられている。ベネットはおれを見てうなずき、ネバリーにいった。「やはりここにいたのですね？」

「うむ」ネバリーはいったん立ちどまって、ローブのボタンをとめてから、「小僧《こぞう》とキーストンを〈やすらぎ邸《てい》〉に連れて帰ってくれ」とベネットにいって、玄関《げんかん》を出ようとした。

おれはその背中にさけんだ。「ネバリー、まだ帰れないよ」

ネバリーは足をとめ、おれのほうをふり返り、「ならばいっしょに来い」と、いらいらした調子でいった。「さんざんわれらをふりまわしおって。いいかげんにせい。この二日間で魔力《まりょく》のレベルがさらに急激《きゅうげき》に下がったのだ。これから魔術《まじゅつ》堂《どう》で会議だ」

おれは首を横にふった。

「小僧、まったく、なんなのだ？」とネバリー。ベネットも近づいてきた。キーストンはランプを持ってつったっている。

おれはこぶしをにぎりしめた。たぶんネバリーには信じてもらえないだろうけれど――。「〈日《ひ》暮《ぐれ》の君《きみ》〉とペティボックスが、魔力を盗《ぬす》んでるんだ。いま、こうしている間にも。あの二人をいますぐにとめないと」

「小僧、その話はもう――」

「ネバリー、いいから聞いて！」おれはせっぱつまって、ネバリーの言葉をさえぎった。「今日、〈夕暮屋敷《ゆうぐれやしき》〉に行ったんだ。正確《せいかく》にはきのうの夜だけど。そのとき、魔力を盗む機械をこの目で見たんだ」ふくらんだりへこんだりするタンクと、すさまじい雷鳴《らいめい》と、魔力が吸《す》いこまれた瞬《しゅん》間《かん》の空っぽになる気分を思い出して、寒気《さむけ》がした。「〈日暮の君〉とペティボックスは、魔力を吸《す》いこんで封《ふう》じこめる機械を作ったんだ。ウェルメトの魔力は、もうほとんど吸いこまれてる。いますぐとめないと、魔力が全部盗まれて、ウェルメトは死んじまう」

「実物を見たのか？　その機械を？」

おれはうなずいた。「うん、ばかでかい機械だった」

「〈日暮の君〉の屋敷でか？　どうやって入りこんだ？」

答えようとしたら、「いや、いい。聞かないでおく」とネバリーは早口でいい、あごひげの先を引っぱりながらおれを見つめた。

「ネバリー、おれ、ひとりでも行くからね」

「おまえひとりで行って、何ができる？　〈日暮の君〉をとめるというのか？　その機械とやらをこわすつもりか？」

おれはうなずいた。おれは魔力を守るために選ばれたんだ。何もしないで魔力を死なせるわけにはいかない。

少しの間、みんながだまりこんで、しんとなった。おれは息をつめて待った。ネバリーはまた、おれをうそつきの泥棒呼《どろぼうよ》ばわりするのか？　それとも、信じてくれる？

「ふむ。魔力を封じこめる機械か……。まあ、ありえない話ではないな」ネバリーはおれを見た。

「小僧《こぞう》、おまえは、これまでわしにうそをついたことがないといったな?」

おれはうなずいた。だまっていたことはあるが、うそは一度もついてない。

ネバリーもゆっくりとうなずいた。「よかろう。では、わしも行こう」

35

ペティボックスの屋敷《やしき》の外へ出ると、夜になっていた。地下の物置でまる一日過ごしたわけだ。

「あのさ、先に女公爵《おんなこうしゃく》に知らせて、〈夕暮《ゆうぐれ》屋敷《やしき》〉に衛兵隊《えいへいたい》を送るようにたのまないと」

階段《かいだん》を下りきったネバリーが立ちどまった。「うむ、ベネットをやろう」

「キーストンのほうがいいよ」キーストンは根《ね》はいいやつだし、ベネットにはそばにいてもらわないとこまる。

ネバリーはまゆをつりあげ、「ほう、そうか?」とキーストンのほうを見た。「では、キーストン。おまえを信じてもよいな?」

キーストンはランプを持《も》ったまま、息をのんでうなずいた。「はい、だいじょうぶです。どうか、信じて――」

ネバリーがさえぎった。「よかろう。では、〈あかつき御殿《ごてん》〉まで走っていき、何が起きているかを女公爵に伝えろ。先にわれわれが〈たそがれ街《がい》〉に向かっていること、ひとりでも多くの衛兵が必要なことも伝えるのだぞ。わかったか?」

「はい！」キーストンは雪で足をすべらせながら、全速力で駆《か》けだした。

「じゃあ、行こう」おれはそういって、ネバリーとベネットといっしょに〈闇夜橋《やみよばし》〉へと向かった。

通りは暗く、だれもいなかった。魔光《まこう》もすでに消えている。さむざむしい夜だ。町のなかもすかすかに感じられる。ポケットに手をつっこんで、魔導石《まどうせき》にふれてみた。魔導石も空っぽで死んでいる気がする。もう、この町には魔力《まりょく》がないのだ。

暗闇《くらやみ》のなか、氷を踏《ふ》みわりながら坂道を駆《か》けおり、〈闇夜橋〉にたどりついた。橋の両側には家がぎっしり立っていて、この先は道がせまくなる。

「待って」突然ベネットが、おれとネバリーの腕《うで》をつかんで引きとめた。寒さに白い息を吐《は》きながら、三人そろって足をとめた。橋の上はまっ暗で何も見えない。ほら穴のようだ。

「どうした？」ネバリーがたずねる。

ベネットは首をふった。「静かすぎます。〈日暮《ひぐれ》の君《きみ》〉の見張《みは》りがいないはずがないのに」

「ぐずぐずしてるひまはないよ」おれは小声でいった。

「おれが先に行く」ベネットがベルトからこん棒《ぼう》を引きぬき、先頭に立って暗い橋に近づいた。

静かすぎて、おれたちの足音がやけに響《ひび》く。

と、橋の奥《おく》、〈たそがれ街《がい》〉側の暗闇から、五つの影《かげ》が飛びだしてきた。〈日暮の君〉の手下どもだ。無言で、こん棒をふりまわして襲《おそ》いかかってくる。

ベネットもこん棒をふりまわしてむかえうち、敵《てき》のこぶしをよけながら、ふりむきざまに「行け！」とさけんだ。

だが行く手をふさがれて橋をわたれず、おれとネバリーはあとずさった。三人の手下がおれたちを追おうとする。だが、ベネットが投げたこん棒が宙《ちゅう》を飛び、ひとりの後頭部に命中した。そいつはドウと音を立ててたおれ、残り二人もベネットがおさえてくれた。「ここはまかせろ！逃げろ！」

おれはネバリーとともに橋の上を引き返し、〈あけぼの街〉へ駆けこんだ。ふり返ると、手下のひとりがベネットをふりきって追ってくるのが見えたので、おれたちも速度を上げた。

おれもネバリーも無言、追手《おって》も無言だった。おれとネバリーの荒《あら》い息づかい、ネバリーの杖《つえ》の音、足もとで割れる氷の音と追手の足音しかしない。

一気に角を曲がった。ネバリーがローブをひるがえして勢いよくふり返る。魔導石をとりだして「レミリマー……」と呪文《じゅもん》を唱えはじめた。

だが魔力が足りない。その間にも追手はせまってくる。おれはネバリーの袖《そで》を引っぱった。

「早く！」

ネバリーも舌打《したう》ちし、また駆けだした。おれは「こっち、こっち」と、川へ向かう道を指さした。

〈あけぼの街〉では川岸に堤防《ていぼう》が築《きず》かれていて、石段《いしだん》で木の栈橋《さんばし》へ下りられるようになっている。

おれたちは石段の上で立ちどまり、息をととのえた。

風もなく、冷えきった空気はたたいたらくだけてしまいそうなくらい、ぴんと張《は》りつめていた。川の音は聞こえない。

おれは川を指さした。「凍《こお》ってる。氷の上をわたれるよ」

「そうだな」とネバリーが背筋《せすじ》をのばしたそのとき、追手《おって》が飛びかかってきた。筋肉《きんにく》りゅうりゅうの大男で、おれをつきとばし、ネバリーにこぶしをぐいとつきだす。

ネバリーは大男と組みあったまま、石段から栈橋《さんばし》へところげおちた。おれも石段を駆けおり、大男の背中に飛びのって耳に嚙《か》みついてやった。げっ、ネズミのしっぽよりまずい！　おれがふりおとされた瞬間、ネバリーがそいつの顔を杖《つえ》の柄《え》で思いきりなぐった。「これでも食らえ！」

大男が鼻から血を噴《ふ》きだし、後ろへよろめく。

おれは急いで立ちあがった。「だいじょうぶ？」

「ああ……」ネバリーは息を切らしていた。背後《はいご》では大男が顔をおさえて首をふり、血をまきちらしている。

おれは川を見わたした。川はきれいに凍りつき、闇《やみ》に沈《しず》んでいた。左手には〈闇夜橋《やみよばし》〉がぼうっと浮《う》かび、向こう岸には明かりひとつない。

川の氷にそっと足をのせてみた。ネバリーも無言でついてくる。

いっしょに氷の上をすべって進んだ。ネバリーは杖で体を支えている。〈あけぼの街《がい》〉の堤防が遠ざかる。暗い空では星々が短剣《たんけん》のように鋭くきらめき、おれたちを照らしてくれていた。

途中で足を止めた。吐《は》く息が顔の前で白くゆれる。ふり返ったら、こっちへ向かってくる大男の影《かげ》が見えた。

「急げ」とネバリー。

そのとき、足の下の氷が小きざみにゆれた。「待って」おれは小声でいい、かがんで氷に手をあててみた。うわっ、冷たい！　指先のすぐ下に川の流れが感じられる。

ゆっくりと立ちあがったら、氷がきしんだ。ここの氷は薄《うす》く、川をうっすらとおおっているだけだ。「ここはよけていこう」と、ネバリーにささやいた。

ネバリーがうなずき、おれたちは遠まわりして、ふたたび暗い対岸をめざした。

またふり返ると、大男は、近道をすればつかまえられると思ったらしく、氷が薄い場所にさしかかってもまっすぐつき進んでくる。「あいつ、落ちるな」

そうつぶやいた瞬間《しゅんかん》、足もとの氷が割《わ》れ、大男は手足をばたつかせてわめきながら、水たまりに放りこんだ石のようにドボンと川に落ちた。おれはネバリーをちらっと見た。

ネバリーは、にこりともしなかった。「行くぞ」

自分たちもいつ氷が割れて川に落ちるかとはらはらしながら、先を急いだ。

〈たそがれ街〉の川岸は、家々も倉庫《そうこ》も暗くて静かだ。川岸にたどりつき、岩だらけの岸をよじのぼって、倉庫の横のでこぼこ道に出た。

少しの間立ちどまって息をととのえてから、また歩きだした。

「小僧《こぞう》、ちょっと待て」

「待てないよ！　まにあわないかもしれないんだ」おれは早足で歩き、ネバリーも横に並《なら》んだ。

倉庫の角を曲がり、いまにもつぶれそうな家々が立ちならぶ急な坂道をのぼりはじめた。

「小僧、そんなにあせって、何がまにあわんというのだ？」

そういわれても――。じっくり考えられなくて、うまく説明できず、いらついて首をふった。

「だから、〈日暮《ひぐれ》の君《きみ》〉が町じゅうの魔力《まりょく》を封《ふう》じこめる機械を作ったんだよ！」

「その装置の目的がほんとうに魔力を封じこめることだとしたら、〈日暮の君〉はそれを使ってウェルメトの町をのっとろうとでもいうのか？」

あっ、そうか！　魔力は工場を動かしたり魔光《まこう》を灯《とも》したりするだけのものじゃない。町のすべてをにぎる命だ。〈日暮の君〉はあの装置があればウェルメトの魔力を独占《どくせん》でき、町の住人から魔力と引きかえに大金をふんだくれるとでも計算したのか。〈たそがれ街《がい》〉だけでなく、町全体を自分のものにするつもりだ。でも、そんなことは許さない！「魔力は、とじこめておけない。とじこめたら死んじゃうんだ」おれたちが助けだしてやらないと、そのうちきっと死んでしまう。

「小僧、魔力は生きものではないぞ」

いまは、魔力の正体についてネバリーといいあらそってる場合じゃない。とにかく急がないと！

〈夕暮屋敷《ゆうぐれやしき》〉まで急な坂をのぼり、門の鉄格子《てつごうし》のすきまからのぞきこんだ。屋敷は暗くて静かだが、空気はぴんと張《は》りつめている。まるで、何かを待っているみたいに。

「ここで女公爵《おんなこうしゃく》の衛兵隊《えいへいたい》を待つぞ」ネバリーが小声でいう。

おれは首を横にふった。衛兵隊はきっと〈闇夜橋《やみよばし》〉で〈日暮の君〉の手下たちにじゃまされて、たどりつくまで時間がかかる。

「行ったとて、うまい計画があるわけではなかろう」とネバリー。

まあ、それはそうだけど。「でも、とにかく行かなきゃならないいんだ」

「そうやって考えなしに飛びこんでいくから、面倒《めんどう》なことになるのだろうが」と、ネバリーが小声で文句《もんく》をいう。

「いいから、早く！」

闇《やみ》にまぎれて、ネバリーの先に立って門を通りぬけた。〈日暮の君〉の屋敷の裏《うら》へまわり、猫《ねこ》に変身してしのびこんだ裏口を見つける。見張《みは》りはいない。

ときどき立ちどまって耳をすまし、物音がしないのを確かめながら、暗い廊下《ろうか》を通っていく。手下たちは出はらっているらしい。まさかおれたちが凍《こお》った川をわたってくるとは思っていなかったのだろう。といっても、あの機械を見張りなしで放っておくとは思えないが。

ようやく地下への出入口のある部屋にたどりついた。例の書棚《しょだな》はしまっていて、部屋は暗い。

「あの書棚の後ろに入口があるんだよ」おれはネバリーにささやき、先に立って部屋をつっきり、手をのばして板をおした。と、書棚《しょだな》がドアのように大きくあき、入口があらわれた。

おれは迷わず先に立ってせまい階段《かいだん》を下り、二つ目の踊《おど》り場から顔をつきだして、下のようすをうかがった。巨大《きょだい》な作業場は照明が落としてあった。薄暗《うすぐら》い部屋のまん中には、ぴかぴかの巨《きょ》大《だい》な機械がある。血をたっぷりと吸《す》ったヒルみたいにふくれ、タンクがいまにもはちきれそうだ。いまは歯車もピストンもとまっていて、ガラス管のなかの流銀《りゅうぎん》も固まっている。魔力《まりょく》はあのなかだ。キーンとかん高い音が、骨《ほね》に直接響《ちょくせつひび》いてくる。機械から逃《に》げだしたくて必死にもがいている、魔力の悲鳴《ひめい》だ。空気のかすかなざわめきも感じる。外にわずかに残った魔力が、タンクのそばを漂《ただよ》っているのだ。

数名の手下が作業場の暗がりを歩きまわっていた。図面でうまったテーブルのひとつでは、ペティボックスが魔導石《まどうせき》の明かりをたよりに何か書いている。

おれはポケットに手をつっこみ、自分の魔導石を確かめた。魔導石は魔術《まじゅつ》の使いようによってはこわれることもあると、ネバリーが前にいっていた。そして、そのときは魔術師もいっしょに死ぬ、と――。

深呼吸《しんこきゅう》した。おれはこのために魔力に選ばれたんだ。魔力を見殺しにして逃げだすわけにはいかない。

いまいる場所から機械までの最短距離《きょり》を目でたどった。とにかく、やるしかない。

少しずつ角から身をのりだした。

「小僧《こぞう》、何をしておる？」ネバリーのささやきが聞こえたが、おれはそのまましのび足で階段を下りだした。

そのとき、おれに気づいた手下のさけび声が響《ひび》いた。ペティボックスが顔を上げておれを見ると、勢《いきお》いよくイスをたおして立ちあがった。「おのれ！」

おれは階段の下までたどりつき、駆《か》けだした。

手下たちがせまってくる。おれは機械をめざして石の床《ゆか》を走った。たどりついたらどうするかまでは考えていない。機械にたどりつけるかどうかもわからない。

飛びかかってきたやつをかわし、袖《そで》をつかまれたがふりきった。ペティボックスがわめきながら向かってきたが、その声は地下にわんわん響いて、何をいってるのかわからない。せまってきた手下をまたよけたら、目の前にペティボックスがいた。髪《かみ》をつかまれ、持ちあげられそうになった。二人の手下が左右からおさえつけてくる。釣《つ》り針《ばり》の先のえさみたいに体をよじったが、逃《に》げられない。

ペティボックスが手を放し、こぶしでおれの顔をなぐりつけた。手下たちにおさえられていなかったら、吹っとんでいただろう。「おのれ！」ペティボックスがまたわめく。

目の前がくらくらして、頭をふった。歯が一本ぐらついて、口のなかに血があふれてくる。目の前を黒い点が飛びかかった。手下に腕《うで》をつかまれたまま、ぬっとそびえる機械を見あげた。歯車と銅線《どうせん》がうっすらと魔光《まこう》を反射《はんしゃ》している。

ペティボックスが歯をむきだし、おれのほうへ身をのりだした。「死んでもらうぞ、こそ泥《どろ》め。〈日暮《ひぐれ》の君《きみ》〉がすぐにもどられて、こんどはじきじきに手を下されるだろう」またおれをなぐろうとこぶしをふりあげる。おれは目をつぶって歯を食いしばった。

そのとき、怒声《どせい》が響《ひび》いた。「ペティボックス！」ネバリーだ！　おれはぱっと目をあけた。ネバリーが灰色《はいいろ》のローブをひるがえして階段《かいだん》を駆けおり、怒《いか》りにまかせて杖《つえ》をテーブルにたたきつけた。テーブルに散らかっていた銅《どう》の部品が床に落ちて音を立てる。

ペティボックスがびくっとし、ネバリーのほうに向きなおった。

おれの腕をつかんでいた手下たちも目を凝《こ》らしたが、手はゆるめない。

ネバリーは部屋を勢いよくつっきりながら、機械の外に漂《ただよ》う魔力《まりょく》を集め、呪文《じゅもん》を唱えはじめた。その呪文が壁《かべ》から壁へと反射《はんしゃ》して、部屋全体に響きわたる。高い天井《てんじょう》のすぐ下に水蒸気《すいじょうき》があらわれた。みるみるうちに灰色の雨雲となり、巨大《きょだい》な作業場はさらに暗くなる。

ネバリーが呪文の最後のひとことをさけんだ直後、雨雲からいっせいに雷鳴《らいめい》がとどろき、稲妻《いなずま》が光った。ペティボックスが悲鳴《ひめい》をあげて飛びのく。と同時に、それまで立っていた場所に雷が落ち、床を焦《こ》がした。おれをつかまえていた手下たちがよろめいてあとずさり、また雷鳴がとどろく。

ネバリーはすぐに別の呪文を唱えはじめた。ペティボックスも何か呪文をさけび、二人の声が壁にびんびんと響く。

頭上の雲がふくれて破裂《はれつ》した。ジグザグの稲妻が四方八方に走って壁にはね返り、機械を直《ちょく》撃《げき》する。鋲《びょう》と歯車から火花が散ったが、魔力はまだとじこめられたままだ。

青い稲妻がジュージューと音を立てて、おれの頭上すれすれを通過《つうか》した。おれをつかまえている手下たちが一瞬《いっしゅん》ひるむ。よし、いまだ！

肩《かた》をひねって手をふりはらい、片方《かたほう》の手下の向こうずねをけりつけると、全速力で機械へと走った。手下たちはわめきながら、すぐに追いかけてくる。

機械にたどりつき、石の台座《だいざ》からピストンへとよじのぼった。金属《きんぞく》に手をふれるたびに火花が散る。手下のひとりがおれの足に飛びつこうとしたが、おれは歯車をつかみ、よじのぼって逃《のが》れた。ホースにしがみつき、管《くだ》をよけてのぼっていき、ようやく魔力が封じこめられたタンクにたどりつく。

下ではネバリーとペティボックスが互いに大声で呪文を唱えていた。その声が、壁《かべ》に反響《はんきょう》する。雷鳴がとどろき、土砂《どしゃ》降《ぶ》りの冷たい雨が降りはじめた。

顔に降りかかる雨を目をぱちぱちさせてはらいながら、さらにのぼった。機械にぶつかった雨《あま》粒《つぶ》はすぐに凍《こお》りつき、タンクにしがみつく手がしびれる。ひとりの手下がおれを追ってのぼってきている。もうひとりがわめきながら瓶《びん》を投げつけてきた。その瓶が頭上すれすれで割《わ》れて、ガラスの破片《はへん》が降りそそぎ、おれは目をつぶった。

破片が落ちきってから目をあけ、魔導石《まどうせき》をとりだした。魔導石は稲光《いなびかり》を受けて輝《かがや》いている。

ここで役に立つ呪文《じゅもん》なんてわからない。氷におおわれた銅製《どうせい》のタンクに額《ひたい》をつけ、魔導石《まどうせき》で軽くタンクをたたくと、鈴《すず》のような高い音がした。

タンクのなかの魔力《まりょく》に呼《よ》びかけた。出ておいで。この魔導石を通りぬけて、外に出るんだ——。

するとなかから魔力がおし返してくるのが感じられた。とじこめられて死にかけているが、必死に外に出ようとしている。

頭上でまた瓶《びん》が割れた。のぼってきた手下に足首をつかまれて、引っぱられる。足がすべって魔導石を落としそうになったが、片手で冷たい歯車をつかんでこらえた。さらに強く引っぱってくる手下を二度けりつけたら、悲鳴をあげて落ちていき、機械にはね返って床《ゆか》に激突《げきとつ》した。

ふたたびタンクにしがみつき、震《ふる》える手でタンクの継《つ》ぎ目に魔導石をおしあてた。「出ておいで。ここからなら出やすいよ」とささやいて、魔導石で軽くたたいたら、魔力が内側から強くおし返し、継ぎ目の部分がきしんでふくらむのがわかった。だが、まだタンクをつきやぶるまではいかない。

「ここだよ、ここ」とささやいたら、タンクのなかで魔力がいったん動きを止め、おれと魔導石に集中するのがわかった。おれの必死の呼びかけに魔力がこたえてくれている。

目をとじて、自分にいいきかせた。落ちついて呼吸《こきゅう》しろ。手の震《ふる》えを止めろ。魔導石を使ってタンクのなかへ入りこみ、錠《じょう》をあける自分を想像《そうぞう》した。さあ、出ておいで——。

部屋全体が息をとめたかのように静まり返った。さけび声も、雷《かみなり》も風も、稲妻の音も聞こえない。感じられるのは、なめらかな黒い沈黙《ちんもく》のみ。それが頭のなかに広がって、呼吸をすっととのえてくれた。さあ、おいで。出ておいで——。

タンクの継ぎ目がどんどんふくらみ、メリメリと音を立て、ついにはじけた。稲妻と雷鳴も同時にはじける。タンクから飛びだした魔力が魔導石へとなだれこみ、おれのなかをごうごうと通りぬけた。魔力がまわりをうめつくし、点滅《てんめつ》する光の波と、火花と、燃《も》えあがる白い炎《ほのお》と、千もの星が目の前に広がる。

必死に魔導石をにぎりしめた。魔力はつぎつぎとあふれだし、作業場全体を満たすと、すさまじい勢《いきお》いで機械の上部を吹っとばし、〈夕暮屋敷《ゆうぐれやしき》〉から闇夜《やみよ》の空へと噴《ふ》きだした。

にぎっていた魔導石がくずれ、きらめく粉となり、風に吹《ふ》かれる木の葉のように散っていく。

ああ、魔導石といっしょに、おれも死ぬんだ——。

そのとき、すべての動きがとまった。頭のなかで魔力が何か語りかけてくる。低くおもおもしい声が頭蓋骨《ずがいこつ》のなかに響《ひび》き、腕《うで》や足の骨《ほね》へ伝わっていく。

おれはあたたかい光の毛布《もうふ》にくるまれ、ふわっと浮《う》かび——。

すべてが暗くなった。

機械は破壊《はかい》された。願わくば、このようなやっかいなしろものは二度と見たくないものだ。機械が爆発《ばくはつ》し、そのときに小僧《こぞう》の魔導石《まどうせき》も失われた。ことによると、小僧の命も失われるかもしれぬ。

小僧が魔力《まりょく》をときはなち、〈夕暮屋敷《ゆうぐれやしき》〉が吹《ふ》きとばされたあと、気がついたら暗い穴《あな》の底にいた。ところどころで火が小さく燃《も》え、いたるところに金属の破片《はへん》が散らばっている。灰《はい》が降《ふ》りそそぎ、足もとにはがれきが積もっていた。機械は破壊されて跡形《あとかた》もない。

光の呪文《じゅもん》で廃墟《はいきょ》にわずかな光を灯《とも》し、小僧を捜《さが》した。やつは爆発でできた壁《かべ》のせまい割《わ》れ目のなかにはさまっていた。まるで小僧を守るために、だれかがそこにおしこんだかのようだ。しかし、がれきがじゃまで近づけない。顔に血の気《け》がなく、ぴくりともしないので、死んでいるのかと思った。小僧の全身はきらめく細かい粉におおわれていた。魔導石の残骸《ざんがい》だ。あの立派《りっぱ》な宝石《ほうせき》がこなごなになってしまうとは、もったいないことだ。

そのとき、女公爵《おんなこうしゃく》の衛兵隊《えいへいたい》とベネットが到着《とうちゃく》した。ベネットといっしょに柱やがれきをとりのぞき、二人がかりでようやく小僧を助けだした。胸《むね》に手をあてると、まだ息があるのがわかった。

わしのローブとベネットのコートで小僧をくるみ、〈やすらぎ邸《てい》〉に連れ帰って、ベッドに寝《ね》かせてやった。

魔術師《まじゅつし》のトラメルを呼《よ》んで診《み》てもらったところ、これといったけがはなく、体が冷えてつかれきっているだけだとのこと。休養がいちばんの薬だから、体をあたためて目が覚めるのを待つようにといわれた。
だからいま、こうして、小僧の目が覚めるのを待っている。
〈ありがとう、ネバリー。コンより〉
〈どういたしまして、コン。ネバリーより〉

36

目が覚めたとき、まぶたをとじたままでも、どこにいるかはわかった。このかび臭《くさ》さ、ほこりっぽさは、おれの屋根裏《やねうら》部屋だ。でも、なぜか何枚《なんまい》もの毛布《もうふ》にくるまれて、いままではなかったベッドに寝《ね》ていた。部屋もあたたかい。

魔導石《まどうせき》は消えてしまった。心のなかにぽっかりと暗い穴《あな》が口をあけている。でも、魔力《まりょく》は無事だ。いまも感じる。おれをすっぽりと包みこんでくれているのがわかる。毛布よりもあたたかい。

目をあけた。やっぱりおれの部屋だ。ベッドに寝かされている。暖炉《だんろ》には火が燃《も》え、窓《まど》からさしこむ明るい日ざしが床に置いた竜《りゅう》の絵を照らしている。ベッド脇《わき》のイスでは、ネバリーが頭を後ろにかたむけて眠《ねむ》っていた。

壁《かべ》に背中《せなか》をつけてそっと起きあがったら、それだけで部屋がぐるぐるまわり、またベッドにつっぷしそうになった。

おれの気配でネバリーが目を覚ました。目をぱちぱちさせながらあごを引いて、うなじをさすると、ようやくこっちに気づいて目を見ひらいた。「ぐあいはどうだ、小僧《こぞう》？」声がかすれてい

る。

おれはうなずいたが、部屋がゆれるので目をとじた。ネバリーがおれのあごに手をかけたので、また目をあけたら、しかめっ面《つら》でのぞきこんでいた。「だいじょうぶだよ、ネバリー」

ネバリーはおれのようすをざっと見て手を放し、イスの背にもたれた。「何があったか、覚えておるか？」

うなずくより、しゃべるほうが楽だ。「うん、まあ」と答えたものの、実は覚えていない。「ペティボックスはどうなった？　クロウは？」

「クロウの甥《おい》だと、なぜ最初にいわなかったのだ」

たしかに。でも、いいたくなかったんだ。

ネバリーは少し間をおいて、続けた。「例の機械が破壊《はかい》されたあと、ペティボックスの行方は知れぬ。おそらく機械とともに死んだのであろう。〈日暮《ひぐれ》の君《きみ》〉は女公爵《おんなこうしゃく》の監獄《かんごく》に入れられ、処罰《しょばつ》が決まるのを待っておる」

なるほど。女公爵はクロウを絞首刑《こうしゅけい》にするだろうか？　たぶん、それはないだろう。あの人は、自分の手をよごさずにすむ追放令のほうが好きそうだ。急にどっとつかれを感じた。

「ベネットは無事だ。キーストンも――」ネバリーの話はまだ続いていたが、おれはまぶたが重くなって、うとうとしはじめた。ネバリーは口をつぐみ、そっとおれを寝かせてくれた。

屋根裏部屋に上がってくるはしごがきしみ、ベネットの低い声が聞こえた。

「いや、眠《ねむ》っておる」と、ネバリーが答える声がする。

その言葉どおり、おれは泥《どろ》のように眠った。

次に目が覚めたら、暗くなっていた。明るいのは、消えかけている暖炉《だんろ》の火だけだ。今回はキーストンがベッド脇《わき》のイスで眠っていた。

朝よりは気分がいい。体を起こしても、目はまわらなかった。魔導石《まどうせき》が消えてしまった心の穴《あな》はふさがらなくてつらかったが、くよくよ考えるのはよすことにした。のどがかわいた。部屋の向こうの暗がりの小さなテーブルに、ティーカップと水さしがある。となりにベネットの編《あ》みものもある。水さしに水が入っているかも。ベッドから足を下ろして立ちあがった。あっ、しまった。また部屋がぐるぐるまわる！　床《ゆか》がぐんぐん、ぐんぐん、近づいてくる……。

キーストンがびくっとして飛びおきた。だれかが急いではしごをのぼってくる足音がする。はねあげ戸があき、ろうそくを持ったベネットが飛びこんできた。

「だいじょうぶだよ。ひっくり返っただけだから」といったら、ベネットはろうそくをテーブルに置き、どすどすと寄《よ》ってきた。おれを抱《だ》きあげ、かたむいた天井《てんじょう》に頭をぶつけないよう、かがみながらベッドに寝《ね》かせてくれてから、キーストンをにらみつける。「あれほど見てろといったのに」

キーストンは目をぱちぱちさせ、魔導石をにぎりしめた。「ご、ごめんなさい」

続いてベネットは、おれをにらんだ。「腹《はら》は？　すいてるか？」

うん、腹ぺこで死にそうだ。

「寝《ね》てろ」ベネットはおれにそういい、キーストンに指をつきつけ、「見てろ」と命じると、はしごを下りていった。

おれは体を起こし、壁《かべ》にもたれた。

「おい、じっとしてろよ」キーストンがそわそわしながらいう。

「してるさ」

「いいから、ちゃんと寝てろよ」

おれは肩《かた》をすくめた。「起きてたほうが気分がいいんだ」実はそういうわけでもなかったが、ベネットが食事を運んできたら、どうせ起きあがることになる。キーストンはつかれた顔をして、やけに落ちつきがなかった。「キーストン、おまえこそ、だいじょうぶかよ？」

キーストンは、またびくっとした。まだ魔導石をにぎりしめている。なるほど。自分の師匠《ししょう》の親玉が女公爵《おんなこうしゃく》につかまったので、自分もつかまるのではと不安なんだ。

「心配ないって。おまえはおれたちを助けてくれたって、ネバリーがかばってくれるさ。ペティボックスのたくらみを知らなかったことも、ネバリーにはわかってるって」

キーストンはおれを見つめた。「でも、おれ、何かあるってことは知ってたんだ」

「全部知ってたわけじゃないだろ。あの機械のことは知らなかったんだよな？」

キーストンは、ちょっぴりほっとしたみたいだ。「うん、機械のことは知らなかった」お互い、しばらくだまっていた。ろうそくの炎《ほのお》がゆらめき、壁の影《かげ》がゆれる。やがてキーストンが早口でいった。「ネバリー魔術師《まじゅつし》は、おれを住みこみの弟子にしてくれるかな？」

キーストンの言葉は、魔導石《まどうせき》が消えたせいでおれの心にあいた穴《あな》に、がんがん響《ひび》いた。魔導石がないから、もう、おれは魔術師じゃない。弟子でもない――。こみあげてきた悲しみをぐっとこらえ、やっとのことで答えた。「さあ、どうだろうな。ネバリーはおれを弟子にするのも迷《まよ》ってたし」

「いまは迷ってないだろ。なあ、おれのために、たのんでみてくれないか？」

「自分でたのめよ」ネバリーはうんっていうかもしれない。

ベネットがお盆《ぼん》を持って屋根裏《やねうら》部屋に上がってきた。ティーカップと水さしを脇《わき》にどけてテーブルに置く。ろうそくももう一本持ってきたので、部屋が明るくなった。

ベネットがマフィンとお茶をわたしてくれた。でもマフィンを食べてもお茶を飲んでも、おれの心の穴はふさがらなかった。

数日たつと、身のまわりのことを自分でできるくらいには回復《かいふく》した。ある日の昼前、ベッドから出て、服を着て、靴《くつ》を持って台所へ下りてみた。台所ではベネットがリンゴをむいていた。

「起きたのか」

おれはうなずいた。暖炉《だんろ》の前で丸まっていた猫《ねこ》のレディーが、のどを鳴らしてとことこと寄《よ》ってくる。おれは靴を床《ゆか》に置き、暖炉の横にすわって、レディーをひざにのせてやった。

「はかないのか?」ベネットの声がした。顔を上げると、おれの靴を指さしている。

「小さくなっちゃって、入らないんだ」黒いセーターも前ほどだぶだぶではない。寝《ね》ている間に体が大きくなったらしい。

「新しいのがいるな」ベネットはそういうと、リンゴを入れた容器《ようき》をどけ、マフィンの生地《きじ》をのばしはじめた。

ベネットは、おれがこのまま〈やすらぎ邸《てい》〉にいると思っているらしい。でも、ネバリーが許してくれるだろうか。魔導石がない以上、弟子のままではいられないし、召使《めしつか》いになる気がないのはネバリーも知っている。いまさら泥棒《どろぼう》や錠前破《じょうまえやぶ》りにもどるつもりはないし、〈たそがれ街《がい》〉の浮浪児《ふろうじ》にももどれない。

「ネバリー様からの伝言だ。魔術《まじゅつ》大学校の図書室にいる、と」

そういわれても、トンネルの門を通れないから、行けないじゃないか。ちくしょう!

「鍵石《かぎいし》」ベネットが、粉だらけの指でドアの横のフックにかけてあるおれのコートを指さした。コートのポケットに入っているということか。

「ありがとう」おれは礼をいい、レディーをひざから下ろして立ちあがり、コートを着て階段《かいだん》から外に出た。まだ肌寒《はだざむ》かったが、太陽が明るく輝《かがや》き、空気がすがすがしい。雪はすっかりとけていた。庭の大木に鳥は一羽も見あたらず、枝《えだ》の先端《せんたん》では赤いつぼみがふくらみかけている。ああ、ようやく冬が終わったんだ。

靴《くつ》をはいていないのは久しぶりなので、冬が終わってくれて助かった。はだしの足にあたる庭の石は、ぬれてひんやりとしている。

鍵石《かぎいし》を使って門をあけながら、トンネルをゆっくりと進んだ。鍵石から錠《じょう》へ魔力《まりょく》が元気よく飛びだし、火花を散らす。魔力は機嫌《きげん》がよさそうだ。

おれ自身はまだ本調子ではなかったので、魔術大学校への階段《かいだん》をのぼる前に、トンネルの壁《かべ》にもたれてひと休みした。階段をのぼりきって、またひと休みだ。魔術大学校の庭では灰色《はいいろ》のローブを着た生徒たちがあちこちに固まり、しゃべったり、ゲームをしたり、春らしくなった日ざしを浴びたりしている。と、ローアンが集団《しゅうだん》を離れて近づいてきた。灰色のローブを着て、教科書が入ったかばんを持っている。

いきなり抱《だ》きしめられた。前はローアンのほうが背《せ》が高かったのに、いまはあまり差がない。やっぱりおれは大きくなったようだ。少しの間、ローアンの肩《かた》に頭をあずけていた。

ローアンが一歩下がり、おれをじろじろと見ていった。「コンウェア、あなた、靴をはくのをやめたの？」

「足がでかくなって、はけないんだ」

「ふうん。母が会いにきてほしいそうよ」

了解《りょうかい》。でも、まずは図書室でネバリーを見つけないと。

ローアンといっしょに庭をつっきって、魔術大学校の校舎《こうしゃ》へと向かった。通りすぎるおれたちを、みんなが見つめている。おれはうつむいて歩きつづけた。ローアンはあごを上げ、初めて会った日のように誇《ほこ》らしげで、きりっとしている。

正面階段をのぼって校舎に入った。

校長室の前でペリウィンクルと立ち話をしてたブランビーが、おれたちを見て話を切りあげ、近づいてきた。

「おお、コンじゃないか」笑顔《えがお》だ。「ぐあいがよくなったようで、何よりだ。ずいぶん心配したのだぞ」と、おれの足もとを見る。「靴をはいていないようだが……？」

「小さくなっちまったんで」

「まあ、ネバリーがなんとかしてくれるだろう。体がしっかり回復《かいふく》したら、すぐに学校へもどってきなさい」

えっ、本気でいってるのか？

ローアンがおれに声をかけた。「これから授業《じゅぎょう》なの。あとで〈やすらぎ邸《てい》〉まで船を出してもらって、休んでいた間の勉強を教えにいってあげるわ。いいわね？」

「うん、ありがとう」

ローアンはにこっとし、かばんを肩にかけて立ちさった。

ブランビーがにこやかにいった。「よかったじゃないか！　さ、ネバリーなら上の図書室にいるぞ」

庭にいた生徒たちがいっせいに入ってきて、玄関《げんかん》ホールがさわがしくなる。おれは階段《かいだん》をのぼって、図書室に向かった。

図書室に入ってドアをしめると、窓《まど》ぎわのテーブルにいたネバリーがその音に顔を上げ、おれを見てうなずいた。

ネバリーが杖《つえ》と本を入れる布《ぬの》かばんをとりあげ、ローブのボタンをとめ、帽子《ぼうし》をかぶってこっちに来るまで、ドアのそばで待った。

二人そろって廊下《ろうか》に出たら、数人の生徒が好奇心《こうきしん》まるだしで、こっちをちらちら見ながら通りすぎていった。

ネバリーは杖に寄りかかり、難しい顔でおれを見おろした。「ついてこい」カツンカツンと杖の音を響《ひび》かせながら、階段を下りていく。

おれは無言でついていった。

魔術《まじゅつ》大学校の正面玄関《げんかん》から出て、広い庭へと階段を下りる。すでに生徒は校舎に入っていて、だれもいない。

ネバリーはかばんを足もとに置き、咳《せき》ばらいをした。「まだ寝《ね》ていたほうがよさそうな顔色だな」

太陽はあたたかいが、川から吹《ふ》いてくる風はひんやりしている。おれは両腕《りょううで》で体を抱《かか》えながらいった。「だいじょうぶだよ、ネバリー」

「おまえは、いつもそれしかいわんな。だいじょうぶには見えんぞ」

おれは、はだしの足を見つめた。

ネバリーがため息をつく。「魔導石《まどうせき》を失ってしまったな」

おれはうなずいた。

「靴《くつ》もか？」

「小さくなっちゃって」

「そうか」ネバリーは足もとのかばんを杖でつついた。「なかを見てみろ」

おれはひざまずいて、かばんのなかをかきまわし、「これ？」と一冊《さつ》の本をとりだした。

「ちがう」ふいに強い風が吹き、ネバリーは帽子を飛ばされないよう、あわてて頭をおさえた。「ローブだ」

魔術師《まじゅつし》とその弟子は全員ローブを着ることになっていて、魔術大学校の生徒もみんな、ローアンみたいなローブを持っている。袖《そで》に一門や家系《かけい》をあらわす刺繍《ししゅう》の布《ぬの》がついた、灰色《はいいろ》のローブだ。ネバリーのかばんのなかにも、数冊の本と蝋《ろう》で封印《ふういん》された一本の瓶《びん》と紙にまじって、ローブが一着入っていた。おれはそれをとりだして立ちあがり、ネバリーにわたした。

ところが、ネバリーは受けとろうとしない。「小僧《こぞう》、これはおまえのものだ。魔術大学校の生徒で魔術師の弟子なのだから、ローブが必要だろうが」

えっ、弟子？　ほんとに？　コートを脱《ぬ》いで、セーターの上にローブをはおった。灰色の布《ぬの》は虫に食われ、あちこち焦《こ》げている。ぼろぼろの裾《すそ》は長くて、地面すれすれだ。片方《かたほう》の袖《そで》の布には、色あせた青い糸で翼《つばさ》のついた砂時計《すなどけい》が刺繍《ししゅう》してある。〈やすらぎ邸《てい》〉の門の前の石や、ネバリーの一族の魔導石《まどうせき》の本に金で刻印《こくいん》されていたのと同じしるしだ。

ネバリーがかがみこんで布にふれた。「翼のついた砂時計。わが一族の紋章《もんしょう》だ」

このローブは、ネバリーが学校に通っていたときに着ていたものにちがいない。

ローブの前のボタンをていねいにとめ、手の甲《こう》にかぶさる袖をまくった。

「コンよ、これだけははっきりいっておく」ネバリーはいつものしわがれた声でいった。「おまえは魔術師だ。いずれ、別の魔導石がきっと見つかる」

おれは深呼吸《しんこきゅう》した。そうだ、ネバリーのいうとおりだ！

おれは魔術師だ。魔術大学校で勉強し、あらゆる呪文《じゅもん》を覚え、魔力《まりょく》は生きているということを魔術師たちにわからせよう。もしウェルメトで魔導石が見つからなかったら、外の世界へ探しに出かけよう！

「さあ、小僧《こぞう》、家に帰るぞ」ネバリーがだれもいない庭を歩きはじめた。

おれも少しおくれて歩きだし、走って追いついた。「あのさ、ネバリー、おれ、魔術を研究する部屋がほしいんだけど」

ネバリーはすたすたと歩きつづけた。「仕事部屋か？」

おれはうなずいた。やることは山ほどある。魔導石がなくなったから、魔力の気を引いてやりとりするほかの方法を考えなければならない。「流銀《りゅうぎん》もいるかな。あと、電貴石《でんきせき》も」

ネバリーはトンネルへ下りる階段《かいだん》のてっぺんで立ちどまり、いつもの鋭い目つきでおれを見た。

「よいか、小僧、電貴石と流銀をまぜたら爆発《ばくはつ》するからな」

おれはにやりとした。そうだったね、ネバリー。ちゃんと覚えてるよ！

ウェルメトの住人と建物

〈住人〉

ベネット――ネバリーの用心棒《ようじんぼう》。見た目は怖《こわ》いが、編《あ》みものとマフィンを焼くのと掃除《そうじ》が大の得意。鼻は何度もへしおられたせいで、つぶれている。動物にたとえるとしたら巨大《きょだい》なクマ。髪《かみ》は茶色で、針金《はりがね》のようにつんつん立っている。暗い路地《ろじ》では会いたくない男だが、お手製《てせい》のマフィンは絶品《ぜっぴん》。

コンウェア（コン）――あざやかな青い目をしているが、ぼさぼさの黒髪《くろかみ》でほとんど隠れてしまっている。浮浪児《ふろうじ》として暮《く》らしてきたせいで、観察力が鋭く、警戒心《けいかいしん》は強いほう。行動的で、うそはいわない。やせているが、じょうぶで体力もある。くちびるをねじまげて笑うくせがある（猫《ねこ》に変身したとき、尾《お》がねじれていたのはそのせい）。自分の年齢《ねんれい》を知らないが、おそらく十二歳《さい》から十四歳の間。友だちとしては最高だが、腕《うで》のいいスリなので、ポケットに貴重品《きちょうひん》を入れておくのは危険《きけん》。

ネバリー・フリングラス――背《せ》が高く、髪と長いあごひげとぼさぼさのまゆには白髪《しらが》がまじり、目は黒くて鋭《するど》い。せっかちで気難しく、怒《おこ》りっぽいが、根はやさしい（本人はぜったいみとめないだろうが）。危険《きけん》な人物だといううわさのある謎《なぞ》めいた存在で、何を考えているかよくわからない魔術師《まじゅつし》だが、知りあいになっておいて損《そん》はない。

ペティボックス——ネバリーよりも背が高く、がっしりしている。髪とあごひげはまっ白、歯も白く、くちびるは赤い。キーストンの師匠《ししょう》。コンはペティボックスも、はじめのうちは弟子のキーストンも、ひどくきらっている。

ローアン・フォレスタル——背《せ》が高く、すらりとした少女。年齢は十五歳くらい。髪は短くて赤く、目は灰色《はいいろ》。頭の回転が早く、言葉はきついがユーモアのセンスがある。女公爵《おんなこうしゃく》の娘《むすめ》。剣術《けんじゅつ》をたしなんでいる。

ウィラ・フォレスタル女公爵——ローアンの母親。見た目は娘とよく似《に》ている。ウェルメトの〈あけぼの街《がい》〉の支配者《しはいしゃ》で、それにふさわしい威厳《いげん》がある。かなり頭の回転が早いが、娘のローアンのようなユーモアのセンスはない。魔術をきらっている（が、ウェルメトが生き残るためには魔術が必要なこともわかっている）。

〈建物〉
魔術大学校《まじゅつだいがっこう》――〈たそがれ街《がい》〉と〈あけぼの街〉の間を流れる川の中州《なかす》にある学校。ウェルメトの裕福《ゆうふく》な子女と魔術師《まじゅつし》の弟子たちが通う。コンも、ネバリーの弟子になったあとに入学した。
〈あかつき御殿《ごてん》〉――女公爵《おんなこうしゃく》とローアンの住む屋敷《やしき》。巨大《きょだい》な長方形の建物で、これといった特徴《とくちょう》はないのだが、凝《こ》った装飾《そうしょく》がほどこされた美しい屋敷。
〈夕暮《ゆうぐれ》屋敷〉――〈日暮《ひぐれ》の君《きみ》〉クロウの屋敷。要塞《ようさい》のような建物で、窓《まど》は小さく、地下に巨大《きょだい》な迷宮《めいきゅう》が広がる。威圧感《いあつかん》がある建物を、大柄《おおがら》な手下たちが守っている。まねかれもせずにしのびこんだら、命はない、といわれている。
〈やすらぎ邸《てい》〉――中州の上に立つネバリーの先祖伝来《せんぞでんらい》の屋敷。二十年前、ネバリーが花火実験で中心部を吹《ふ》きとばしたため、いまは両翼《りょうよく》だけが残り、中央が大きくかじりとられたように見える。
魔術堂《まじゅつどう》――ウェルメトの魔力《まりょく》を司《つかさど》る魔術師たちの会議場。壁《かべ》で囲まれた中州にそびえたつ、灰《はい》色《いろ》の石で造《つく》られた堂々とした建物。

ベネットのマフィンの作り方

材料……中力粉二カップ、塩小さじ二分の一、ふくらし粉小さじ四、砂糖《さとう》小さじ二、バター二分の一カップ、ミルク三分の二カップ

あらかじめオーブンを約百八十度にあたためておく。粉類をボウルでまぜ、そこにバターを入れ、ナイフで切るようにしてまぜる。中央にくぼみを作ってミルクを注ぎ、さらに手でこねてまぜる。こねすぎると、固くなるので要注意。腕《うで》ほどの太さにまるめて輪切りにし、それを油を引いた鉄板に並べ、表面がきつね色になるまでオーブンで焼く（十二分から十五分）。熱いうちにバターとハチミツをつけて食べるのがおすすめ。

コンのマフィンの作り方

材料……小麦粉適当、水も適当、ふくらし粉、塩ひとつまみ、バターかラードをひとかたまり

木のスプーンでよくまぜる。水っぽかったら小麦粉をくわえ、さらにまぜる。それをちぎってフライパンに並べ、フライパンごと炭火につっこんで、しばらく適当に焼く。熱いうちにバターとハチミツをつけて食べるのがおすすめ。

訳者《やくしゃ》あとがき

「魔法《まほう》が消えていく」不思議な世界を、お楽しみいただけましたでしょうか?
舞台《ぶたい》は架空《かくう》の町ウェルメト。主人公の少年コンは早くに親を亡《な》くし、この町で浮浪児《ふろうじ》として、だれもたよることなく、ひとりで生きてきました。そんなコンが、ある夜ひょんなことから、ひとりの年老いた魔術師《まじゅつし》と出会います。

その魔術師ネバリーは、二十年ぶりに故郷《こきょう》ウェルメトに足を踏《ふ》み入れたところでした。ある事件《じけん》で故郷を追われて以来、ひとりで各地をさすらって生きてきたのですが、魔術師仲間のたっての願いでもどってきたのでした。

ともにひとりで生きてきた、天涯孤独《てんがいこどく》のコンとネバリー。二人の出会いは、偶然《ぐうぜん》ではなく、運命ともいえるものでした。そして出会った瞬間《しゅんかん》から、ふたりは「魔法が消えていく」町の運命をも背負《せお》うことになります。

いっぽうコンには、秘密《ひみつ》がありました。ネバリーにはぜったいに知られたくない、ある秘密が——。

舞台となるウェルメトは、この物語の影《かげ》の主人公といってもいいくらい、存在感《そんざいかん》のあるユニークな町です。

ウェルメトは、町のまん中をくねくねと蛇行《だこう》しながら流れる川を中心に、大きく三つに分かれています。川の東側は〈あけぼの街《がい》〉。金持ちの上流階級が住む地域《ちいき》で、ぜいたくな屋敷《やしき》と立派《りっぱ》な店が集まっています。なかでも豪勢《ごうせい》なのが、ウェルメトの町全体を治めている女公爵《おんなこうしゃく》の〈あかつき御殿《ごてん》〉。その名のとおり、夜明けのようなピンク色に塗《ぬ》られた大《だい》豪邸《ごうてい》です。

それとは対照的に、川の西側の〈たそがれ街〉は貧《まず》しい労働者たちが住む町で、工場や倉庫がごちゃごちゃと並《なら》んでいます。この地域を牛耳《ぎゅうじ》るのは、金と権力《けんりょく》の亡者《もうじゃ》〈日暮《ひぐれ》の君《きみ》〉。〈日暮の君〉が住む〈夕暮屋敷《ゆうぐれやしき》〉には巨大《きょだい》な鉄の門がそびえ、塀《へい》の上に先の尖《とが》った杭《くい》がずらりと並んでいて、いかにもあやしげです。

そしていちばん特徴的《とくちょうてき》なのが、川に点々と浮《う》かぶ中州《なかす》。中州は、ウェルメトの町の魔《ま》力《りょく》を司《つかさど》る魔術師たちの領分です。中州にはそれぞれ、魔術師をめざす子どもたちが通う魔術大学校や、魔術師《まじゅつし》たちが会議をひらく魔術堂《まじゅつどう》など、魔術にまつわる建物が並んでいます。ネバリーの〈やすらぎ邸《てい》〉も、中州のひとつに立っています。

〈あけぼの街《がい》〉〈たそがれ街〉〈あかつき御殿《ごてん》〉〈夕暮屋敷《ゆうぐれやしき》〉〈やすらぎ邸《てい》〉……名前だけでも、わくわくしてきませんか？

登場人物もみな、町に負けないくらいユニークで、個性的《こせいてき》。たとえば、ネバリーの用心棒《ようじんぼう》ベネット。がっしりした体格《たいかく》、傷《きず》だらけの顔、つぶれた鼻――。見た目は、まさに「腕力《わんりょく》だのみの凶暴《きょうぼう》な男」。口数は少ないし、すぐにコンをなぐるイヤなやつです。ところが、特技《とくぎ》はなんと「料理」と「編《あ》みもの」。コンにぶっきらぼうな態度《たいど》をとりますが、ときおりやさしさも見せるようになります。髪《かみ》が針金《はりがね》のようにつんつん立った巨大《きょだい》グマのような男が、敵《てき》を思いきりぶんなぐったかと思えば、椅子《いす》にちょこんとすわって編《あ》み棒《ぼう》をせっせと動かしたり、練った粉をちまちまと丸めてマフィンを焼いたり……。想像《そうぞう》すると、おかしくなりますね。

ほかにも、コンの友だちとなるしっかりものの少女ローアン、魔術《まじゅつ》大学校のお人好しの校長ブランビー、恐怖《きょうふ》をふりまく〈日暮《ひぐれ》の君《きみ》〉など、著者《ちょしゃ》の描《えが》く脇役《わきやく》は特徴《とくちょう》がはっきりしています。それぞれのキャラクターの姿形《すがたかたち》を思い浮《う》かべながら読むと、ストーリーがより身近に感じられるかもしれません。

コンとネバリーとベネットは、最初こそばらばらでしたが、ひとつ屋根の下で暮《く》らすうち、だんだん家族のようになっていきます。そのあたりの微妙《びみょう》な心の変化はもちろん、コンの抱《かか》えている「秘密《ひみつ》」によってその関係がどうなっていくのかも、この物語の読みどころのひとつといえるでしょう。

著者のサラ・プリニースは、アメリカのアイオワ州在住《ざいじゅう》。夫と二人の子ども、二匹《ひき》の犬、二匹のネコ、ニワトリ、たくさんのヤギとともに暮《く》らしています。ファンタジーが大好きで、書くことも大好き。いつも台所のテーブルで、「ピップ」と名づけたコンピュータを使って執筆《しっぴつ》しているそうです。

物理学教授《きょうじゅ》の夫は「マッドサイエンティスト」。〈日暮の君〉が持ち歩いているカチカチと鳴る機械は、夫の仕事からヒントを得て思いついたとのこと！

プリニースは庭をいじったり、カヌーをこいだり、ハイキングをしたりとアウトドア派《は》でもあるようです。

最後になりますが、コンを支《ささ》えるネバリーのように訳者《やくしゃ》をずっと支えてくださった徳間《とくま》書店《しょてん》の上村令さんに、心よりお礼申しあげます。

この本を読んでくださった方がひとりでも多く、ファンタジーが大好きな「仲間」になってくださることを祈《いの》りつつ――。

二〇一五年十二月

橋本《はしもと》　恵《めぐみ》

【訳者】
橋本 恵（はしもとめぐみ）

翻訳家。東京大学卒。訳書に「ダレン・シャン」シリーズ（小学館）、「錬金術師ニコラ・フラメル」シリーズ（理論社）、「カーシア国三部作」シリーズ、「12分の1の冒険」シリーズ（以上ほるぷ出版）など。

【魔法が消えていく……】
THE MAGIC THIEF
サラ・プリニース作
橋本 恵訳 Translation © 2016 Megumi Hashimoto
320p、19cm NDC933

魔法が消えていく……
2016年1月31日 初版発行

訳者：橋本 恵
装画・カット：たなか鮎子
装丁：百足屋ユウコ（ムシカゴグラフィクス）
フォーマット：前田浩志・横濱順美

発行人：平野健一
発行所：株式会社 徳間書店
〒105-8055 東京都港区芝大門2-2-1
Tel.（048）451-5960（販売） （03）5403-4347（児童書編集） 振替 00140-0-44392 番
印刷：日経印刷株式会社 製本：大口製本印刷株式会社
Published by TOKUMA SHOTEN PUBLISHING CO., LTD., Tokyo, Japan. Printed in Japan.
徳間書店の子どもの本のホームページ http://www.tokuma.jp/kodomonohon/

ISBN978-4-19-864091-0

トニーノの歌う魔法

魔法の呪文作りの二つの名家が反目しあうイタリアの小国。
両家の子どもたちトニーノとアンジェリカの失踪に、
大人たちは非難しあって魔法合戦をくり広げる。
だがトニーノたちの兄姉は、
クレストマンシーを呼ぶことにした…。

魔法の館にやとわれて

秘密の使命を帯びて、
従僕として魔法の館に潜入した十二歳のコンラッド。
やはり何か目的があって潜入したらしい、
年上の少年クリストファーとともに、異世界への扉を見つけ…？
クレストマンシーの若き日の冒険と恋を、友人の目から描く。

キャットと魔法の卵

次代クレストマンシーとして城で教育を受けているキャットは、
村の魔女一族の少女マリアンと知り合い、不思議な卵を譲ってもらう。
卵から孵ったのは…？
『魔女と暮らせば』の一年後を描く。
魔法の生き物や謎の機械も登場するにぎやかな物語。

シリーズ外伝 魔法がいっぱい

『トニーノの歌う魔法』のトニーノ少年がクレストマンシー城を訪れ、
キャットといっしょに何者かにさらわれてしまう、
『キャットとトニーノと魂泥棒』など、四話を収録。
魅惑の大魔法使いクレストマンシーをめぐる人々が織りなす、
魔法の物語集。

ダイアナ・ウィン・ジョーンズの代表連作

全7巻
好評
発売中!

田中薫子・野口絵美訳
佐竹美保絵

クレストマンシーとは、あらゆる世界の魔法の使われ方を監督する、大魔法使いの称号。
魔法をめぐる事件あるところ、つねにクレストマンシーは現れる！

魔法使いはだれだ

「このクラスに魔法使いがいる」謎のメモに寄宿学校は大騒ぎ。
魔法は厳しく禁じられ、見つかれば火あぶりなのに！
魔法使いだと疑われた少女ナンたちは、古くから伝わる、
助けを呼ぶ呪文を唱えた。
「クレストマンシー！」すると…？

クリストファーの魔法の旅

何百も存在する別世界へと旅することができる、
強い魔力を持って生まれたクリストファー少年は、
次代クレストマンシーに指名されるが…？
シリーズ全体を通して圧倒的な存在感を示すクレストマンシーの、
波瀾万丈の少年時代を描く。

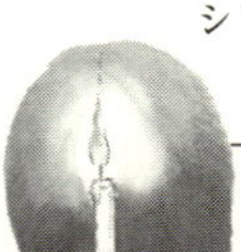

魔女と暮らせば

両親を亡くしたグウェンドリンとキャットの姉弟は、
クレストマンシー城に引き取られた。
だが野望に満ちた魔女グウェンドリンは、クレストマンシーと対立し失踪。
代わりに現れた「姉のそっくりさん」に、キャットは…？
ガーディアン賞受賞作。